THE LAST GODDESS

A FATE DARKER THAN LOVE

Bianca Iosivoni

THE LAST GODDESS

A FATE DARKER THAN LOVE

Bianca Iosivoni

Band 1

Ravensburger

MIX
Papier aus verantwortungsvollen Quellen
FSC® C111262

1 3 5 4 2

Originalausgabe

Dieses Werk wurde vermittelt durch die
Literaturagentur Langenbuch & Weiß, Hamburg.

Umschlaggestaltung: Zero Werbeagentur, München,
unter Verwendung von Fotos von © igorstevanovic,
© Abstractor und © Ron Dale (alle: Shutterstock)

Printed in Germany

ISBN 978-3-473-58577-9

www.ravensburger.de

Für alle,
die in den Nachthimmel geblickt
und sich etwas gewünscht haben.

PLAYLIST

Klergy, Valerie Broussard – The Beginning of the End
Skylar Grey – Invisible
Within Temptation – Our Solemn Hour
Celtic Woman – I See Fire
UNSECRET, Young Summer – Can You Hear Me
Audiomachine – 10 Inch Nails (Alluxe Remix)
League of Legends, Valerie Broussard, Ray Chen – Awaken
Eightysix – Valhalla
Celtic Woman – Skyrim Theme
Amberian Dawn – Valkyries
Tommee Profitt, SVRCINA – Tomorrow We Fight
Colossal Trailer Music – A Winter Tale
Ruelle – Oh My My
2WEI – Toxic
Colossal Trailer Music – Cold Reaper
Varien, Laura Brehm – Valkyrie
Klergy, Valerie Broussard – Start a War
Thomas Bergersen, Two Steps from Hell –
He Who Brings The Night
Thomas Bergersen, Two Steps from Hell – Sky Titans
Black Veil Brides – In The End
David Chappell – End of Days

PROLOG

AMSTERDAM, NIEDERLANDE

Jedes Leben hat ein Ende. Und obwohl es allen bewusst war, lebten die meisten Menschen dennoch so, als wären sie unsterblich. Als stünde ihnen das Ende nicht bevor. Dabei sollten sie es nach all der Zeit doch besser wissen.

Menschen …

Virginia, von ihren wenigen Freunden nur Vi genannt, schnaubte leise und führte die Porzellantasse an die Lippen. Wenigstens schmeckte der Kaffee gut.

An diesem sonnigen Nachmittag war sie auf der Terrasse des Cafés von vielen Menschen umgeben. Mütter mit Kinderwagen, die zusammensaßen und sich über ihren Alltag austauschten. Studenten, die fleißig auf ihre Laptops einhämmerten. Businessmänner und -frauen mit Notebook, Tablet und Handy sowie Touristen mit Rucksäcken und Kameras, mit denen sie die schönsten Sehenswürdigkeiten erkunden wollten. In der hautengen, rissigen Jeans, der braunen Lederjacke und den High Heels fiel Virginia nicht weiter auf.

Über den Gesprächen lag eine dezente Melodie, die aus dem Inneren des Cafés nach draußen schallte, und sich mit den Geräuschen der Kreuzung direkt davor mischte. Vorbeifahrende Autos. Hupen. Radfahrer, die blitzschnell vorbeisausten. Passanten, tief in Gesprächen versunken oder mit Kopfhörern auf den Ohren.

Keiner von ihnen wusste, wann ihr Ende nahte. Keiner von ihnen ahnte, dass es jeden Moment so weit sein könnte – und vielleicht war es besser so. Vielleicht war es angenehmer, ein Leben in absoluter Unwissenheit zu führen. Den Augenblick nicht zu kennen, wann der Tod die eigene Seele holte. Oder eine Valkyre es tun würde.

Virginia spürte den bevorstehenden Tod dieser Heldenseele schon seit zwei Tagen. Diese Empfindung hatte sie nach Amsterdam geführt. Und jetzt … jetzt musste sie nur noch warten, bis es so weit war. Bis das Schicksal seinen Lauf nahm.

Das Hupen wurde lauter. Wütender. Ampeln schalteten um. Ein Fahrer versuchte, noch bei Gelb über die Kreuzung zu brettern und sah den Lkw nicht kommen. Ein Knall. Glas zersplitterte und Metall verbog sich stöhnend.

Schreie. Die Leute von den Nebentischen sprangen auf. Manche suchten hektisch nach ihrem Handy, um Hilfe zu rufen, wieder andere waren in völliger Schockstarre an ihren Platz gefesselt.

Vi trank ihren Kaffee in aller Seelenruhe aus und stellte die Tasse auf den dazugehörigen Unterteller. Die nette Kellnerin war vor Schreck mit dem Tablett in der Hand stehen geblieben und starrte auf das Bild, das sich nur wenige Meter vor ihnen bot.

Aus der Ferne ertönten die ersten Sirenen. Andere Autofahrer bremsten mit quietschenden Reifen, stiegen aus und hasteten zur Unfallstelle, um Erste Hilfe zu leisten.

Vi warf nur einen kurzen Blick auf die filigrane goldene Armbanduhr an ihrem Handgelenk und stand auf. Sie legte ein paar Scheine auf den Tisch und verließ die Terrasse, ohne von einer einzigen Person bemerkt zu werden. Dafür waren sie alle zu sehr von den Geschehnissen auf der Straße eingenommen. Niemand beachtete sie. Und auch sie hatte nur Augen für einen ganz bestimmten Menschen. Für einen jungen Assistenzarzt, der sofort von der anderen Straßenseite aus herbeieilte, um den Verwundeten zu helfen.

Selbst auf die Entfernung spürte Vi, dass seine Seele rein war. Dass er ein Held war. Selbstlos. Mutig. Hilfsbereit. Und in wenigen Sekunden tot.

Wieder sah sie auf die Uhr an ihrem Handgelenk. Das Herannahen eines weiteren Autos war zu hören. Das Brummen des Motors wurde von Sekunde zu Sekunde lauter, dann bog das Fahrzeug um die Ecke – und riss den Ersthelfer mit sich.

Erneut ertönten Schreie und Reifen quietschten. Die Sirenen kamen immer näher und Panik brach unter den Umstehenden aus.

Vi überquerte die Straße, ohne in dem Chaos aufzufallen. Nach wenigen Schritten stand sie neben dem blutenden jungen Mann, der mit angsterfüllten grauen Augen zu ihr hochblickte.

»Es ist alles in Ordnung«, flüsterte sie. Und obwohl sie sich nicht direkt über ihn beugte, wusste sie, dass er ihre Worte so deutlich hörte, als wären ihre Lippen dicht an seinem Ohr. »Du bist ein wahrer Held, August. Dir wird eine große Ehre zuteil. Komm mit mir und du wirst die Ewigkeit in Valhalla verbringen dürfen, zusammen mit all den Kriegern, die vor dir kamen.«

Seine Brust hob und senkte sich schwer. Seine Augen wurden immer glanzloser, während das Leben seinen Körper verließ. Dennoch bemerkte sie die kleine Geste, das winzige Zucken seiner Finger in ihre Richtung. Und als er seinen letzten Atemzug tat, löste sich seine Seele von diesem sterblichen Körper und erschien als durchscheinende Gestalt direkt neben ihr.

Zum ersten Mal an diesem Tag erhellte ein Lächeln Virginias Gesicht und sie hielt Augusts Ebenbild die Hand hin. »Du hast die richtige Wahl getroffen.«

Er wirkte verwirrt, dennoch blickte er sie fest an und legte seine Hand nach einem kurzen Zögern in ihre, während die Sanitäter direkt neben ihnen versuchten, seine leblose Hülle wiederzubeleben. Doch dafür war es zu spät. Augusts Zeit war gekommen. Nichts und niemand konnte etwas daran ändern.

Vi spürte die Kraft in sich aufsteigen, die nur einer Valkyre innewohnte. Die Kraft, mit der es ihr möglich war, ein Portal in Form von Nordlichtern zu erschaffen, das sie von überall auf der Welt zurück nach Valhalla bringen würde. Der Himmel veränderte sich über ihnen und Farben erschienen, die nur sie beide an diesem sonnigen Nachmittag erkennen konnten. Es war der Weg zurück nach Hause.

»Nicht so schnell.«

Sie erstarrte, genau wie der Held an ihrer Seite. Die Lichter am Himmel verschwanden abrupt.

Langsam drehte sich Vi um. »Du …«, brachte sie hervor.

Es gab nur noch wenig, das sie überraschen konnte. Dafür hatte sie in den vergangenen Jahrhunderten schon zu viel gesehen. Zu viel erlebt. Doch das Auftauchen dieser Person überrraschte sie.

Die tiefe, fast schon brüchige Stimme gehörte einem Wesen, das genauso lange auf dieser Welt weilte wie sie selbst. Wenn nicht sogar länger. Cyrus mochte menschlich wirken und war mit den kurzen schwarzen Haaren, den ebenso dunklen Augen und der langen Narbe auf der Wange sogar auf gewisse Weise attraktiv, doch Vi wusste es besser. Er war kein Mensch, auch wenn dasselbe Blut durch seine Adern strömte. Er war ein Monster. Ein Diener der zerstörerischsten Macht aller Welten: dem Chaos. Und er hatte hier nichts verloren.

»Du vergeudest deine Zeit«, zischte sie. »August hat sich entschieden. Er wird als Held in Valhalla eingehen.«

Cyrus' Mundwinkel wanderten in die Höhe, was sein Gesicht zusammen mit der Narbe zu einer Fratze verwandelte.

»Ach, wirklich?« Er stieß die Hand nach vorne in Augusts Richtung und krümmte langsam die Finger, bis sie eine Faust ergaben.

Im selben Moment sackte August neben Vi zusammen. Sein Hilfe suchender Blick landete auf ihr, doch bevor sie eingreifen konnte, löste sich die Seele direkt vor ihren Augen auf.

»Er gehört jetzt mir.« Cyrus' Lächeln wurde noch tiefer. Noch diabolischer.

Vi starrte ihn mit offenem Mund an und schüttelte den Kopf. »Das kann nicht sein. Du hast nicht die Macht …«

»Oh doch.« In der einen Sekunde stand er noch vor ihr, nur wenige Meter entfernt, während der lange Mantel um seine Beine flatterte, in der nächsten spürte sie ihn hinter sich. Dann schoss ein heißer Schmerz durch ihre Mitte. »Und ich habe auch die Macht, dich zu töten, kleine Valkyre.«

Das war nicht möglich. Das konnte nicht sein. Niemand konnte eine Valkyre töten. Sie waren die Nachfahrinnen der mächtigsten nordischen Gottheiten. Es hatte sie schon immer gegeben. Neun Valkyren, die ihre Fähigkeiten an ihre Töchter und Tochterstöchter, an ihre Nichten und Großnichten und all jene Frauen weitergaben, die nach ihnen kamen. Nie zuvor war eine von ihnen gefallen. Nie zuvor war eine von ihnen ermordet worden.

Und doch spürte Virginia, wie das Leben nach und nach aus ihrem Körper wich, genauso, wie sie es vor wenigen Minuten bei August beobachtet hatte. Ihre Glieder wurden immer schwerer und ihre Knie drohten, unter ihr nachzugeben. Ihr Herz hämmerte wie verrückt in ihrer Brust, ganz so, als wollte es gegen das Unvermeidliche ankämpfen. Aber es war zu spät. Der Kampf war bereits verloren.

Wie seltsam, dachte Vi, als sie zu Boden glitt und hart auf dem Asphalt aufprallte. All die Menschen, die wussten, dass sie eines Tages sterben würden, lebten, als wären sie unsterblich. Und sie, die Valkyre, die sich für unsterblich gehalten hatte, hatte keinen einzigen Tag wirklich gelebt.

Ein Schatten fiel über sie und sie registrierte das Messer, an dem ihr Blut klebte.

»Keine Sorge, kleine Valkyre«, säuselte Cyrus und ging neben ihr in die Hocke. »Deine Gefährtinnen werden dir folgen. Eine nach der anderen, bis keine Einzige mehr von euch übrig ist. Und dann wird diese Welt uns gehören.«

Sie wollte protestieren, schreien und ihm die wildesten Verwünschungen an den Kopf werfen. Sie wollte ihn verfluchen und ihm versprechen, dass die Rache ihrer Schwestern grausam sein würde, doch Vi brachte kein einziges Wort über die Lippen. Denn in diesem Moment verschlang die Dunkelheit ihr Bewusstsein und ihr Körper gab den Kampf ums Überleben endgültig auf.

KAPITEL 1

BLAIR

ZWEI MONATE SPÄTER
IN DER NÄHE VON YELLOWKNIFE,
NORDWEST-TERRITORIEN, KANADA

Vielleicht war es nicht meine klügste Idee gewesen, im tiefsten Winter aufs Dach zu klettern – aber ich bereute es keine Sekunde lang. Zumindest nicht, als ich endlich oben angelangt war, etwas Schnee zur Seite wischte, die zusammengefaltete Thermodecke auf die Stelle warf und mich darauf setzte. Ich zog den Reißverschluss meiner Jacke bis zum Kinn hoch, schob die Hände in die Taschen und legte den Kopf in den Nacken.

Es war ein sternenklarer Abend und der Mond schien so hell, dass er sich in dem zugefrorenen See hinter dem Haus widerspiegelte und den Schnee glitzern ließ. Es war der dritte eisige Winter in Folge und mit jedem Jahr schienen die frostigen Tage noch kälter und die Sommer kürzer zu werden. Auch an diesem Novemberabend stieß jeder meiner Atemzüge eine kleine weiße Wolke in die Dunkelheit hinaus, die der Wind davontrug. Eine kalte, fast schon eisige Brise wehte mir das dunkelbraune Haar ins Gesicht und sorgte innerhalb weniger Minuten dafür, dass ich meine Wangen nicht mehr spüren konnte. Genauso wenig wie meine Nasenspitze. Wahrscheinlich wäre es besser, wieder rein ins Warme zu gehen, aber ich war noch nicht bereit dazu.

Mein ganzer Körper war vor Aufregung angespannt. Bisher war der Himmel dunkel, aber ich hoffte, dass ich heute das Glück haben würde, das Spektakel zu sehen.

Der Wind ließ nach und eine herrliche Stille breitete sich aus. Wir waren einige Meilen von der nächsten Stadt entfernt und praktisch völlig allein hier draußen. Unsere nächsten Nachbarn waren fast genauso weit weg. Dennoch musste ich lächeln, als ich das Brummen eines Motors ganz in der Nähe hörte. Gleich darauf erstarb das Geräusch und wurde von knirschendem Schnee ersetzt, als jemand auf das Haus zustapfte.

Meine Mutter und meine Schwester waren mitten in ihrer abendlichen Trainingssession und würden weder das Klingeln noch ein Klopfen hören. Glücklicherweise mussten sie das auch nicht, da die Türe nicht abgeschlossen war. In Gedanken zählte ich die Schritte, die nötig waren, um das Haus zu betreten und vom Flur aus die Treppe nach oben zu nehmen. Mit jeder Sekunde, die verging, hämmerte es etwas schneller in meiner Brust. Als das vertraute Schaben des Fensters hinter mir ertönte, konnte ich gar nicht anders, als zu lächeln.

Die Schritte näherten sich, dann erklang eine tiefe und vertraute Stimme. »Wieso bin ich nicht überrascht?«

Mein Lächeln verwandelte sich in ein kleines Grinsen. Wahrscheinlich war er genauso wenig überrascht darüber, mich hier oben vorzufinden, wie ich darüber, dass er hergefahren war. Ryan war in diesem Haus schon immer ein und aus gegangen, als wäre es sein eigenes. Genauso wie ich es bei ihm daheim tat. Unsere Mütter waren seit Jahren befreundet, und immer, wenn Mom unterwegs war – was sie offiziell als Geschäftsreise oder Familienbesuche ausgab –, hatte Ryans Mutter auf Fenja und mich aufgepasst. Seit Ryan und ich unseren Führerschein hatten, wurden wir noch öfter hin und her geschickt, um frisch gebackene Muffins zu überbringen oder etwas von der Lasagne mitzunehmen, ein ausgeliehenes Buch zurückzugeben oder im Frühjahr ein paar der neuen Setzlinge zu teilen. Unsere beiden Familien waren nicht nur Freunde, wir waren eine eingeschworene Gemeinschaft.

»Was tust du hier draußen, Blair?«, fragte Ryan und blieb neben mir stehen. Er war deutlich größer als ich, aber jetzt überragte er mich geradezu.

Statt einer Antwort deutete ich nur nach oben. Dann rutschte ich auf der Decke zur Seite, um ihm Platz zu machen.

Ächzend ließ er sich neben mich fallen und legte sich trotz der Kälte der Länge nach hin. Auch sein Atem bildete kleine Wolken, als er sprach. »Wartest du auf Sternschnuppen? Oder auf Nordlichter?«

Ich warf ihm ein Lächeln über die Schulter zu. »Erwartest du darauf wirklich eine Antwort?«

Schließlich kannten wir uns seit unserem ersten Schultag und er wusste genau darüber Bescheid, wie sehr ich die Polarlichter liebte und jede Chance nutzte, um sie zu sehen. Selbst wenn das bedeutete, abends im Winter auf dem Dach zu sitzen oder morgens lange vor Sonnenaufgang aufzustehen. Dieses Naturschauspiel hatte einfach etwas Magisches – und das nicht nur, weil ich im Gegensatz zu den meisten Menschen wusste, wer und was dafür verantwortlich war.

Doch das Wissen darum nahm dem Ganzen nichts von seiner Faszination. Ich könnte Stunden damit zubringen, dem Farbenspiel am Himmel zuzuschauen. Mal waren die Nordlichter leuchtend grün, dann eher türkis, in anderen Nächten lila oder sogar pink. Und manchmal, mit besonders viel Glück, waren sie alles davon. Wie ein Regenbogen in tiefster Dunkelheit.

»Du holst dir noch den Tod«, brummte Ryan, tat aber nichts, um mich zum Aufstehen zu bewegen.

»Du auch«, konterte ich und sah wieder zu ihm hinüber.

Sein goldbraunes Haar war zerzaust und im Gegensatz zu mir trug er keine Mütze, um sich vor der Kälte zu schützen. Trotz seiner anklagenden Worte war da ein aufgeregtes Funkeln in seinen graublauen Augen. Das gleiche Funkeln, das er mit ziemlicher Sicherheit auch in meinen Augen wahrnahm. Er freute sich genauso sehr auf das Naturschauspiel wie ich.

»Ich hab was mitgebracht.« Ohne weitere Erklärungen setzte er sich auf, wodurch sich unsere Schultern unweigerlich berührten, und hielt eine Thermoskanne mit zwei Bechern in die Höhe, die ich bisher gar nicht bemerkt hatte. Dann goss er uns beiden etwas von der dampfenden Flüssigkeit ein.

»Und genau deshalb sind wir beste Freunde.« Ich schloss die Finger um den Becher, nippte vorsichtig an dem kräftigen grünen Tee und versuchte auszublenden, wie nahe er neben mir saß.

»Nein, wir sind beste Freunde, weil du mich jederzeit mit allem zum Thema Sternbilder und Nordlichter zutexten kannst und du dir im Gegenzug mein Gefasel über Apps und Software anhörst. Und weil ich dich besser kenne als jeder andere«, ergänzte er und zwinkerte mir zu, was ein ungewohntes Flattern in meiner Magengegend auslöste.

»Stimmt.« Ich räusperte mich. »Weil du hier mit mir in der Kälte sitzt, statt irgendetwas anderes, viel Spannenderes zu tun. Zum Beispiel an deiner App zu arbeiten. Du weißt schon, die fürs College-Stipendium?«

Er antwortete nicht darauf, aber ich konnte gerade so noch einen Blick auf sein Lächeln erhaschen, bevor es hinter dem Becher verschwand. Und dieses Lächeln hatte dieselbe Wirkung auf mich wie das Zwinkern vorhin. Das Flattern verstärkte sich, genauso wie das kräftige Pochen meines Pulses. Ich war nur froh, dass wir hier draußen saßen, denn so fiel die Röte, die meine Wagen überzog, nicht allzu sehr auf. Und wenn doch, könnte ich sie immer noch auf die Minusgrade schieben, statt auf den Jungen neben mir.

Es hatte eine Weile gedauert, bis ich es mir selbst hatte eingestehen wollen, doch mittlerweile wusste ich, was diese körperlichen Reaktionen und ungewohnten Empfindungen zu bedeuten hatten. Irgendwann in den letzten Wochen hatte ich mich in Ryan verliebt, ohne es selbst zu merken. Aber genauso wusste ich, dass ich nie mehr für ihn sein würde als seine beste Freundin. Die jüngere Schwester, die er nie gehabt hatte, da sich seine Eltern hatten scheiden lassen, als er noch klein gewesen war, und seine Mom nie neu geheiratet hatte. Ryan hatte zwar einen Halbbruder namens Hector, den er kaum kannte und der zur neuen Familie seines Vaters gehörte, aber mehr nicht. Und ich ... ich war vom ersten Tag an so etwas wie eine Ersatzschwester für ihn gewesen.

Es wäre viel zu leicht, deswegen wütend oder verbittert zu sein, aber ich war zu dankbar, ihn überhaupt in meinem Leben zu haben.

Ryan war immer an meiner Seite gewesen: Am ersten Schultag, als sich die anderen Kids über meine Klamotten lustig gemacht hatten, die mir viel zu groß waren, weil sie meiner Schwester Fenja gehört hatten, bis sie rausgewachsen war. Als ich durch meine erste Prüfung gefallen war und so mit mir gekämpft hatte, um nicht mitten in der Klasse in Tränen auszubrechen. An all meinen Geburtstagen und an allen Feiertagen. Bei der Nachtwanderung mit unseren Müttern und Fenja, die zu meinen schönsten Erinnerungen gehörte, denn damals hatte ich zum allerersten Mal die Nordlichter gesehen. Ryan war auch dann bei mir geblieben, als mich die Grippe des Jahrhunderts erwischt hatte. Stundenlang hatte er Filme mit mir geschaut und mich regelmäßig daran erinnert, etwas zu trinken und meine Medikamente einzunehmen. Natürlich hatte er sich damals bei mir angesteckt – und ich hatte mich im Anschluss genauso um ihn gekümmert wie er sich um mich. Und als mir das erste Mal ein Typ – Brian Pemberton aus dem Eishockeyteam – das Herz gebrochen hatte, war Ryan derjenige gewesen, der mich getröstet hatte. Und derjenige, der Brian ordentlich die Meinung gesagt hatte.

Die Wahrheit war: Ich konnte mir ein Leben ohne diesen Kerl nicht vorstellen. Und ich würde unsere Freundschaft nicht für ein paar blöde Gefühle aufs Spiel setzen. Ganz egal, wie sehr es wehtat, dass er mich nie so sehen würde wie ich ihn und dass ich auf diese Weise immer unsichtbar für ihn sein würde. Denn für ihn war ich noch immer das kleine Mädchen von damals. Selbst wenn dieses Mädchen inzwischen achtzehn war und nächstes Jahr genau wie er auf die University of Toronto gehen würde.

Die Stille um uns herum wurde für einen kurzen Moment von den hämmernden Bässen aus dem Haus unterbrochen. Genauer gesagt aus dem Trainingskeller. Ich zog eine Grimasse, auch wenn es gleich darauf ruhig wurde, als die Tür unten wieder zufiel.

Ryan warf mir einen verwunderten Seitenblick zu. »Deine Mom und Schwester trainieren noch?«

Ich zuckte mit den Schultern, was man unter der dicken Jacke wahrscheinlich kaum sah. »Du kennst sie doch«, murmelte ich in meinen Becher und trank einen großen Schluck von meinem Tee. Er wärmte mich von innen heraus und würde hoffentlich dafür sorgen, dass wir es bis zum Erscheinen der Nordlichter aushielten und nicht vorher schon zu Eiszapfen gefroren.

Ryan erwiderte nichts, aber ich spürte seinen Blick einen viel zu langen Moment auf mir, ehe er ebenfalls wieder in den Himmel schaute.

Für ihn mochte es seltsam sein, dass Mom und Fenja dieses Hobby so intensiv auslebten oder dass meine große Schwester nach ihrem Schulabschluss noch immer zu Hause wohnte und sich von unserer Mutter in diversen Kampfstilen ausbilden ließ, statt aufs College zu gehen oder in die nächste Stadt zu ziehen, um dort einen Job zu finden und sich ein Leben aufzubauen. Aber ich kannte die wahren Gründe dafür.

Meine Mutter war eine Valkyre. Eine der legendären Neun, die seit Anbeginn der Zeit auf der Welt verweilten und die Seelen gefallener Helden einsammelten, um sie auf die letzte Schlacht, auf Ragnarök, vorzubereiten. Doch jetzt war sie bereit, diese Verantwortung und all ihre Macht abzugeben. An ihre älteste Tochter. An Fenja. Was für mich nur Geschichten waren, würde für sie schon bald zur Wirklichkeit werden. Deshalb trainierte Mom sie schon seit Jahren so hart, während ich nur ab und zu daran teilnahm. Und deswegen würden sie in ein paar Tagen nach Edmonton fahren, dort in einen Zug steigen und den langen Weg nach Vancouver auf sich nehmen, wo Fenja in einer geheimen Zeremonie in den Kreis der Valkyren aufgenommen werden sollte. Und während sie fürs Erste in Valhalla blieb, würde meine Mutter nach Hause zurückkehren. Nicht mehr als Valkyre, sondern als Sterbliche. Als ganz normaler Mensch, wie ich es war.

Aber das konnte ich Ryan nicht erzählen. Mom hatte mir schon als kleines Mädchen eingeschärft, niemals darüber zu reden, und daran hielt ich mich. Außerdem war es ja nicht so, als wäre es das einzige Geheimnis, das ich vor meinem besten Freund hatte. Ich konnte nur hoffen, dass er die Wahrheit niemals herausfinden würde. Weder die über meine Familie noch die über meine Gefühle. Denn das könnte das Ende unserer Freundschaft bedeuten.

»Da!« Ryan deutete gen Himmel. »Blair, es geht los.«

Die Begeisterung in seiner Stimme sprang sofort auf mich über. Ich kniff die Augen zusammen und starrte auf den Punkt, auf den er gezeigt hatte, dann sah ich es auch. Der Himmel erhellte sich. Wie durch Zauberhand erschienen die Polarlichter und vertrieben die Dunkelheit mit ihrem grünen Leuchten.

Mein Herz begann zu hämmern – und das nicht nur, weil ich mir darüber bewusst war, dass in diesem Moment eine Valkyre die Macht der Nordlichter nutzte, um sich von einem Ort auf der Welt zum anderen zu bewegen. Um einen Helden zu finden und seine Seele einzusammeln.

Denn obwohl ich es besser wusste, kam ich nicht umhin, mir zu wünschen, dass sie mich ebenfalls mitnehmen würde. Dass sie mich ebenfalls dorthin brachte. An den Ort, nach dem ich mich schon gesehnt hatte, bevor ich ihn überhaupt gekannt hatte. An den Ort, den ich niemals mit eigenen Augen sehen würde, weil ich keine Valkyre war.

Valhalla.

KAPITEL 2

»Mom!«, rief ich am Freitagnachmittag quer durch das Haus und stellte das neue Blumengesteck mit dem vielen Efeu auf die Kommode in den Flur. Mom hatte diesen Tick, dass sie, wann immer sie nervös war, damit anfing, neue Blumenarrangements zusammenzustellen. Mittlerweile war das ganze Haus voll davon. Es gab sogar mehr davon als von den Landschaftsgemälden in den faszinierenden Farben, die an den Wänden im Eingangsbereich, im Flur, Schlaf- und Wohnzimmer hingen. Schlimmer war es nur bei Fenjas und meiner Einschulung gewesen, da hatte das ganze Haus wie ein Blumenladen ausgesehen. »Ihr kommt noch zu spät!«

Schnelle Schritte auf der Treppe. »Ich weiß, ich weiß.«

Meine Mutter raste die Stufen mit einer irrsinnigen Geschwindigkeit hinunter. Einer Geschwindigkeit, bei der es mich mit ziemlicher Sicherheit auf die Nase legen oder ich mir das Genick brechen würde. Doch sie schaffte es anmutig und unverletzt nach unten, wo Fenja und ich bereits mit den gepackten Koffern auf sie warteten. Unsere Mutter mochte eine mächtige Valkyre mit übernatürlichen Kräften sein – aber sie war auch die verplanteste Person, die wir kannten.

»Okay«, sagte sie und schlüpfte in ihren Mantel, dann klopfte sie alle Taschen ab. »Handy, Ausweis, Schlüssel …« Sie erstarrte. »Schlüssel?«

Fenja deutete Richtung Eingangsbereich. Im Gegensatz zu Mom und mir mit unseren langweilig dunkelbraunen Haaren, war aus ihr eine Blondine geworden, die jedem Shampoo-Model Konkurrenz machen konnte. »Liegen auf der Kommode.«

»Ach ja, richtig.« Mit einem Satz war Mom dort, so schnell, dass ich blinzeln musste. Obwohl ich es schon mein Leben lang kannte, hatte ich mich noch immer nicht daran gewöhnen können, wie unmenschlich schnell sie sich manchmal bewegte. Meistens in Momenten, in denen sie gestresst war. »Dann dürften wir alles haben, oder?«

»Zugtickets.« Ich hielt ihr die Fahrkarten hin und presste die Lippen aufeinander, um nicht allzu offensichtlich zu grinsen.

»Lachst du mich etwa aus, kleines Fräulein?« In wenigen Schritten war sie bei mir und riss mir die Tickets aus der Hand, um sie nach einem prüfenden Blick darauf in ihrer Manteltasche zu verstauen. Von Handtaschen hielt Mom nichts.

Meine Mundwinkel bebten gefährlich. »Ich? Niemals.«

Neben mir täuschte Fenja ein Husten vor, um ihr eigenes Lachen zu verbergen.

»Na warte. Werde du erst mal so alt wie ich.« Spielerisch drohte Mom mir mit dem Zeigefinger, was irgendwie an Wirkung verlor, da sie uns nie verraten hatte, wie alt sie wirklich war. Ich tippte auf hundert Jahre, Fenja auf mindestens das Doppelte. Dabei sah sie noch immer aus wie Mitte, höchstens Ende dreißig. Als wäre die Zeit für sie einfach stehen geblieben. Zumindest, bis sie ihre Fähigkeiten an ihre erstgeborene Tochter weitergab und dann ein sterbliches Leben führen würde. Ab dann würde die Zeit für Fenja stehen bleiben, während sie für Mom weiterticken würde.

Warum sie das wollte, obwohl sie doch unsterblich war, war mir schleierhaft. Wenn ich irgendwelche coolen magischen Kräfte hätte, würde ich sie um keinen Preis der Welt hergeben wollen.

»Bist du sicher, dass du allein zurechtkommst?«, fragte meine Mutter mich zum gefühlt hundertsten Mal. »Wir sind nur ein paar Tage weg. Höchstens eine Woche, mehr nicht.«

»Mom.« Ich gab mir alle Mühe, nicht die Augen zu verdrehen, weil ich wusste, dass sie es nicht böse meinte. Aber manchmal übertrieb sie es mit ihrer Fürsorge wirklich. »Ich bin achtzehn Jahre alt. Nächsten Sommer gehe ich aufs College und spätestens da werde ich allein klarkommen müssen. Also werde ich auch die paar Tage überstehen, in denen ihr fort seid.«

»Das weiß ich doch, mein Schatz.« Sie legte die Hände an meine Wangen. »Aber du bist nun mal …«

»Das Küken in der Familie und du willst mich vor allem beschützen, ich weiß«, beendete ich ihren Satz grinsend. »Glaubst du nicht, nach allem, was du mir beigebracht hast, müssten sich eher die anderen *vor mir* in Acht nehmen?«

Mom lachte auf und drückte mir einen Kuss auf die Stirn. »Das ist mein Mädchen.«

Ich sah ihr lächelnd nach, als sie sich ihren Koffer schnappte und ihn nach draußen trug. Fenja warf mir einen amüsierten Blick zu und bückte sich bereits nach ihrem eigenen Koffer, als ich ihr die Hand auf den Arm legte und sie stoppte.

»Geht's dir gut?«, fragte ich.

Fenja war vier Jahre älter als ich und während wir uns als Kinder aufgrund des Altersunterschieds nicht besonders nahegestanden hatten, waren wir in den letzten Monaten zusammengewachsen. Und obwohl ich wusste, dass das hier ihr Schicksal war und sie sich darauf freute, kam ich nicht gegen die leise Sorge in mir an. Oder gegen die Angst, dass die Frau, die aus Valhalla zurückkehren würde, nicht mehr dieselbe Fenja sein würde.

Nicht mehr meine Schwester.

»Ich bin nervös«, gab sie eine Spur leiser zu und warf einen schnellen Blick nach draußen.

Mittlerweile war Ryan eingetroffen und unterhielt sich neben dem Auto mit unserer Mutter. Wir hatten ihm erzählt, dass Fenja für ein Casting nach Vancouver musste und Mom sie selbstverständlich begleitete. Zusammen würden wir die beiden bis zum Bahnhof in Edmonton begleiten und sie dort in den Zug setzen, also lagen noch ein paar Stunden Fahrt vor uns, dennoch fühlte es sich schon jetzt wie ein Abschied an. Wahrscheinlich, weil weder meine Mutter noch meine große Schwester dieselben sein würden, wenn sie zurückkehrten.

Nur ich würde dieselbe sein. Die immer gleiche Blair.

»Alles wird gut«, beruhigte ich Fenja und zwang mich ihr zuliebe zu einem Lächeln. »Ich wünschte nur, ich könnte dabei sein.«

»Ich auch.« Sie griff nach meiner Hand und drückte sie. Ob sie damit mich oder nicht eher sich selbst beruhigen wollte, spielte keine Rolle. Ich erwiderte den Druck aufmunternd.

»Ich bin total stolz auf dich. Das weißt du, oder?«

Ein Strahlen erhellte ihr Gesicht und vertrieb das letzte bisschen Nervosität. Statt einer Antwort zog Fenja mich an sich und schloss die Arme um mich. »Und ich bin stolz auf dich, Kleines«, wisperte sie in mein Haar. Dann löste sie sich von mir und schmunzelte breit. »Aber jetzt sollten wir los, sonst verpassen wir wirklich noch den Zug.«

Ich nickte, schnappte mir meine Jacke und zog sie noch im Gehen an. Die Haustür fiel hinter uns ins Schloss und ich überprüfte noch mal, ob auch ich alles dabei hatte, was ich für die Fahrt benötigte. Dann ging ich zu den anderen hinüber.

»Hey, Blair.« Ryan lud gerade das letzte Gepäckstück in den Kofferraum und zwinkerte mir zu.

Mein Magen machte einen kleinen Sprung und ich verfluchte meinen Körper in Gedanken dafür. Himmel noch mal, ich kannte Ryan schon ewig! Warum musste ich ihn plötzlich so … so anders wahrnehmen als bisher? Warum mussten mir all diese kleinen Details auffallen, die ich früher nie an ihm bemerkt hatte?

Das freche Funkeln in seinen graublauen Augen, die mich an den Himmel an besonders kalten Wintertagen erinnerten. Das Grübchen in seiner Wange, wenn er lächelte – und es nicht vom Bartschatten verdeckt wurde. Vor ein paar Jahren hatte er versucht, sich einen richtigen Bart wachsen zu lassen, es aber schnell wieder aufgegeben, als da nicht mehr als ein bisschen Flaum an seinem Kinn entstanden war. Mittlerweile musste er sich jeden Tag rasieren. Ich wusste das, weil ich die Stoppeln in seinem Gesicht nur zu deutlich bemerkte, wenn er es nicht tat.

»Steigst du endlich ein?«, ertönte seine neckende Stimme. »Oder willst du weiter in den Schnee starren?«

Ich blinzelte und verfluchte die Röte, die mir ins Gesicht stieg. Statt einer Antwort rammte ich ihm den Ellbogen in die Rippen. Er ächzte und ich lächelte zuckersüß. So war es schon immer zwischen uns gewesen. Wir neckten uns wie Bruder und Schwester, aber manchmal … manchmal glaubte ich, dass er tatsächlich mit mir flirtete. Oder vielleicht wollte ich das auch nur glauben, weil ein Teil von mir es sich so sehr wünschte.

»Alle bereit?« Mom startete den Motor, ohne auf eine Antwort zu warten. Wenn sie etwas vergessen hatte, musste sie jetzt damit leben, denn Ryan und ich würden mit dem Auto hierher zurückfahren, nachdem wir sie und Fenja am Gleis verabschiedet hatten.

Vorsichtig folgte Mom der Ausfahrt hinunter und bog auf

die Straße ab. Meine Schwester saß auf dem Beifahrersitz neben ihr und spielte am Radio herum, bis sie einen Sender mit klassischer Musik fand, der sie zufriedenstellte, während Ryan und ich uns die Rückbank teilten. Für die nächsten Stunden. Ohne irgendeine Form von Ablenkung. Großartig. Ganz, ganz großartig.

Die Landschaft brauste an uns vorbei, größtenteils flach und von Schnee bedeckt, der im Sonnenlicht wie tausend Kristalle funkelte. Die Straße war hingegen eine Katastrophe und wir mussten mehrfach bremsen und langsamer fahren, weil sie stellenweise vereist oder nicht richtig geräumt worden war. Aber je näher wir Edmonton kamen, desto besser wurden auch die Straßenverhältnisse. Und desto näher rückte der endgültige Abschied.

Mein Blick wanderte unweigerlich nach vorn. Fenjas Kopf lehnte am Fenster. Ihre Augen waren geschlossen und sie schlief mit halb offenem Mund, was irgendwie lustig aussah. Mom hatte beide Hände am Lenkrad und den Blick konzentriert geradeaus gerichtet. Als hätte sie bemerkt, dass ich sie beobachtete, schaute sie in den Rückspiegel und warf mir ein warmes Lächeln zu, das ich erwiderte.

Ich hatte immer gewusst, dass dieser Tag kommen würde, trotzdem fiel es mir schwer, Mom und Fenja gehen zu lassen.

Es ist nur eine Woche, rief ich mir selbst ins Gedächtnis, doch das änderte nichts an dem wehmütigen Ziehen in meiner Brust. Seit Dads Tod vor acht Jahren waren wir ein eingespieltes Team. Sicher, ab und zu krachte es auch mal ordentlich, wenn Fenja wieder ihre Sachen herumliegen ließ oder die Musik zu laut aufdrehte, aber wir waren immer füreinander da und standen alles zusammen durch. Alles, bis auf die Zeremonie, in der Mom ihre Kräfte weitergab und Fenja zu einer Valkyre wurde. Ich hatte keine Ahnung, wie genau das Ganze vonstattengehen würde, aber ich stellte es mir episch vor. Mit Instrumenten und Gesängen an einem Altar unter den schimmernden Nordlichtern. Vielleicht aber auch einfach mit Sekt und Kuchen, Luftballons und Konfetti. Wer wusste schon, wie die Nachfahren der alten nordischen Götter ihre Feste feierten? Wahrscheinlich mit jeder Menge Met.

Ich wandte den Blick ab und sah zu Ryan hinüber. Er war schon die ganze Fahrt über ungewohnt schweigsam gewesen. Auch jetzt starrte er aus dem Fenster und saß so angespannt neben mir, als hätte er Schmerzen.

Ich runzelte die Stirn, sobald ich bemerkte, dass er die Hand neben sich zur Faust geballt hatte. Was war mit ihm los?

»Ry?«, fragte ich leise. So leise, dass weder Mom noch Fenja uns hören konnten.

Er reagierte nicht.

»Hey …« Ich stupste seinen Arm an.

Er zuckte zusammen, als hätte er einen Stromschlag bekommen und riss den Kopf herum. Ein, zwei Sekunden lang starrte er mich aus aufgerissenen Augen an, dann schluckte er hart.

Okay. Jetzt war ich wirklich besorgt. Stimmte etwas nicht mit ihm? Wurde er krank? Waren wir neulich Abend doch zu lange draußen auf dem Dach in der Kälte sitzen geblieben und er hatte sich etwas eingefangen?

»Was ist los?«, hakte ich nach. »Geht's dir nicht gut? Du bist ein bisschen blass um die Nase.«

Ungefähr so wie beim allerersten Mal auf dem Kettenkarussell. Ich hatte es völlig furchtlos betreten, Ryan hatte jedoch gezögert. Hinterher hatte er den Spaß seines Lebens gehabt und mir war total übel geworden. Was echt unfair war, denn das Ganze war ursprünglich meine Idee gewesen.

»Alles gut.«

Ich kaufte ihm das Lächeln nicht ab. Irgendetwas war los, das konnte ich deutlich erkennen. Da war dieser angespannte Zug um seinen Mund und die Tatsache, dass er noch immer total verkrampft wirkte. Beinahe so, als würde er jeden Moment die Tür aufreißen und aus dem Wagen springen wollen. Aber das war völlig absurd. Ob ihm von der holprigen Fahrt einfach schlecht geworden war? Das wäre zwar eine Premiere, aber …

Der Wagen geriet ins Schleudern. Instinktiv tastete ich nach dem Haltegriff an der Tür und packte mit der anderen Hand Ryans Arm. Wir mussten eine vereiste Stelle erwischt haben. Mom würde das Auto gleich wieder in den Griff bekommen. Ganz bestimmt.

Doch es hörte nicht auf.

Wir schlitterten über die Straße und wurden immer schneller, statt langsamer.

»Mom?«, rief ich panisch.

»Alles gut, Schatz.« Ihre beruhigenden Worte gingen in einem Schrei unter. Fenjas Schrei.

»Oh Gott!«, kam es von rechts von mir.

Plötzlich ging alles unglaublich schnell – und gleichzeitig so langsam, als würde ich es wie in Zeitlupe erleben.

Mom verlor die Kontrolle über den Wagen. Die Reifen quietschten. Der Motor jaulte auf. Der Straßengraben kam geradewegs auf uns zu.

Dann wurde alles schwarz.

KAPITEL 3

»Blair …«

Dunkelheit. Ein entferntes Rauschen. War das … das Meer? Der Wind?

Auf einmal bewegte sich die Welt, begann zu schwanken und wurde dann wieder ganz still. Was war passiert?

»Kannst du mich hören?«

Eine Stimme drang zu mir durch. Ich nahm sie nur gedämpft wahr, weil sie kaum gegen das Rauschen in meinen Ohren und die dicke Nebelwand ankam, die sich wie eine Decke auf mich gelegt hatte. Eine herrliche, beruhigende Decke, die ich nicht abstreifen wollte. Denn das würde bedeuten, in die Realität zurückkehren zu müssen.

»Komm schon, Blair!«

Die Stimme war vertraut. Ich kannte sie. Mein Herz schlug jetzt schneller. Meine Haut prickelte. Mein ganzer Körper reagierte darauf, bevor mein Verstand begreifen konnte, wer mit mir sprach. Und warum er so verzweifelt klang.

Ich schlug die Augen auf – und stöhnte bei dem gleißenden Licht. Sofort kniff ich sie wieder zusammen und drehte den Kopf zur Seite, doch das hatte nur zur Folge, dass ein scharfer Schmerz durch meine Schläfe schoss.

»Sieh mich an …« Eine warme Hand lag an meiner Wange und strich über meine Haut. »Bitte, Blair.«

Ich probierte es erneut, zwang mich dazu, die Augen zu öffnen. Diesmal schob sich eine Gestalt vor das grelle Sonnenlicht. Ich musste ein paar Mal blinzeln, bis alles einigermaßen scharf wurde und ich erkannte, wer sich da gerade über mich beugte.

»Ry …?«, krächzte ich und tastete nach ihm. Er nahm meine Hand in seine und drückte sie. »Was ist …? Wo sind …?«

Ich hatte keine Ahnung, was passiert war. Mein Kopf hämmerte noch immer wie verrückt, doch das Rauschen in meinen Ohren nahm langsam ab. Ich versuchte, mich aufzusetzen, scheiterte jedoch. Zumindest bis sich ein starker Arm um meine Schultern legte und mir behutsam dabei half, mich aufzurichten.

Schwindel breitete sich in mir aus und ich hielt mich an Ryan fest. Meine Finger gruben sich in seinen Mantel und ich verzog das Gesicht, als ich einen metallischen Geschmack im Mund wahrnahm. Was zur Hölle war hier los?

Erst jetzt bemerkte ich den Rauch in der Luft und den beißenden Geruch von etwas … etwas Geschmolzenem. Gummi? Kautschuk? Autoreifen?

Ich drehte den Kopf, um mehr zu erkennen, aber Ryan, der vor mir kniete, mich noch immer stützte und dabei besorgt musterte, verdeckte mein Blickfeld.

»Was ist passiert?« Ich machte mich von ihm los und setzte alles daran aufzustehen, schaffte es aber gerade mal auf Hände und Knie.

»Blair …« Er schien mich aufhalten zu wollen, aber irgendwie schaffte ich es dennoch und mit bloßer Willenskraft, auf die Beine zu kommen. »Es gab einen Unfall …« Seine Stimme brach.

Ein Unfall? Das Letzte, woran ich mich erinnern konnte, war … wie Fenja im Auto geschlafen hatte. Moms Lächeln. Die seltsame Unterhaltung mit Ryan. Wie der Wagen ins Schleudern gekommen war und dann … Der Schrei. Dann …

Ich tastete nach der pochenden Stelle an meiner Schläfe und zuckte bei der Berührung zusammen. Gleichzeitig kam mir ein kleines Wimmern über die Lippen. Als ich auf meine Finger hinabsah, waren sie feucht und leuchteten rot im Sonnenlicht.

Blut. Ich blutete.

Wo waren meine Mutter und meine Schwester?

Langsam, da mir noch immer schrecklich schwindlig war, drehte ich mich um. Wir befanden uns am Rande einer vereisten Straße. Aber nicht neben dem Graben, an den ich mich jetzt wieder erinnerte, sondern direkt gegenüber auf der anderen Seite.

Mein Blick zuckte zurück. Zuckte zu der Stelle, wo der silbergraue Wagen im Graben lag – und alles in mir erstarrte.

»Mom …?«, wisperte ich erstickt und konnte den Blick nicht von dem abwenden, was einmal unser Familienauto gewesen war. »Fenja?«

Bevor ich auch nur einen einzigen klaren Gedanken fassen konnte, setzte ich mich bereits in Bewegung. Ich musste zu ihnen, musste ihnen helfen, irgendetwas tun. Doch nach nur zwei schwankenden Schritten packte mich eine Hand am Arm und zwang mich dazu, stehen zu bleiben. Ich kämpfte dagegen an, bis Ryan den ganzen Arm um mich legte und mich an sich zog. Ich spürte seinen Körper dicht hinter mir. Sein Duft vertrieb den Gestank nach Rauch und Feuer, hatte aber nicht denselben Effekt wie normalerweise. Weil ich gar nichts mehr fühlen konnte.

»Es ist zu spät. Sie haben … haben es nicht geschafft.« Seine Stimme war ganz nah an meinem Ohr, aber die sonst so beruhigende Wirkung wollte sich nicht einstellen. Hier und jetzt waren diese Worte aus seinem Mund das Letzte, was ich hören wollte. »Es tut mir so leid, Blair … so leid.«

»Nein!« Ich riss mich von ihm los und stolperte zum Straßengraben, schaffte es aber nicht weit. Denn in dem Moment, in dem ich das Wrack von Nahem sah, in dem ich erkannte, was von unserem Wagen noch übrig geblieben war, gaben meine Knie unter mir nach und ich sank zu Boden.

Wir waren geradewegs und mit viel zu hoher Geschwindigkeit in den Graben und gegen einen Baum gefahren. Der vordere Teil des Autos war völlig zerquetscht, wie eine Blechdose, auf die man mit dem Fuß aufstampfte. Die Scheiben waren zerbrochen. Überall lagen Glassplitter und funkelten mit dem Schnee um die Wette. Ein riesiger Ast hatte die Frontscheibe durchstoßen. Wir mussten direkt darauf zugesteuert sein. Und da war Blut …

Nicht viel. Nur ein paar Tropfen auf dem viel zu weißen Schnee. Aber genug, damit sich mir bei dem Anblick der Magen umdrehte.

Der hintere Teil des Wagens ragte schräg aus dem Graben heraus und das rechte Hinterrad hing in der Luft. Wenn ich genau hinsah, drehte es sich möglicherweise noch. Dann wäre der Unfall gerade erst passiert. Vor wenigen Minuten. Nein, vor Sekunden. Und dann gab es vielleicht noch eine Chance. Womöglich irrte Ryan sich. Vielleicht hatten Mom und Fenja es doch irgendwie geschafft. Vielleicht konnte ich …

Ryan war bei mir, bevor ich mich ganz aufrappeln konnte, und hielt mich erneut fest. »Du kannst ihnen nicht mehr helfen, Blair. Glaub mir, ich hab es versucht. Ich habe alles getan …«

Ich wehrte mich gegen seinen Griff, kämpfte mit letzter Kraft, kam aber nicht gegen ihn an. Genauso wenig wie gegen die Tränen, die in meinen Augen brannten und meine Sicht trübten. Oder gegen die Leere, die sich wie ein schwarzes Loch tief in meinem Inneren ausbreitete.

»Nein …«, stieß ich hervor. »Nein, nein, nein! Das kann nicht sein. Sie können nicht einfach tot sein.«

Meine Mutter war eine Valkyre. Unsterblich, bis sie sich dazu entschloss, ihre Kräfte weiterzugeben – und das hatte sie nicht getan. Also konnte sie auch nicht tot sein. Ich weigerte mich, das zu glauben. Ich weigerte mich einfach.

Ryan drehte mich etwas, damit ich das Wrack nicht mehr sehen musste, und zog mich an sich. Instinktiv vergrub ich das Gesicht an seiner Schulter. Schluchzer schüttelten meinen Körper, aber mir kam kein Ton über die Lippen. Keine einzige Träne verließ meine Augen. Ich war wie versteinert. Als wäre ein Teil von mir unwiederbringlich verloren. Als wäre ein Teil von mir zusammen mit Mom und Fenja gestorben.

Ich wollte die Augen schließen – vor der Realität, vor der Wahrheit – und alles um uns herum ausblenden, bis es wie ein böser Traum verschwand. Bis ich aufwachte und alles wieder beim Alten war, doch in dem Moment, in dem ich dabei war, genau das zu tun, hielt ich inne. Da war eine Bewegung links von uns. Ich drehte den Kopf zur Seite und versuchte zu erkennen, was meine Aufmerksamkeit auf sich gezogen hatte.

Ein Mann stand zwischen den Bäumen. Er war ganz in Schwarz gekleidet und sein langer Mantel flatterte im Wind. Ich konnte sein Gesicht nicht genau erkennen, aber … war das eine Narbe auf seiner Wange oder nur ein Schatten? Ein einziges kurzes Blinzeln, dann war er verschwunden, beinahe so, als wäre er nie hier aufgetaucht. Aber er war da gewesen. Ich hatte ihn gesehen. Da war ich mir absolut sicher.

Wer war das? Warum war er hier gewesen? Und wie hatte er so schnell verschwinden können? Was hatte das alles zu bedeuten?

Doch bevor ich auch nur eine dieser Fragen laut aussprechen konnte, erklangen Sirenen in der Ferne. Ryan musste einen Rettungswagen gerufen haben, auch wenn es nichts mehr gab, was sie retten konnten. Meine Mutter und meine Schwester waren fort.

Als ich heute Morgen aufgestanden war, hatte ich gewusst, dass dieser Tag das Leben meiner Familie für immer verändern würde. Aber ich hätte nie gedacht, dass es so geschehen würde. Und dass ich die Einzige sein würde, die von dieser Familie übrig blieb.

KAPITEL 4

Die nächsten Tage vergingen so schnell, als hätte ich nur einmal geblinzelt, und gleichzeitig so quälend langsam, als könnte ich jede einzelne Sekunde davon körperlich spüren. Die Rettungskräfte an der Unfallstelle. Der kurze Aufenthalt im Krankenhaus. Das Gespräch mit der Polizei und den Ärzten. Die Totenscheine. Die Fahrt zurück nach Hause. Das leere Haus. Die Stille.

Ryan blieb die meiste Zeit über bei mir, aber auch er hatte ein paar blaue Flecken abbekommen und trug einen Verband am rechten Arm. Er musste sich geschnitten haben, als er mich von der Rückbank und aus dem Wagen gezerrt hatte.

Auch in den kommenden Tagen wirkte er mitgenommen

und der Kummer war ihm deutlich anzusehen. Vielleicht war das die gesündere Variante. Vielleicht ging er auf eine bessere Art und Weise mit dem Schmerz und der Trauer um als ich. Denn ich … ich fühlte gar nichts. Ich war einfach nur taub. Taub und innerlich völlig leer.

Und jetzt stand ich hier – nicht vor einem, sondern vor zwei Gräbern, während ein kalter Wind blies und den liegengebliebenen Schnee aufwirbelte. Ich war umringt von Menschen, die aus dem ganzen Umkreis hergefahren waren. Freunde. Nachbarn. Mitschüler und Mitschülerinnen von Ryan und mir genauso wie ehemalige von Fenja. Und Leute, die ich nie zuvor getroffen hatte.

Wahrscheinlich sollte ich trauern und zuhören, was der Pfarrer über das Leben meiner Schwester und meiner Mom erzählte, aber ich konnte die ganze Zeit nur an den Unfall denken. Und wenn ich nicht daran dachte, durchlebte ich die Minuten, die alles verändert hatten, Nacht für Nacht aufs Neue, bis ich schreiend aufwachte. Oder schlimmer noch: weinend.

Doch ausgerechnet jetzt konnte ich nicht weinen. Um mich herum schluchzten und schnieften die Leute, zogen Taschentücher hervor und nickten zu den Worten des Pfarrers, doch mir kam kein Ton über die Lippen und keine einzige Träne lief mir über die Wangen. Vielleicht hatte ich mich bereits leer geweint, vielleicht stand ich noch unter Schock und wollte all das, die ganze Beerdigung an diesem kalten Wintermorgen nicht wahrhaben.

Ich ballte die Hände an meinen Seiten zu Fäusten und

blendete mein ganzes Umfeld aus. Ich war mir sicher, dass ich jemanden an der Unfallstelle gesehen hatte. Da war diese schwarz gekleidete Gestalt gewesen. Ich hatte sie den Polizisten beschrieben, die im Krankenhaus mit mir gesprochen hatten, und sie hatten sich alles notiert, aber mir auch versichert, dass niemand dort gewesen war und sie auch keinerlei Spuren gefunden hatten. Unser Auto war das einzige weit und breit gewesen und es gab keine Hinweise auf andere Personen am Unfallort. Keine Reifenspuren. Keine Fußabdrücke. Nichts. Auch wenn es mir niemand ins Gesicht gesagt hatte, wusste ich, was sowohl Ryan als auch die Polizisten dachten. Aber es war keine Einbildung gewesen. Ich hatte einen Mann gesehen. Er *war* da gewesen. Da war ich mir absolut sicher.

Eine Hand tastete nach meiner und löste meine verkrampften Finger. Als ich den Kopf hob, sah ich in Ryans Gesicht. Er war blass und sagte kein Wort, aber ich erkannte die Sorge in seinen Augen. Sachte zog er mich mit sich zu dem wartenden Wagen. Erst jetzt bemerkte ich, dass die Beerdigung vorbei war. Meine Schwester und meine Mom lagen unter der Erde, ohne dass ich es bewusst wahrgenommen hatte.

Auch die Fahrt zurück nach Hause erlebte ich wie in Trance. Ryan saß neben mir. Seine Mom fuhr den Wagen. In der einen Sekunde waren wir noch auf dem Friedhof, in der nächsten stiegen wir aus und gingen ins Haus, das so schrecklich leer geworden war. Gleich darauf stand ich mit einer dampfenden Tasse im Wohnzimmer, die mir irgendjemand in die Hand gedrückt hatte.

»Blair?«

»Ähm, ja?« Ich starrte in das Gesicht von Ryans Mutter. Falten zeichneten sich auf ihrer Stirn und rund um ihre Augen ab. Augen, die seinen so sehr glichen, obwohl er sonst eher nach seinem Vater zu kommen schien.

Sie stellte ihre Teetasse beiseite und legte mir die Hände in einer sanften Geste auf die Schultern. »Es tut mir so schrecklich leid, Liebes.«

Ich nickte nur, da ich zu keiner anderen Reaktion fähig war. Nicht bei diesen Worten. Nicht bei der Umarmung, in die sie mich schloss und die sich fremd anfühlte. Ganz so, als wäre mein Körper nicht mehr mein Körper, sondern nur noch eine Hülle für das, was von mir übrig geblieben war.

»Es war eine wunderschöne Beerdigung«, sagte Ryans Mom und ihre Stimme brach.

Wieder ein Nicken.

Obwohl wir so abgelegen wohnten, hatten sich alle Nachbarn aus dem Umkreis jetzt auch in unserem Haus versammelt und selbst gekochtes Essen mitgebracht. Die Schüsseln und Schalen standen zwischen den Blumenvasen und Moms Gestecken, die noch immer jedes Zimmer schmückten. Die Gespräche waren leise, trotzdem füllten ihre Stimmen die Räume, genau wie das Klappern von Geschirr, die leisen Schritte und die gedämpfte klassische Musik, die im Hintergrund lief. Ein Stück von Bach. Fenjas Lieblingskomponist.

Ich schluckte schwer und zwang meine Gedanken in die Gegenwart zurück. Auch wenn das eine Gegenwart war, in der ich nicht sein wollte. Eine Gegenwart ohne meine Mutter und meine große Schwester. In der ich allein war. Ganz allein.

Dad hatte ich verloren, als ich gerade mal zehn Jahre alt gewesen war. Herzinfarkt. An dem einen Tag hatte er mir noch bei den Hausaufgaben geholfen und mir versprochen, mir Schlittschuhlaufen beizubringen, am nächsten war er nicht mehr nach Hause gekommen. So schrecklich das damals gewesen war, ich hatte immer noch Fenja und Mom gehabt. Doch jetzt … jetzt hatte ich niemanden mehr.

Und plötzlich, ohne jede Vorwarnung, kehrten sie zurück: all die Emotionen, die mich in der Sekunde verlassen hatten, in der ich am Straßenrand liegend die Augen aufgeschlagen hatte. Der Moment, in dem mir bewusst geworden war, was geschehen war.

Es klirrte viel zu laut, als ich die Tasse samt Unterteller beiseitestellte und mich murmelnd bei Ryans Mom entschuldigte. Dann machte ich auf dem Absatz kehrt und nahm die Treppe nach oben. Eine Stufe nach der anderen, so schnell ich konnte. Dabei sah ich nicht zurück, sondern ignorierte die Blicke, die mir folgten, genauso wie die gedämpften Stimmen. Ich ertrug die Gegenwart all dieser Menschen keine Sekunde länger. Ich ertrug ihr Mitgefühl und die Traurigkeit in ihren Augen nicht mehr.

In meinem Zimmer angekommen drückte ich die Tür leise hinter mir zu und war in wenigen Schritten beim Schrank. Ich riss ihn auf, warf eine Reisetasche aufs Bett und begann, Klamotten hineinzustopfen. Ohne zu zögern. Ohne auch nur eine Sekunde innezuhalten und darüber nachzudenken, was ich da eigentlich tat. Oder warum.

Ich hörte das Klopfen nicht und zuckte zusammen, als ich

mich ein weiteres Mal zum Bett umdrehte, in den Armen einen Berg an Klamotten, und Ryan im Türrahmen entdeckte. Er sagte kein Wort, beobachtete mich nur mit besorgter Miene. In Gedanken verpasste ich mir einen Tritt, um mich aus meiner Starre zu reißen, und stopfte auch diese Sachen in die Tasche. Dann griff ich nach einem zweiten Paar Schuhe.

»Was wird das?«, fragte er in dieser tiefen, sanften Stimme, die mich unter anderen Umständen ganz kribbelig machte. Nicht heute. Nicht hier und jetzt. Die Wirkung, die er sonst auf mich hatte, prallte an mir ab wie an einem unsichtbaren Schild.

Ich antwortete nicht darauf, denn meiner Meinung nach war es ziemlich offensichtlich, was ich hier tat: Ich packte.

»Hey …«

Ich öffnete die oberste Schublade meiner Kommode, ignorierte die gerahmten Bilder meiner Familie, die darauf standen, und schnappte mir das Nötigste an Unterwäsche, um auch sie in die Reisetasche zu quetschen. Dann riss ich die nächste Schublade auf.

»Du solltest dich ausruhen.«

Ernsthaft jetzt? Das war sein Ratschlag? Das war seine Lösung für alles?

Ich hielt inne, war einen Moment wie erstarrt – dann wirbelte ich zu ihm herum. »Ich will mich aber nicht ausruhen. Ich will toben und schreien und irgendetwas gegen die Wand werfen.« Fassungslos starrte ich ihn an. Meinen besten Freund, der mir auf einmal wie ein Fremder vorkam. Weil mir einfach alles fremd vorkam. Das hier war nicht mehr meine Lebensrealität. Eine Welt ohne Mom und Fenja war eine Welt, in der ich nicht sein wollte.

»Blair …« Ryan machte einen Schritt auf mich zu, die Hände gehoben, als würde er sich einem scheuen Tier nähern. Oder einem gefährlichen.

»Nein.«

Er blieb stehen, die Stirn irritiert gerunzelt.

»Du wirst mich nicht aufhalten, also spar dir den Atem.« Noch während ich sprach, ging ich zum Nachttisch neben dem Bett und riss die Schublade auf. Darin befanden sich mein Tagebuch, ein hellblauer Gelstift – und die Zugtickets, die Mom und Fenja nie eingelöst hatten.

Eine Diele knarrte hinter mir. Ryan hatte sich bewegt, war aber nur einen Schritt näher gekommen und beobachtete mich noch immer, doch diesmal lag ein fast schon misstrauischer Ausdruck auf seinem Gesicht.

»Was hast du vor?«, wollte er wissen.

»Ich gehe dorthin, wo sie hinfahren wollten.« Die Worte verließen meinen Mund, bevor ich genauer darüber nachdenken konnte, und mir wurde klar, dass ich diesen Plan unbewusst schon längst gefasst hatte, schließlich lag die Reisetasche gepackt auf meinem Bett. Es hatte nur diese kleine Konfrontation mit Ryan gebraucht, um dieses Vorhaben auch in mein Bewusstsein zu holen. Um mir deutlich zu machen, was ich zu tun hatte.

Meine Mutter war eine Valkyre gewesen. Eine von neun unsterblichen übernatürlichen Wesen. Sie konnte nicht einfach fort sein. Valkyren starben nicht. Und Fenja sollte ihre Nachfolgerin werden. Obwohl ich mit eigenen Augen gesehen hatte, was passiert war, obwohl ich sie im Bestattungsunternehmen in den offenen Särgen liegen gesehen hatte und bei der Beerdigung dabei gewesen war, weigerte ich mich noch immer, es zu wahrzuhaben. Denn wenn ich das tat, wenn ich mir erst mal eingestand, dass ich sie nie wiedersehen würde, dann … dann war ich wirklich allein. Völlig allein.

»Ist das dein Ernst?«, ertönte Ryans ungläubige Stimme hinter mir.

»Ja.« Ich warf Tagebuch, Stift und eines der Tickets in die Tasche, zog den Reißverschluss zu und hob sie auf. »Ich fahre nach Vancouver.«

Genauer gesagt: nach Valhalla.

KAPITEL 5

RYAN

Ich konnte sie nicht aufhalten. Blair hatte schon immer ihren eigenen Dickkopf gehabt, aber bisher hatte sie mir wenigstens zugehört. Jetzt schien es beinahe so, als würde nichts, was ich sagte oder tat, zu ihr durchdringen. Als wäre ein anderer Mensch aus ihr geworden. So wie aus mir seit jenem Tag ein anderer geworden war ...

Ich folgte ihr die Treppe hinunter, durch die Küche in den Garten und um das Haus herum. »Blair ...«

Sie warf die Reisetasche auf den Beifahrersitz ihres Autos. Der kleine grüne Fiat, den sie sich immer mit Fenja geteilt hatte. Der Familienwagen war unwiederbringlich zerstört worden. Keine Reparatur der Welt konnte das wieder hinkriegen.

Ich schluckte hart und ignorierte die leichte Übelkeit, die sich bei der Erinnerung daran in mir ausbreitete. Bei der Erinnerung daran, wie es überhaupt erst dazu gekommen war. Und daran, wie erleichtert ich gewesen war, zu sehen, dass Blair noch lebte. Dass sie das Ganze unbeschadet überstanden hatte.

Kurz sah ich zurück zum Haus, in dem sich Mom und all unsere Nachbarn, Freunde und Bekannte versammelt hatten, um Abschied zu nehmen, dann richtete ich meine Aufmerksamkeit wieder auf Blair. Sie war von Natur aus hübsch mit den langen dunkelbraunen Haaren, der ebenmäßigen Haut und den schönen haselnussfarbenen Augen. Aber die letzten Tage hatten auch bei ihr Spuren hinterlassen. Ihre Augen waren verquollen, über der linken Schläfe war die Platzwunde noch immer deutlich zu erkennen, ihr Gesicht war so bleich wie zuletzt bei der schlimmen Grippe und ich war mir ziemlich sicher, dass sie in den letzten Tagen abgenommen hatte. Hatte sie seit dem Unfall überhaupt etwas gegessen? Mist. Ich war ein beschissener Freund.

Ich riss mich aus meinen Gedanken und stapfte durch den Schnee zu ihr hinüber. Als sie die Wagentür öffnete, drückte ich sie mit einer Hand wieder zu. Blair erwiderte meinen Blick kampflustig – als würde sie mit einer Konfrontation rechnen und bereits in Angriffsstellung gehen, was so verflucht untypisch für sie war. Normalerweise vermied sie Konfrontationen lieber und ging Streit aus dem Weg. Außerdem war eine weitere Diskussion so ziemlich das Letzte, wonach mir gerade der Sinn stand.

Stattdessen deutete ich nur auf das Auto. »Soll ich dich begleiten?«

Ihre Augen weiteten sich vor Überraschung. Im ersten Moment schien sie etwas sagen zu wollen und ich hoffte, nein, ich betete geradezu, dass sie mit Ja antworten würde. Weil ich es nicht über mich brachte, sie nach dieser Sache gehen zu lassen. Oder sie in diesem Zustand allein zu lassen.

Aber sie sagte nicht Ja. Sie presste die Lippen aufeinander und schüttelte den Kopf.

Ich seufzte tief. Obwohl alles in mir dagegen protestierte, trat ich einen Schritt zurück und machte ihr Platz, damit sie einsteigen konnte. Es war nicht das Richtige. Blair sollte in einer solchen Situation nicht allein sein und schon gar keine übereilten Entscheidungen treffen. Aber was sollte ich bitte tun? Sie dazu zwingen, hier zu bleiben? Ganz bestimmt nicht. Ich war nicht mein Vater, der anderen diktierte, was sie zu tun und zu lassen hatten. Zumindest so lange, bis er das Interesse an einem verlor und sang- und klanglos verschwand. Das würde ich einem anderen Menschen niemals antun. Ganz besonders nicht Blair.

Also schwieg ich und unternahm nichts, während sie den Motor startete und den Wagen vorsichtig aus der Ausfahrt und auf die Straße lenkte. Das Einzige, was ich tun konnte, war, die Hände an meinen Seiten zu Fäusten zu ballen, um meine Beherrschung zu kämpfen und ihr nachzusehen. So lange, bis der kleine grüne Fiat hinter der nächsten Kurve verschwand – und dann noch ein bisschen länger.

Meine Muskeln zitterten und mein Gesicht war schon ganz

taub vor Kälte, trotzdem stand ich mehrere Minuten später noch immer vor dem Haus, auch wenn ich jede Hoffnung, dass Blair es sich anders überlegen könnte und zurückkehren würde, bereits aufgegeben hatte. Doch das war nicht der einzige Grund, aus dem ich noch immer hier war.

»Ich weiß, dass du da bist.« Meine Stimme klang sogar in meinen eigenen Ohren rau und fremd, also räusperte ich mich.

Schnee knirschte hinter mir. Schritte kamen näher. Dann blieb jemand direkt neben mir stehen. Im Gegensatz zu mir war er deutlich passender für das frostige Wetter gekleidet, denn er trug einen schwarzen Mantel, der zu flattern begann, als eine eisige Böe aufkam.

Er sagte kein Wort, also drehte ich mich zu ihm um und blickte in das Gesicht, von dem ich mir sicher gewesen war, es nie wieder zu sehen. Weil er uns schon vor Jahren verlassen hatte. Weil er Mom und mich im Stich gelassen hatte. Und obwohl das schon eine Ewigkeit her war, wirkte er um keinen Tag gealtert, sondern genau wie damals, als ich noch ein Kind gewesen war. Nur die Narbe an seiner linken Wange war neu – und musste sehr schmerzhaft gewesen sein.

»Was willst du hier?«, stieß ich hervor, obwohl es so viele andere Dinge gab, die ich ihm an den Kopf werfen wollte.

Warum war er hergekommen? Ausgerechnet jetzt? Ausgerechnet heute? Was versprach er sich davon? Und wie konnte ich am besten verhindern, dass Mom ihn zu Gesicht bekam? Sie hatte gerade erst ihre beste Freundin begraben. Das Letzte, was sie brauchte, war eine Begegnung mit dem Mann, der ihr das Herz gebrochen hatte. Der Mann, der sie von einem Tag auf den anderen ohne jede Erklärung verlassen hatte. Der Mann, der unsere Familie zerstört hatte.

Cyrus neigte den Kopf leicht zur Seite. »Ich muss mit dir reden.«

Nein. Mein erster Impuls war es, ihm genau das mitzuteilen und ihn dann stehen zu lassen. So wie er meine Mutter und mich einfach zurückgelassen hatte. Doch als ich den Mund aufmachte, sprudelten ganz andere Worte hervor.

»Und worüber?«

»Über dich.« Und nach einem kurzen Blick Richtung Straße fügte er noch etwas hinzu. Etwas, bei dem alles in mir erstarrte. »Und über sie.«

KAPITEL 6

BLAIR

Die Fahrt verging so schnell, als hätte ich nur kurz die Augen zugemacht, und schon war ich in Vancouver. Dabei war ich eine Ewigkeit unterwegs gewesen, erst mit dem Auto bis nach Edmonton, wo ich in den Zug gestiegen war, um beinahe zwei Tage unterwegs zu sein. Und das, ohne mich von meinem Sitzplatz wegzubewegen. Meine Muskeln schmerzten und fühlten sich steif an, als ich schließlich aufstand, meine Reisetasche aufhob und den Zug zusammen mit den anderen Fahrgästen verließ.

Sobald ich ausstieg, schlugen mir die unterschiedlichsten Gerüche entgegen: Abgase von der Straße, eine bunte Mischung aus diversen Speisen und … eine salzige Brise, bei der ich für einen Moment die Augen schloss. Das Meer musste ganz in der Nähe sein. Allein beim Gedanken daran machte mein Magen vor Aufregung einen kleinen Sprung, denn ich war noch nie am Meer gewesen. Im selben Moment schüttelte ich über mich selbst den Kopf. Vor wenigen Tagen war meine ganze Familie gestorben. Wie konnte ich mich da nun auf etwas freuen?

Ich biss die Zähne zusammen, packte die Reisetasche fester und setzte mich in Bewegung. Mom hatte mir so oft davon erzählt und alles beschrieben, dass ich mir auf der Fahrt hierher nur noch den Weg online hatte anschauen müssen. Unzählige Male, um mir selbst zu versichern, dass alles stimmte. Dass ich das Richtige tat. Mittlerweile kannte ich die Strecke auswendig, auch wenn ich selbst noch nie hier gewesen war.

Vancouver war völlig anders als mein Zuhause – und anders als alles, was ich mir je hätte vorstellen können. Ich war die winzige Stadt gewohnt, in der ich aufgewachsen war und zur Schule ging. Zumindest bis nächsten Sommer das College anstand.

Daheim gab es nicht besonders viel: eine Kirche, eine Bürgerhalle, ein Altenheim, eine Schule für alle Altersgruppen, zwei Tankstellen, eine Arztpraxis, eine Polizeistation, ein Eishockeystadion und einen Supermarkt. Und natürlich endlos weite Natur rundherum. Im Vergleich dazu kam mir Vancouver gigantisch, schrecklich laut und voll vor. Überall wuselten Menschen durch die Straßen, während Autos, Fahrräder, Taxis und öffentliche Verkehrsmittel einen unglaublichen Lärm veranstalteten. Die Gebäude waren riesig und ragten in den Himmel hinauf, als wollten sie die Sterne aufspießen. Hier konnte man sicher nicht mal eben so nachts aufs Dach klettern und in völliger Stille die Nordlichter beobachten. Wobei … Wenn man es aufs Dach eines dieser Wolkenkratzer schaffte, hatte man bestimmt das Gefühl, die Nordlichter berühren zu können.

Ein lautes Hupen riss mich aus meinen Gedanken. Ich zuckte zusammen und wich zurück, bevor die Autos, die bis eben noch an der Ampel gewartet hatten, plötzlich weiterfuhren.

Bisher hatte ich Großstädte nur aus Büchern, aus dem Internet und dem Fernsehen gekannt. Ein paar Mal waren wir mit Mom in Edmonton und Yellowknife auf der anderen Seite des Sees gewesen, aber das war nicht dasselbe. Seltsamerweise waren es nicht die Menschen und Autos, die mich nervös machten – sondern die vielen Geräusche, die auf mich einprasselten und meinen Kopf innerhalb kürzester Zeit dröhnen ließen.

Kurz sah ich mich um und orientierte mich neu, dann lief ich weiter. Laut Routenplaner konnte es nicht mehr allzu weit sein bis zu dem Ort, an dem sich die anderen Valkyren versammelten. Der Zugang zu Valhalla.

Ich bog ein weiteres Mal ab, lief erst an einem imposanten Hotel mit Portier vorbei, anschließend an einem Wolkenkratzer mit unzähligen Büros – und blieb dann ruckartig stehen. Denn da war es. Ich hatte es gefunden.

Das Gebäude war riesig. Ich musste den Kopf in den Nacken und die Hand über die Augen legen, um sie vor der Sonne zu schützen, damit ich überhaupt erkennen konnte, wo sich das oberste Stockwerk befand. Von außen sah alles ganz normal aus. Eine Fassade in einem hellen, etwas schmutzigen Grau. Viele Fenster. Keine Leuchtreklamen. Nur ein schlichter schwarzer Schriftzug über dem Eingang: *North. Bestattungsinstitut.*

So neutral und doch so deutlich. Kein Mensch würde jemals darauf kommen, was sich dahinter verbarg. Es sei denn, dieser Mensch war ein Held und die Valkyren erwählten diese Seele für das ewige Leben im mystischen Valhalla.

Ich kannte die Legenden der nordischen Mythologie und war praktisch mit den Geschichten um Odin, Thor, Freya, Hel und all den anderen Gottheiten und Wesen aufgewachsen. Mom hatte uns vor dem Schlafengehen von den Valkyren erzählt, von den Kriegerinnen, von ihrer Schönheit, ihrem Mut und der Aufgabe, die Seelen verstorbener Krieger auf der ganzen Welt einzusammeln und sie nach Valhalla zu bringen, wo sie bis in alle Ewigkeit verweilen würden. Dort würden sie Tag für Tag trainieren, um sich auf die letzte Schlacht vorzubereiten. Auf Ragnarök.

Als Kind hatte ich mir gewünscht, ihre Erzählungen wären wahr, und dass ich eine dieser tapferen Kämpferinnen sein könnte. Mit der Pubertät kamen die ersten Zweifel auf, bis ich mich für eine Weile völlig davor verschloss und alles als nette Kindergeschichten abtat. Doch dann hatte mich Mom eines Tages zur Seite genommen und mir die ganze Wahrheit erzählt: Ich war zwar keine Valkyre und würde auch nie eine sein, aber Mom war eine – und meine große Schwester Fenja sollte die nächste in der Ahnenlinie sein. Wenn sie nicht beide bei diesem schrecklichen Unfall gestorben wären.

Ein kalter Wind kam auf und ließ mich frösteln. Ich zog die Schultern hoch, warf einen letzten Blick auf den Schriftzug und wappnete mich innerlich, dann marschierte ich los.

Neun schmale Stufen führten zum Eingang, der aus zwei Glastüren bestand, die in eine riesige Lobby aus weißem Marmor führte. Der Boden, die Wände, sogar der Empfangstresen waren so hell und rein, dass es mir in den Augen wehtat. Und die Decke war so hoch, dass ich den Kopf in den Nacken legen musste, um sie überhaupt erkennen zu können. Im ersten Moment glaubte ich, es sei völlig still, als hätte ich nach dem Straßenlärm dort draußen nichts ahnend eine Oase der Ruhe betreten. Dann vernahm ich ein sanftes Plätschern im Hintergrund, genauso wie leise Musik. Irgendetwas Klassisches. Die Melodie kam mir bekannt vor, aber ich hatte keine Ahnung, wer der Komponist sein könnte. Fenja hätte es mir bestimmt sagen können.

Die junge Frau am Empfang begrüßte mich mit einem Lächeln. Sie trug eine Bluse, hatte leuchtend rotes Haar, strahlende Augen und knallrote Lippen. »Willkommen im Bestattungsinstitut North! Was kann ich für dich tun?«

Ich holte schon Luft, um zu antworten – und zögerte. Bis hierhin war alles nach Plan verlaufen. Ich hatte Moms Zugticket umgebucht und genutzt, war den ganzen weiten Weg nach Vancouver gefahren und hatte das Bestattungsinstitut gefunden. Aber jetzt? Ich war so darauf versessen gewesen hierherzukommen, dass ich mir keine Gedanken darüber gemacht hatte, was ich sagen oder nach wem ich fragen sollte, wenn ich einmal angekommen war.

»Hast du einen Termin?«, fragte die Empfangsdame geduldig. Auf dem kleinen Schild an ihrer Bluse stand der Name Samantha.

Langsam schüttelte ich den Kopf und stellte die Reisetasche, die von Minute zu Minute schwerer wurde, neben mir ab. »Ich nicht, aber … ähm …« Ich räusperte mich, weil ich auf einmal so schwach klang. »Meine Mom und meine … meine Schwester hatten einen Termin. Reina und Fenja Arctander. Sie haben es leider … nicht geschafft.«

»Reina?«, ertönte plötzlich eine fremde Stimme hinter mir.

Ich erstarrte, dann drehte ich mich langsam um. Nur wenige Schritte von uns entfernt stand eine Frau, die in Moms Alter sein musste, auch wenn das wirklich schwer einzuschätzen war. Sie hatte schwarzes Haar, das ihr wie ein Wasserfall über die Schultern bis zur Taille fiel, trug eine hochgeschlossene weiße Bluse, einen knielangen Bleistiftrock und unglaublich hohe Pumps. Obwohl ihre Kleidung modern wirkte, hatte sie eine so anmutige Haltung und strahlte so viel Macht und Selbstbewusstsein aus, als wäre sie eine Herrscherin aus dem alten Kaiserreich Japans, die zufällig in unserer Zeit gelandet war.

»Ähm, ja«, antwortete ich verspätet. »Reina ist … war meine Mutter.«

»War?« In wenigen Schritten war die Frau bei mir und sah erst mich, dann die Empfangsdame Samantha entsetzt an. Aus der Nähe erkannte ich, dass ihre Augen genauso schwarz waren wie ihr Haar. »Was hat das zu bedeuten?«

Ich schluckte, um die Trockenheit in meiner Kehle loszuwerden. Es funktionierte nicht. »Sie ist … Es gab einen Unfall … vor fünf Tagen. Sie … sie ist … gestorben. Zusammen mit meiner Schwester.«

Würde es je eine Zeit geben, in der mir diese Worte keine Tränen in die Augen trieben? In denen sie meine Brust nicht so zusammendrückten, bis ich kaum noch Luft bekam? In der ich mich nicht so verdammt schuldig fühlen würde? Denn ich hatte überlebt. Ich stand hier, mit kaum einem Kratzer am Körper, während meine Familie ums Leben gekommen war. Und das war einfach nicht fair.

Etwas in der makellosen Miene der fremden Frau wurde weicher, fast schon mitfühlend. »Wie heißt du, Kleines?«

»Blair. Blair Arctander.«

»Du bist ihre Tochter«, flüsterte sie. Einen Moment lang schien sie mit sich zu hadern, dann nickte sie Samantha zu und wandte sich wieder an mich. »Komm mit.«

»Wohin?«, fragte ich, ohne mich von der Stelle zu rühren.

Sie lächelte, aber es wirkte nicht glücklich, denn in ihren Augen lag eine tiefe Traurigkeit, die ich nur zu gut nachempfinden konnte. »Ich bringe dich zu den anderen.«

KAPITEL 7

Ich ließ Reisetasche und Jacke beim Empfang zurück, wo Samantha sie für mich aufbewahrte, und folgte der Frau, die sich als Ayane vorstellte, zu den Aufzügen. Nachdem wir den Fahrstuhl betreten hatten und Ayane eine Zahlenkombination in das Tastenfeld eingetippt hatte, fuhren wir eine gefühlte Ewigkeit nach oben. Zwischendurch stiegen immer wieder Leute ein und aus. Manche mit Aktenkoffern, andere mit Tablets und Kaffeebechern in den Händen, wieder andere, die etwas von Marketingplänen in ihre Smartphones murmelten. Beinahe so, als wäre das hier ein ganz normales Bürogebäude, in dem die Leute ihrer täglichen Arbeit nachgingen.

Ich wusste nicht, was ich erwartet hatte, als ich mich auf den

Weg nach Valhalla gemacht hatte. Grüne Wiesen, ein strahlend blauer Himmel und eine riesige Halle mit tausenden von Kriegerseelen, so wie ich es aus der Mythologie kannte? Definitiv aber keine Firma mit Geschäftsmännern und -frauen in Businesskleidung. Womöglich wäre es klüger gewesen, mich vorher im Internet über dieses Unternehmen zu informieren, aber ich hatte nur dieses eine Ziel vor Augen gehabt: Dorthin zu gehen, wo Mom mit Fenja hingewollt hatte. Ohne einen Gedanken daran zu verschwenden, was oder wer mich an diesem Ort erwarten könnte. Oder was ich tun sollte, wenn ich erst einmal ankam.

Als sich die Fahrstuhltüren im neunzehnten Stockwerk öffneten, setzte sich Ayane in Bewegung und deutete mir an, ihr zu folgen. Es handelte sich um eine der höheren Etagen, die im Gegensatz zu den anderen Stockwerken nicht wie ein Büro wirkte. Zumindest standen keine Türen offen und es gab auch keine Glaswände, durch die man einen Blick in Großraumbüros voller Schreibtische und Computer werfen konnte.

Unwillkürlich fragte ich mich, wo diese Frau mich hinbrachte. Sie hatte meine Mutter gekannt, also musste sie eine Freundin gewesen sein, oder nicht? Ich konnte mir nicht vorstellen, dass irgendjemand meiner Mom etwas Böses wollte. Sie war der netteste und warmherzigste Mensch gewesen, den ich je gekannt hatte. Und das, obwohl sie Fenja so hart trainiert hatte, um ihre Nachfolge anzutreten. Jetzt würde das niemand mehr tun.

Wir gingen einen schmalen Gang entlang, wobei ich Mühe

hatte, mit Ayane Schritt zu halten. Sie mochte zwar nicht besonders groß sein, aber sie war trotz ihrer High Heels unglaublich schnell. Und ich, ich stolperte in meiner ausgeblichenen Jeans, dem zerknautschten Pullover und mit dem von der Reise zerzausten Haar hinter ihr her.

Vor einer Tür hielt sie schließlich inne und öffnete sie, ohne zu klopfen. Kein Namensschild. Kein Hinweis darauf, was sich im Inneren befand. Ich schob das ungute Gefühl so weit von mir, wie nur irgend möglich, und folgte ihr. Ich war hier. Jetzt gab es kein Zurück mehr.

Der Duft nach Blumen war das Erste, was ich bemerkte. Überrascht sah ich mich um und entdeckte einen langen Tisch, der sich von einem Ende des Raumes zum anderen zog und über und über von Blumen und Grünzeug bedeckt war. Der ganze Raum war voll davon. Es gab Vasen und Bänder in allen Farben. An den Wänden reihte sich ein Regal an das andere, auf den Brettern standen weitere Töpfe oder ganze Kübel mit den unterschiedlichsten Pflanzen. Weiße Callas, gelbe Lilien, Rosen in allen Farben, Efeu und Moos, Zweige mit roten Beeren und weitere Gewächse, deren Namen ich nicht einmal kannte. Wenn ich es nicht besser gewusst hätte, würde ich glauben, mitten in einen Blumenladen gestolpert zu sein.

Gleichzeitig setzte mein Herz einen Schlag lang aus, nur um dann umso schmerzhafter weiterzupochen. Denn ich konnte mir meine Mutter nur zu gut an diesem Ort vorstellen. Sie hätte es geliebt, sich hier auszutoben und mit all den Pflanzen neue Kränze, Gestecke und Arrangements anzufertigen.

Zunächst schienen die anwesenden Frauen unsere Ankunft gar nicht zu bemerken, so sehr waren sie in ihre Arbeit vertieft und perfektionierten die Kunstwerke, die vor ihnen auf dem Tisch lagen. Doch nach und nach hielt eine nach der anderen inne und wandte sich uns zu. Jede von ihnen war auf ihre eigene Art und Weise einzigartig. Alle Haar- und Hautfarben, Größen und Kleidungsstile waren vertreten. Das Einzige, was diese Frauen gemeinsam zu haben schienen – abgesehen von ihrer Arbeit als Floristinnen – war, dass sie alle wunderschön waren. Und ungefähr im selben Alter wie Ayane. Wie Mom.

Als uns alle fünf anschauten, machte sich ein warnendes Prickeln in meinem Nacken bemerkbar und mir wurde klar, dass ich mich geirrt hatte. Das hier waren keine Floristinnen und auch keine Angestellten des Bestattungsinstituts. Es waren Valkyren.

»Wer ist das?«, fragte die Blonde mit der Statur einer Sportlerin: Schlank, muskulös und kein Gramm Fett am Körper. Sie hatte kinnlanges Haar, ein eher eckiges Gesicht und überraschend volle Lippen, die ihrer eher burschikosen Erscheinung etwas unerwartet Feminines gaben.

»Thyra. Sei nett«, kam es von einer lächelnden Ayane. »Das ist Blair. Reinas Tochter.«

»Aber nicht die Tochter, die sie ausgebildet hat«, stellte eine andere Valkyre fest.

Ihre Tonlage war völlig neutral, trotzdem kostete es mich all meine Selbstbeherrschung, unter dem kritisch prüfenden Blick nicht zusammenzuzucken. Da war etwas in ihren Augen – und damit meinte ich nicht die ungewöhnliche Farbe, die wie eine Mischung aus Blau, Grün und Braun wirkte –, was ich nicht einschätzen konnte. War das Misstrauen? Neugier? Freude? Zorn? Ich hatte nicht die geringste Ahnung.

Ihre Haltung wirkte nach außen hin völlig gelassen. Die Schultern waren entspannt, ihre Hände schnitten mit einer Schere weiter an ein paar Pflanzen herum. Sie hatte tintenschwarzes Haar, das knapp über den Schultern endete. Ihre Haut war etwas dunkler als die von Ayane, fast schon mit einem olivfarbenen Unterton, trotzdem wirkte sie nicht, als würde sie aus Südamerika oder Südeuropa stammen. Auch ihre schlichte Kleidung gab nichts über ihre Herkunft preis. Von allen Anwesenden konnte ich sie am schwersten einschätzen.

»Reina ist tot. Genau wie ihre älteste Tochter«, erwiderte Ayane schlicht.

Schweigen. Die Frauen starrten erst einander an, dann richteten sich alle Blicke auf mich. Und plötzlich brach das reinste Chaos aus.

»Sie ist tot?«, rief die Blonde – Thyra, wenn ich mich richtig erinnerte.

»Reina?«, kam es von einer anderen.

»Bist du sicher?«

»Das kann nicht sein! Das ist unmöglich!« Die Valkyre mit der ungewöhnlichen Augenfarbe, deren Namen ich nicht kannte, ballte die Faust um eine der Rosen aus ihrem Strauß.

»Eine Valkyre kann nicht sterben.«

»Und was ist mit Vi? Sie hat sich schon seit Monaten nicht mehr gemeldet«, bemerkte eine kleine, ziemlich junge Frau mit einem schicken Kurzhaarschnitt und einer weißen Blüte hinter dem Ohr.

»Wir wissen nicht, was mit Vi passiert ist«, beharrte Thyra.

»Es hat immer neun Valkyren gegeben. Immer. Sie können nicht einfach … einfach tot sein.«

Die Stimmen wirbelten durcheinander, mischten sich mit dem Rauschen in meinen Ohren zu einem einzigen Tosen, bis es das Einzige war, was ich noch wahrnahm. Ich kniff die Augen zusammen und schüttelte den Kopf, um mich wieder konzentrieren zu können, aber es half nicht. Ich war hergekommen, um Antworten zu finden. Um zu begreifen, was passiert war. *Warum* es passiert war. Vielleicht sogar, um zu erfahren, dass sich alle geirrt hatten und Mom und Fenja doch noch am Leben waren. Das Letzte, was ich wollte, war noch mehr Fragen, auf die ich keine Antworten hatte.

»Ruhe!« Die Einzige in der Runde, die bisher keinen Ton von sich gegeben hatte, erhob nun die Stimme – und alle anderen verfielen sofort in Schweigen.

Das Tosen in meinem Kopf verklang im selben Moment und eine herrliche Stille breitete sich in mir aus.

Die Valkyre verließ ihren Platz am Tischende und kam so geschmeidig auf mich zu, als würde sie über dem Boden schweben, statt wie wir Normalsterblichen zu laufen. Bei jedem Schritt fiel ihr das leuchtend rote Haar in sanften Wellen über die Schultern. Sie blieb etwa einen halben Meter von mir entfernt stehen und musterte mich aus Augen, die so intensiv grün und zugleich so weise waren, als hätte sie all das, was ich lediglich in Geschichtsbüchern gelesen hatte, tatsächlich erlebt. »Du bist Reinas Tochter?«

Ich nickte nur, da ich kein Wort hervorbrachte.

Plötzlich lag ihre Hand auf meiner Schulter und ihr Gesicht nahm einen warmen, mitfühlenden Ausdruck an. »Mein Name ist Kendra. Bitte erzähl uns, was geschehen ist. Wie ist unsere Schwester … Wie ist es passiert?«

Ich biss die Zähne zusammen, um gegen die aufsteigende Übelkeit anzukommen, zwang mich aber dazu, die Worte auszusprechen. Sie hatten es verdient, die Wahrheit zu erfahren.

»Wir … wir waren mit dem Auto auf dem Weg zum Bahnhof«, begann ich stockend. »Dort wollten wir Mom und Fenja absetzen, damit sie mit dem Zug nach Vancouver fahren können. Zu euch. Damit … damit Mom ihre Kräfte an Fenja weitergeben kann.« Ich atmete tief durch und versuchte, meine Gedanken zu sortieren. Vielleicht wäre es einfacher gewesen, wenn Mom mittels der Nordlichter gereist wäre, aber ich meinte, dass sie mir irgendwann einmal erzählt hatte, dass sich nur Valkyren mit den Heldenseelen so fortbewegen konnten. Für Normalsterbliche war das nicht möglich. Und Fenja war zu dem Zeitpunkt noch ein ganz normaler Mensch gewesen. »Die … die Straßen waren vereist. Mom hat die Kontrolle über den Wagen verloren und … und wir sind in einem Graben gelandet. Es war ein Totalschaden.«

»Und doch bist du so gut wie unverletzt«, stellte Thyra fest und verschränkte die Arme vor der Brust.

Instinktiv fasste ich mir an die Stelle direkt über der linken Schläfe, wo ich mit dem Kopf gegen die Fensterscheibe geknallt war. Im Krankenhaus war die Wunde genäht worden und ich brauchte inzwischen nicht mal mehr ein Pflaster. Mit der Zeit würde sie heilen, auch wenn wahrscheinlich eine Narbe zurückbleiben würde. Doch das bedeutete nicht, dass ich unverletzt war – oder nichts verloren hatte. Denn ich hatte *alles* verloren.

»Ist sonst noch etwas passiert?«, hakte Kendra nach, ohne auf den Einwurf ihrer Kollegin zu achten. »Ist dir irgendetwas Ungewöhnliches oder Verdächtiges aufgefallen? Es kann noch so klein und unbedeutend erscheinen, aber wir …«

»Da war ein Mann an der Unfallstelle. Eine dunkle Gestalt«, fügte ich hastig hinzu, auch wenn meine Stimme an Überzeugungskraft verlor. »Zumindest glaube ich, dass es ein Mann war …«

»Hast du sein Gesicht gesehen? Kannst du ihn uns beschreiben?«

Ich presste die Lippen zusammen und schüttelte den Kopf. Meine Erinnerungen waren verschwommen und mittlerweile hatten mir so viele Leute gesagt, dass niemand außer uns vor Ort gewesen war, dass ich an meinem eigenen Verstand zu zweifeln begann.

Doch Kendra gab nicht so schnell auf. »Hat ihn sonst noch jemand gesehen? Jemand, der ihn beschreiben könnte?«

Wieder ein Kopfschütteln. Ryan war zwar dabei gewesen und hatte mir mit ziemlicher Sicherheit das Leben gerettet, indem er mich aus dem Autowrack gezogen hatte, aber er hatte niemanden gesehen. Erst recht keine dunkle Gestalt mit wehendem Mantel.

Ich blickte von einer zur anderen. Exakt dieselben Fragen hatte mir auch schon die Polizei gestellt – und sie hatten genauso skeptisch auf meine Antworten reagiert wie die Valkyren jetzt.

»Bist du sicher, dass jemand da war?«, kam es von der undurchschaubaren Frau mit den tiefschwarzen Haaren und der seltsamen Augenfarbe.

Alles in mir wollte Ja schreien – aber ich brachte keinen Ton hervor. Denn was, wenn ich es mir wirklich nur eingebildet hatte? Wenn Ryan, die Polizisten und Rettungskräfte, die alle ebenfalls vor Ort gewesen waren, und auch die Valkyren recht hatten? Was, wenn ich diejenige war, die falschlag? Aber warum sollte ich mir so etwas einbilden? Das ergab überhaupt keinen Sinn.

Die Frauen wechselten einen schnellen Blick, dann trat Ayane vor.

»Du hast viel durchgemacht«, begann sie und streckte die Hand nach mir aus, aber ich wich zurück.

»Er war da«, behauptete ich. Dann noch eine Spur lauter: »Er war wirklich da!«

Warum wollte mir das niemand glauben?

»Blair …«, versuchte Ayane es erneut. »Du hast etwas Schreckliches durchgemacht. Wir alle haben Verständnis dafür, dass du nicht ganz sicher bist, was du gesehen hast.«

»Ich nicht«, kam es trocken von einer Seite des Tisches aus.

Ayane wirbelte herum und funkelte sie an. »Thyra!«

Doch die zuckte nur mit den Schultern und widmete sich wieder dem Gesteck vor sich. »Sie hat hier nichts zu suchen. Weder wissen wir, ob sie die Wahrheit sagt, noch ist sie eine von uns.«

»Sie ist Reinas Tochter!«

»Aber keine Valkyre. Ihre Tochter zu sein, macht sie nicht automatisch zu einer Valkyre. Das solltest du am besten wissen.« Scheinbar bedauernd zuckte Thyra mit den Schultern. »Reinas Kräfte sind verloren.«

»Das weißt du nicht.«

»Ach nein? Und was ist mit Vi passiert? Wo sind ihre Kräfte hin, wenn nicht verloren?«

Ayane schien etwas darauf erwidern zu wollen, schloss den Mund jedoch unverrichteter Dinge wieder. Nach einem letzten Blick auf ihre Widersacherin wandte sie sich an mich. »Ich begleite dich nach unten.«

Das war's? Ich hatte eine halbe Weltreise hinter mich gebracht, um hierherzukommen und ihnen zu erzählen, was passiert war, und sie … sie schickten mich einfach weg? Obwohl ich die Tochter einer Valkyre war? Ohne Kräfte zwar, aber die Tatsache, dass Reina meine Mutter war, musste doch irgendetwas bedeuten. Oder nicht …?

Anscheinend nicht, denn ehe ich mich versah, fand ich mich in dem langen Flur und gleich darauf im Fahrstuhl wieder.

»Das war's also«, murmelte ich, während Ayane den Knopf für das Erdgeschoss drückte.

»Tut mir leid, Blair. Das ist nicht nur meine Entscheidung.« Sie lächelte matt. »Ich wünschte, wir könnten etwas für dich tun, aber … Thyra hat recht, weißt du? Die meisten von uns leben schon sehr, sehr lange und einige haben Kinder zur Welt gebracht, die wiederum Kinder bekommen haben, bis wir nur noch ein Name in ihrem Stammbaum sind. Schon vor langer Zeit vergessen. Niemand unserer Nachkommen hat unsere Kräfte geerbt. So funktioniert das nicht.«

»Ich versteh schon. Ich bin keine von euch.«

Es spielte keine Rolle, dass ich mit den Geschichten rund um die Valkyren und Valhalla aufgewachsen war. Völlig gleich, dass ich die Wahrheit über sie kannte und von einer echten Valkyre abstammte. Wenn man es genau nahm und ihre Unsterblichkeit bedachte, gab es dort draußen wahrscheinlich ziemlich viele Leute, die auf die eine oder andere Weise von einer Valkyre abstammten. Keine von ihnen würde je ahnen, wo sie herkam und wer ihre Vorfahrin wirklich war. Es war einfach unfair.

»Was hat es eigentlich mit den ganzen Pflanzen auf sich?«, fragte ich, nur um irgendetwas zu sagen, da die Stille im Aufzug unerträglich wurde. Und weil noch fünfzehn Stockwerke vor uns lagen.

Ayane warf mir einen überraschten Blick zu. »Das Bestattungsunternehmen ist so alteingesessen, es läuft praktisch von selbst und versorgt uns mit allem Geld, das wir benötigen. Die Blumengestecke sind unser ganz persönlicher Beitrag. Eine Arbeit, die die ersten Valkyren, die Gründerinnen dieses Instituts, getan haben, um der Toten zu gedenken. Der Seelen, die es nicht nach Valhalla geschafft haben. Diese Tradition haben wir bis heute bewahrt.«

Seltsam, dass Mom nichts davon erwähnt hatte. Aber sie hatte mir auch keine Details über dieses Bestattungsinstitut oder die anderen acht Valkyren gegeben. Oder sieben, wenn ich das richtig verstanden hatte, auch wenn ich keine Ahnung hatte, wer diese mysteriöse Vi war und was mit ihr passiert war.

Je tiefer wir fuhren, desto klarer wurde mir, dass es ziemlich viel gab, was meine Mutter mir verschwiegen hatte, und ich konnte gar nicht anders, als mich betrogen zu fühlen. Wütend zu sein. Verletzt. Ich war zwar nicht die direkte Nachfolgerin, an die sie ihre Kräfte und ihre Verantwortung hatte weitergeben wollen, aber ich war trotzdem noch ihre Tochter. Wie hatte sie mir all das vorenthalten können? Wie hatte sie sterben können, obwohl sie doch ewig leben sollte? Wie hatte sie mich einfach allein lassen können?

Denn das war ich – und zum ersten Mal wurde mir bewusst, wie sehr. Ich hatte keine Familie mehr. Keinen Vater. Keine Großeltern. Keine Tanten, Onkel, Cousins oder Cousinen. Und die Valkyren, Moms sogenannte *Schwestern*, wollten mich nicht bei sich haben. Ich war völlig allein. Und ich hatte keine Ahnung, was ich jetzt tun oder wohin ich gehen sollte.

KAPITEL 8

Es war seltsam, wie sehr sich das ganze Leben von einem Tag auf den anderen ändern konnte. Ach was, von einer Sekunde auf die andere. Denn genau das war heute erneut geschehen. Ich wusste nicht, wie ich die Zeit vor und während der Beerdigung durchgestanden hatte, aber danach hatte ich ein festes Ziel vor Augen gehabt. Herkommen. Herausfinden, was geschehen war und was es mit diesem Kerl auf sich hatte, den ich als Einzige am Unfallort gesehen hatte. Dieses Ziel hatte mich durch die letzten Tage und die ewig lange Anreise gebracht. Doch jetzt … jetzt hatte ich kein Ziel mehr. Und keine Ahnung, was ich tun oder wo ich hin sollte.

Schweigend begleitete Ayane mich zurück in die Lobby,

wo die Empfangsdame Samantha mir einen mitleidigen Blick zuwarf und mir meine Tasche und meine Jacke überreichte, ehe sie sich wieder ihrer Arbeit widmete.

Panik begann sich in mir auszubreiten, als mir bewusst wurde, dass es das jetzt wirklich gewesen war. Ich würde keine zweite Chance bekommen. Ein weiteres Mal würden die Valkyren mich nicht treffen, nicht mit mir reden wollen. Ich musste etwas tun. *Irgendetwas.*

Mein Blick zuckte durch den strahlend weißen Eingangsbereich und blieb an einer unscheinbaren Tür hängen. Ich räusperte mich. »Darf ich?«, fragte ich und deutete Richtung Toiletten. »Ich hatte eine lange Anreise.«

Ayane lächelte warm und streckte die Hände aus, um mir Gepäck und Jacke abzunehmen. »Aber natürlich. Ich warte hier auf dich.«

Genauer gesagt: Sie würde mich nicht aus den Augen lassen und persönlich dafür sorgen, dass ich von hier verschwand.

Ein Teil von mir war noch immer wütend. Ein anderer konnte sie sogar verstehen. Wenn ich mehrere hundert oder sogar tausend Jahre alt wäre und zwei meiner Schwestern kürzlich gestorben wären, hätte ich auch keine Lust, mich mit der Tochter einer von ihnen zu beschäftigen. Aber das bedeutete nicht, dass ich so leicht aufgab.

Als ich den Vorraum zu den Damentoiletten betrat, blendete mich das Weiß nicht mehr, da sich meine Augen mittlerweile daran gewöhnt hatten. Dafür erschrak ich vor meinem eigenen Spiegelbild. Blutunterlaufene Augen. Zerzaustes dunkelbraunes Haar. Fahle Haut. Ich tastete nach der Wunde an meiner Schläfe und verzog das Gesicht, als ich etwas zu fest draufdrückte und es in meinem Kopf sofort zu pochen begann. Doch der Schmerz zeigte mir auch, dass ich am Leben war. Dass ich etwas tun musste. Es konnte nicht alles umsonst gewesen sein. Die ganze Fahrt hierher. Dass ich Valhalla tatsächlich gefunden hatte – wenn auch nur das Bestattungsinstitut und nicht das echte Valhalla aus den Sagen und Legenden. Dass ich mit den Valkyren gesprochen hatte. Der Autounfall. Moms und Fenjas Tod. Es musste etwas bedeuten. Ich durfte nicht zulassen, dass alles umsonst gewesen war.

Ziellos irrte mein Blick durch den Raum. Über die blitzblanken Waschbecken und den Korb voller Utensilien wie Deo, Handcreme, Mascara und Tampons. Die Vase neben dem Spiegel, in dem ein Strauß bunter Blumen steckte, die zu dieser Jahreszeit nicht blühen dürften. Die Decke mit dem winzigen Zugang zum Belüftungsschacht. Zu klein, um hineinzuklettern. Davon, überhaupt hinaufzukommen, ganz abgesehen. Dann gab es noch die ebenfalls weißen Türen zu den beiden Kabinen. Und ein kleines Fenster.

Moment mal.

In wenigen Schritten war ich beim Fenster und riss es auf. Wir befanden uns im Erdgeschoss und das Fenster führte auf eine Gasse oder auch in einen Hinterhof hinaus. Zumindest schien nicht viel los zu sein. Es war nicht vergittert, allerdings auch nicht besonders groß. Höchstens ein Kind könnte sich hindurchquetschen. Aber vielleicht auch … Ich sah an mir hinunter. Im Gegensatz zu Mom und Fenja war ich immer eher zierlich gewesen. Die Kleine in der Familie.

Nachdenklich nagte ich an meiner Unterlippe, dann fällte ich eine Entscheidung. Ich nahm ein paar der Papierhandtücher, rollte sie zusammen und schob sie zwischen Rahmen und Scheibe, damit das Fenster einen Spalt offen blieb, auch wenn es von innen geschlossen aussah. Dann trat ich zurück und betrachtete mein Werk.

»Blair?«, ertönte plötzlich eine Stimme von der anderen Seite der Tür, dicht gefolgt von einem Klopfen. »Alles in Ordnung?«

»Ja!«, rief ich und ging zum Waschbecken zurück. »Bin gleich so weit.«

Ich wusch mir das Gesicht und ließ kaltes Wasser über meine Handgelenke laufen, um meinen rasenden Puls zu beruhigen. Es funktionierte nur bedingt. Als ich in die Lobby zurückkehrte, war ich mir absolut sicher, dass mir jeder ansehen konnte, was ich getan hatte. Was ich plante. Aber Ayane musterte mich nur kurz, dann lächelte sie freundlich und führte mich zum Ausgang.

Die ganze Zeit über klopfte mein Herz wie verrückt. Als ich meine Jacke anzog und die Reisetasche aufhob. Als ich mich von Ayane verabschiedete und mich bei ihr bedankte. Als ich durch die Glastüren wieder auf die Straße hinaustrat und, ohne darüber nachzudenken, in irgendeine Richtung davonging.

Und es klopfte auch noch nervös, als es bereits dunkel wurde und ich zum Bestattungsinstitut zurückkehrte, nachdem ich die letzten Stunden in einem Café in der Nähe des Bahnhofs gesessen hatte und durch den angrenzenden Thornton Park spaziert war.

Aus sicherer Entfernung beobachtete ich von der gegenüberliegenden Straßenseite aus, wie die Lichter im Hochhaus nach und nach ausgingen und die Mitarbeiter das Institut verließen, bis auch die Beleuchtung im Eingangsbereich erlosch und Samantha aus dem Gebäude kam. Sie schloss ab, ließ den Schlüssel in ihre Handtasche fallen und machte sich auf den Weg zum Parkhaus gleich daneben.

Das war meine Chance. Ich nahm einen letzten Schluck von meinem Kaffee, dann warf ich den Pappbecher in die Mülltonne, wo vor wenigen Minuten auch schon die Verpackung meines Sandwiches gelandet war. Die Reisetasche hatte ich mittlerweile sicher in einem Schließfach am Bahnhof eingesperrt.

Ich sah nach links und rechts, dann überquerte ich die Straße und lief an dem Gebäude vorbei. Es dauerte ein bisschen, bis ich den Zugang zu dem kleinen Hinterhof gefunden hatte, und dann noch etwas länger, bis ich das richtige Fenster ausgemacht hatte. Die ganze Zeit über betete und hoffte ich, dass mein Plan funktionierte und niemand meinen kleinen Trick bemerkt hatte. Denn dann wäre alles vergebens gewesen.

Jeder meiner Atemzüge kondensierte in der kalten Winterluft und meine Hände zitterten nicht nur vor Aufregung, als ich endlich die richtige Stelle erreicht hatte. Prüfend sah ich mich nach allen Seiten um, dann drückte ich gegen das Fenster direkt über mir – und jubelte innerlich, als es unter meinen Fingern nachgab und aufging. Es hatte geklappt!

Hochzuklettern und mich hindurchzuquetschen, würde

allerdings nicht so leicht werden. Obwohl es eisig war, zog ich Jacke und Schal aus und warf sie hinein. Jetzt war ich an der Reihe. Früher hatte ich den ganzen Sport gehasst, zu dem Mom Fenja und mich gezwungen hatte. Die langweiligen Tanzstunden. Yoga. Klettern. Joggen. Kampfsport. Es hatte eine ganze Weile gedauert, bis ich mich daran gewöhnt und vor allem damit abgefunden hatte. Und noch länger, bis ich tatsächlich Spaß daran gefunden hatte. Heute war ich unheimlich dankbar dafür, denn das Training erlaubte mir, mich durch diese schmale Öffnung zu winden und es hineinzuschaffen, ohne mir etwas zu brechen oder im Fensterrahmen stecken zu bleiben.

Ich landete auf den Füßen und richtete mich langsam auf. Mein Herz raste, meine Hände waren schwitzig, aber ich zwang mich dazu, ganz still zu halten und mich auf die Geräusche in der Umgebung zu konzentrieren. Aber da war nichts. Keine Schritte, die sich plötzlich näherten. Kein Alarm, der losschrillte. Keine Polizei und auch keine Valkyren, die meinen kleinen Einbruch bemerkt hatten.

Hastig schloss ich das Fenster von innen, deponierte Jacke und Schal in einer der Toilettenkabinen, und schlich zur Tür. Ich öffnete sie nur einen Spaltbreit und spähte mit angehaltenem Atem in den Eingangsbereich. Nichts. Alles ruhig. So viel Glück konnte kein Mensch haben, oder? Doch trotz meines Misstrauens blieb es still und dunkel. Das war meine Chance.

Ich betrat die Lobby. Der Empfangstresen war unbesetzt. Neben der Eingangstür blinkte etwas in einem gleichmäßigen Rhythmus auf. Vermutlich die Alarmanlage. Wahrscheinlich gab es auch eine Security oder einen Nachtdienst, also sollte ich besser zusehen, dass ich schleunigst wieder von hier verschwand. Zumindest sobald ich gefunden hatte, wonach ich suchte. Auch wenn ich keine Ahnung hatte, was das genau war.

Statt in den Fahrstuhl zu steigen und damit womöglich ungewollte Aufmerksamkeit auf mich zu ziehen, falls doch noch jemand im Gebäude war, schlich ich zur Treppe und nahm die Stufen nach oben. Im ersten Stockwerk befanden sich lauter Büros, die ich nach einem kurzen Blick in ein paar davon als uninteressant abhakte. Nur ordentliche Schreibtische, Aktenordner, Kopierer. Auch im zweiten fand ich nur Büros, Konferenzräume und zwei Zimmer, die so aussahen, als seien sie dafür gedacht, Trauernde in Empfang zu nehmen und mit ihnen das weitere Vorgehen zu besprechen. Bei der Erinnerung daran, wie ich selbst an einem solchen Ort gewesen war, zusammen mit Ryan und seiner Mutter, um die Beerdigung meiner Familie zu organisieren, wurde meine Kehle eng und meine Brust zog sich zusammen.

Nicht daran denken. Denk nicht daran!

Ich zwang mich dazu, mich von dem Raum abzuwenden und weiterzugehen. Als ich auch im dritten Stock nichts außer weiteren Büros und einem riesigen Ausstellungsraum fand, in dem verschiedene Särge und Urnen präsentiert wurden, drückte ich den Knopf für den Aufzug. Dieses Gebäude war riesig. Es würde ewig dauern, jede einzelne Etage abzusuchen, aber um ganz sicher zu gehen, musste ich es wenigstens versuchen. Vielleicht würde ich ganz oben, wo ich die Valkyren getroffen hatte, fündig werden. Irgendwo musste es doch etwas geben, das mir weiterhelfen konnte. Ein Hinweis darauf, was mit Mom und dieser Vi passiert war. Warum Valkyren starben, obwohl sie unsterblich sein sollten. Und ob diese dunkle Gestalt, die ich gesehen hatte, dahintersteckte. Selbst wenn mir niemand glaubte und ich schon meinen eigenen Verstand angezweifelt hatte, wusste ich einfach, dass sie da gewesen war. Genauso wie ich wusste, dass sie gleich darauf verschwunden war, beinahe so, als hätte sie sich in Luft aufgelöst. Was ich nicht wusste, war, was das zu bedeuten hatte. Aber ich würde es herausfinden. Das musste ich. Das war ich meiner Familie schuldig.

Die Aufzugtüren öffneten sich und ich betrat das nächste Stockwerk. Es musste bereits nach Mitternacht sein, also blieben mir noch ein paar Stunden, bevor die ersten Mitarbeiter wieder hier auftauchen würden. Nacheinander ging ich die Stockwerke ab, fand aber auch hier nichts, und der Zugang zu den obersten Etagen war mir ohne den notwendigen Code, den Ayane heute Nachmittag eingegeben hatte, versperrt. Der Aufzug fuhr nicht hin, die Treppenhaustür war verschlossen und es schien keinen anderen Weg zu geben, in diesen Raum mit den Blumengestecken zu gelangen, in dem ich die Valkyren getroffen hatte.

Ich hatte alles versucht – und versagt. Hier war nichts. Nur ein ziemlich großes Bestattungsunternehmen mit jeder Menge Büros für Mitarbeiter, Besprechungszimmer, Ausstellungsräumen und einer riesigen Werkstatt im sechzehnten Stockwerk, in dem sowohl Särge als auch Kerzen und Grabsteine direkt vor Ort hergestellt zu werden schienen. Außerdem war da noch eine Kantine in der fünften Etage, zusammen mit Aufenthaltsräumen für die Angestellten. Alles in allem wirkte das Bestattungsinstitut *North* wie jedes andere Unternehmen auch.

Für jemanden wie mich, ohne irgendwelche übernatürlichen Kräfte, war der Zugang ins richtige Valhalla für immer versperrt. Ob Mom und Fenja jetzt dort waren? Hatten ihre Seelen den Weg nach Valhalla gefunden? Bei der Vorstellung gaben meine Knie nach und ich sank mitten im Treppenhaus auf eine der endlos vielen Stufen.

Mein Kopf dröhnte. Meine Kehle war schrecklich trocken. Tränen brannten in meinen Augen und trübten mir die Sicht. Ich hatte keine Ahnung, was ich noch tun sollte.

Ohne darüber nachzudenken, zog ich mein Smartphone aus der Tasche. Seit ich weggefahren war, hatte Ryan mir dutzende Nachrichten geschrieben, in denen er wissen wollte, wie es mir ging, ob ich gefunden hatte, wonach ich suchte, wann ich zurückkehren würde und ob wir reden könnten. Ich hatte auf keine einzige davon reagiert. Denn was sollte ich ihm schon sagen? Dass meine Mutter eine der sagenumwobenen neun Valkyren aus der nordischen Mythologie war? Dass all diese Mythen und Legenden einen wahren Ursprung hatten? Dass ich versucht hatte, die anderen Valkyren zu kontaktieren, um herauszufinden, was wirklich an jenem Tag passiert war, als unser Auto von der Straße abgekommen war? Ich hatte die Valkyren zwar aufgespürt, aber bei allem anderen versagt. Und jetzt wusste ich einfach nicht mehr weiter.

Ich konnte nicht zurück nach Hause, an einen Ort, der so voller Erinnerungen, aber ohne die Menschen war, die diese Erinnerungen geschaffen hatten. Aber ich konnte auch nicht hierbleiben. Ich konnte nirgendwo hin.

»Hey.«

Ich riss den Kopf hoch und starrte in das Gesicht eines jungen Mannes. Jeder Muskel in meinem Körper spannte sich an, mein Fluchtinstinkt setzte ein, aber ich war so überrascht, dass ich mich nicht von der Stelle rühren konnte.

Der Fremde schien in meinem Alter zu sein. Achtzehn, neunzehn, vielleicht auch zwei, drei Jahre älter. Er hatte tiefschwarzes Haar, das ihm in Stirn und Nacken fiel, und genauso dunkle Augen. Bartstoppeln waren auf seinen Wangen und an seinem Kinn zu sehen, als hätte er heute vergessen, sich zu rasieren. Oder als wäre es ihm egal, was für einen wilden Eindruck er auf andere machte.

»Du kannst nicht hierbleiben«, sagte er in einer tiefen Stimme, die beinahe so klang, als wäre sie nicht von dieser Welt. Oder als hätte er sie viel zu lange nicht mehr benutzt.

Ich antwortete nicht. Was sollte ich auch sagen? Dass ich hier eingebrochen war? Dann würde er schneller den Sicherheitsdienst benachrichtigen oder die Polizei rufen, als ich reagieren konnte. Falls er nicht selbst zur Security gehörte, doch dafür schien er ziemlich jung zu sein.

Nach allem, was in den letzten Tagen passiert war, rechnete

ich mit vielem, sogar damit, gleich in Handschellen abgeführt zu werden, allerdings nicht damit, dass er sich einfach neben mich auf die Treppenstufe setzte und die langen Beine ausstreckte. Passend zu dem Bestattungsunternehmen war er ganz in Schwarz gekleidet. Zufall? Oder arbeitete er tatsächlich hier? Aber warum sollte er sonst mitten in der Nacht in diesem Gebäude herumgeistern?

»Ich bin Zev«, stellte er sich vor und hielt mir ganz förmlich die Hand hin. Dabei meinte ich, ein amüsiertes Funkeln in seinen dunklen Augen erkennen zu können. Jetzt erst fiel mir die kleine Narbe auf, die sich von seinem Kieferknochen über seinen Hals hinab zog und den Bartschatten fast wie eine Art Blitz durchtrennte.

»Hallo, Zev«, brachte ich hervor und legte meine Hand in seine. »Ich bin Blair.«

Seine Mundwinkel zuckten. Der Händedruck war warm und fest. »Freut mich, dich kennenzulernen, Blair.«

Ich lächelte. Zum ersten Mal seit dieser ganzen Sache lächelte ich aus irgendeinem Grund wieder. Nicht strahlend, nicht glücklich, aber das Lächeln war da. Und es tat gut, für einen Moment zu vergessen, was alles passiert war – was mich hierhergeführt hatte.

Doch der Moment hielt nicht lange an.

»Was machst du hier? Mitten in der Nacht?« Zev deutete um sich. Wir saßen im Treppenhaus, irgendwo zwischen der elften und zwölften Etage. Ich hatte keinen Schimmer, wie ich hier gelandet war, ganz zu schweigen davon, wie er mich überhaupt gefunden hatte.

Also seufzte ich nur und rieb mir mit den Händen über das Gesicht. »Du würdest mir sowieso nicht glauben.«

Zev betrachtete mich aufmerksam von der Seite. »Versuch es.«

Ich schnaubte. Und dann, weil ich überhaupt nichts mehr zu verlieren hatte, öffnete ich tatsächlich den Mund. »Ich bin die Tochter einer Valkyre und hergekommen, nachdem meine Mom und meine Schwester bei einem Autounfall gestorben sind. Ich dachte, hier würde ich Antworten finden, aber die anderen Valkyren haben mich weggeschickt, weil ich keine von ihnen bin, und niemand glaubt mir, dass da noch jemand an der Unfallstelle war, weil ich die Einzige bin, die ihn gesehen hat. Also bin ich hier eingebrochen, um nach … *irgendetwas* zu suchen. Nach einer Erklärung. Nach Antworten. Nach einem Grund für all das. Aber da ist nichts.«

Sekundenlang betrachtete Zev mich stumm von der Seite, dann zog er langsam die Brauen hoch. »Okay …«, erwiderte er gedehnt.

»Ich hab dir doch gesagt, dass du mir nicht glauben wirst«, murmelte ich und mobilisierte meine letzten Energien, um aufzustehen. »Na los, bring mich zum Sicherheitsdienst oder was auch immer ihr hier habt, damit sie mich mitnehmen und einsperren können.«

Auch Zev stand auf und überragte mich dabei um mindestens zehn, fünfzehn Zentimeter. »Ich hab eine bessere Idee.«

»Und wie wäre?«, fragte ich wenig begeistert und runzelte die Stirn. Nach allem, was passiert war, was ich erlebt hatte, nach all den Enttäuschungen hatte ich keine Kraft mehr für irgendwelche Spielchen. Ich wollte nur noch … Ich wollte nur noch nach Hause zu meiner Mom und meiner Schwester, aber sie waren nicht mehr da.

»Ich glaube, ich kenne jemanden, der dir weiterhelfen kann.« Er stemmte die Hände in die Seiten und warf mir einen herausfordernden Blick zu. »Interessiert?«

KAPITEL 9

Auch Minuten später konnte ich nicht fassen, dass dieser Zev mir tatsächlich glaubte. Ich hatte keine Ahnung, wer der Typ eigentlich war und was er hier machte, aber als ich von Valkyren, Tod und einer dunklen Gestalt gesprochen hatte, hatte er nicht mal mit der Wimper gezuckt. Stattdessen führte er mich durch die endlos wirkenden Gänge dieses riesigen Gebäudes und ich ging mit ihm, obwohl ich ihn nicht mal kannte, weil … weil ich keine andere Wahl hatte. Und weil er der Einzige war, der sich dazu bereit erklärt hatte, mir zu helfen. Der Einzige, der mich nicht als verrückt oder traumatisiert oder unwürdig abstempelte, nur weil ich nicht in die Fußstapfen meiner Mutter trat. Oder eher: treten *konnte*, denn als Kind hatte ich mir nichts sehnlicher gewünscht, als eine Valkyre zu sein und auf den Nordlichtern durch die Lüfte zu fliegen. Dieser Traum war schon lange verblasst und nach der Begegnung mit den Valkyren heute endgültig gestorben. Alles, was mir noch blieb, war, die Wahrheit herauszufinden.

Mom hatte mir nur die schönen Seiten des Daseins als Valkyre erzählt und mich damit Nacht für Nacht in den Schlaf gelullt. Aber was, wenn das Leben einer Valkyre auch Schattenseiten besaß? Wenn Valkyren Feinde hatten und tatsächlich sterben konnten? Wenn der Unfall in Wahrheit gar kein Unfall gewesen und dieser Mann nicht zufällig dort gewesen war, sondern aus einem ganz bestimmten Grund, mit einer ganz bestimmten Mission?

Ein bitterer Geschmack breitete sich in meinem Mund aus, während ich Zev folgte und dabei auf seinen Hinterkopf starrte. Ich schluckte krampfhaft, aber die Bitterkeit blieb. Genau wie die Anspannung in meinem Körper. Dass ich hier war und endlich einen Schritt weiterzukommen schien, war das Einzige, was mich noch aufrecht hielt. Ich war völlig übermüdet, hatte viel zu wenig getrunken und sollte irgendwann in nächster Zeit auch mal wieder etwas essen. Und schlafen. Doch an Schlaf war nicht zu denken, als Zev schließlich vor einer massiven Stahltür stehen blieb, die eher wie der Zugang zu einem Gefängnis aussah als zu einem Büro oder Meetingraum.

»Wo sind wir hier?«, fragte ich und gab mir keine Mühe, das Misstrauen in meiner Stimme zu verbergen.

»Es gibt da jemand, der dir helfen kann.« Er warf mir ein

fast schon wölfisches Lächeln zu, das mich unweigerlich erstarren ließ.

Und plötzlich schaltete sich doch noch die Stimme der Vernunft ein. Spät zwar, aber immerhin. Was zum Teufel machte ich hier eigentlich? Es war mitten in der Nacht, ich war in eine Firma eingebrochen und folgte dem düsteren Typen, nur weil er ein bisschen nett zu mir gewesen war? Da konnte ich ja gleich irgendeinen Fremden in eine dunkle Gasse begleiten. Was sollte da schon schiefgehen?

»Alles klar?« Zevs Frage drang nur verzerrt zu mir durch.

Das Rauschen in meinem Kopf war zurück, wie das Gemurmel tausender Menschen, die zu einer einzigen dröhnenden Masse verschmolzen. Hin und wieder meinte ich, eine vereinzelte Stimme ausmachen zu können, aber das musste ich mir einbilden. Das Rauschen war nur das Blut in meinen Ohren, weil ich so nervös war. Oder vielmehr, weil ich gar nicht hier, sondern zu Hause in meinem Zimmer sein und in meinem Bett liegen sollte. Davon, morgen zur Schule zu gehen, damit ich im Frühsommer meinen Abschluss machen konnte, ganz zu schweigen.

Ich wich zurück, als Zev einen halben Schritt auf mich zukam, und hob warnend die Hand. Er blieb sofort stehen und betrachtete mich aus diesen dunklen Augen. Wenigstens versuchte er nicht, mich mit Worten zu überzeugen oder wandte Gewalt an. Nicht, dass ich ihm das nicht trotzdem zutrauen würde. Da war etwas Kämpferisches an ihm, das so gar nicht hierher passte. Zu den Valkyren, ja, aber nicht in dieses Unternehmen. Ob er wohl doch zur Security gehörte und mich nur in die Irre führen wollte? Würde gleich die Polizei hier aufkreuzen und mich wegen Einbruchs festnehmen? Oder sah die Wahrheit viel schlimmer aus?

»Wer oder was ist da drinnen?«, fragte ich und klang diesmal wesentlich gefasster, als ich mich fühlte. Auch das Rauschen hatte nachgelassen und ich hatte das Gefühl, langsam wieder klarer denken zu können.

»Ling«, erwiderte er, ohne mich aus den Augen zu lassen. »Wenn du etwas wissen möchtest, ganz egal, was es ist, dann ist sie die richtige Ansprechpartnerin dafür. Sie lebt hier und weiß so ziemlich alles. Wenn du willst, gehe ich vor dir rein, damit du weißt, dass es sicher ist.«

Beinahe wäre ich in lautes Lachen ausgebrochen. Nichts, absolut gar nichts an diesem Ort wirkte sicher. Trotzdem war ich zurückgekommen und jetzt hier, also konnte ich es auch zu Ende bringen, oder nicht? Ich hoffte nur, dass das nicht auch *mein* Ende bedeuten würde.

»Okay«, sagte ich und deutete auf die Stahltür. »Du zuerst.«

Ich meinte, so etwas wie ein amüsiertes Lächeln auf seinem Gesicht sehen zu können, aber dafür drehte er sich zu schnell um und hob die Hand, um zu klopfen. Einmal. Zweimal. Dreimal. Viermal. Ich wartete mit angehaltenem Atem, konnte aber nichts von drinnen hören. Ob diese Ling gar nicht da war?

Doch dann tat sich plötzlich etwas. Die Tür öffnete sich mit einem leisen Quietschen einen Spaltbreit. Niemand kam heraus, aber die Tür blieb offen.

Zev warf mir einen Blick zu, den ich nicht so recht deuten

konnte, dann verschwand er vor mir durch den Spalt und ließ mich allein im Flur zurück.

Ich hörte keine Stimmen, keine Begrüßung – aber auch keine Schreie. Hoffentlich war das ein gutes Zeichen.

Bevor ich weiter darüber nachdenken oder es mir selbst ausreden konnte, holte ich tief Luft und folgte ihm hinein. Im ersten Moment konnte ich kaum etwas erkennen, weil es so dunkel war. Kerzen warfen flackernde Schatten gegen die hohen Wände. Der Boden unter meinen Stiefeln war weich und schien mit dünnen Matten ausgelegt zu sein. Von der mehrere Meter hohen Decke hingen lange Tücher herab. Abgesehen davon schien der Raum völlig leer zu sein. Keine Bilder an den Wänden. Keine Möbel. Keine Computer oder Schreibtische. Keine Sitzgelegenheiten.

Ein sanfter Windzug streifte mein Gesicht. Automatisch legte ich den Kopf in den Nacken – und erstarrte. An dem Tuch, das mir am nächsten war, hing eine Frau. Ein Teil des Stoffes war um ihr Bein gewickelt und sie hielt sich mit einer Hand fest, schien ansonsten aber frei in der Luft zu schweben.

»Ling …«, kam es leise von Zev.

Ohne uns zu beachten, schwang sie in dem Tuch hin und her, löste es von ihrem rechten Bein und sprang wie eine Trapezkünstlerin zum nächsten Tuch, das sie blitzschnell um ihren Körper wickelte und daran hinunterrollte, bis sie nur wenige Zentimeter über dem Boden stoppte. Ganz langsam drehte sie sich, sodass sie uns das Gesicht zuwandte, uns mit einem einzigen Blick wahrnahm und sich dann wieder nach oben schwang. Ihre Bewegungen waren unglaublich faszinierend. Sie war schnell und vollführte die einzelnen Figuren mit einer fast schon schlangenhaften Geschmeidigkeit, ganz so, als wäre sie eins mit den Tüchern und als würden die Gesetze der Schwerkraft nicht für sie gelten.

Einen Moment lang verlor ich Ling bei der schlechten Beleuchtung aus den Augen, dann war da wieder dieser leichte Luftzug und sie ließ sich in irrsinniger Geschwindigkeit von ganz oben aus dem Tuch nach unten rollen. Oh, Gott. Ich hielt den Atem an. Sie würde gleich auf dem Boden aufprallen und … In letzter Sekunde stoppte sie und hing kopfüber am Tuch herunter. Nur ihre Hände und die langen Haare berührten die Matten. Haare, die im sanften Kerzenlicht in allen Farben des Regenbogens schimmerten.

Zum ersten Mal sah sie uns wirklich an. Erst zeichnete Überraschung ihr Gesicht, dann breitete sich ein warmes Lächeln darauf aus. »Willkommen«, begrüßte sie uns und blickte von Zev zu mir. »Ich bin Ling. Wie kann ich euch helfen?«

»Ach, du weißt schon«, begann Zev, lehnte sich gegen die Wand neben der Tür und verschränkte die Arme vor der Brust. »Tote Valkyren. Finstere Gestalten, die sonst keiner sieht.« Er machte eine nachlässige Handbewegung. »Das Übliche.«

»Tote Valkyren?« In einer blitzschnellen Bewegung wirbelte Ling herum und landete sicher auf den nackten Füßen.

Ich versuchte, bei ihren Worten nicht zusammenzuzucken, und konzentrierte mich stattdessen auf das Erscheinungsbild vor mir. Die bunten Haare fielen ihr glatt über die Schultern bis auf den Rücken. In gewisser Weise ähnelte sie Ayane und könnte vom Gesicht, den Augen und der zierlichen Figur glatt ihre Tochter sein. Oder auch ihre Schwester, denn ich konnte Lings Alter überhaupt nicht einschätzen. Sie wirkte wie jenseits von Zeit und Raum. Ihre Haut war glatt, ihr Körper trainiert und muskulöser, als auf den ersten Blick ersichtlich war. Sie schien jung zu sein – aber ihre Augen erzählten etwas anderes. Ähnlich wie bei der Valkyre Kendra, die ich heute Nachmittag kennengelernt hatte, schien auch in Lings Augen so viel verborgen zu liegen, dass ich nach einer Weile wegsehen musste. Zu viel Wissen. Zu viel, das sie gesehen oder miterlebt hatte. Wie konnte sie da gleichzeitig so jung und unbekümmert wirken?

»Ist noch eine Valkyre gestorben?« Die Frage war an Zev gerichtet, aber ich war diejenige, die darauf antwortete.

»Meine Mutter.« Ich räusperte mich, da mir die Stimme zu versagen drohte. »Reina.«

»Reina«, wiederholte Ling und ich glaubte, so etwas wie Trauer in ihrem Gesicht lesen zu können. Zumindest, so viel das flackernde Kerzenlicht davon preisgab. »Das tut mir leid. Reina war immer gut zu mir.«

»Du kanntest sie?«, hörte ich mich fragen, obwohl die Antwort nach dieser Aussage auf der Hand lag.

Sie nickte. »Reina war eine von den Guten. Mein tiefstes Beileid.«

»Danke.« Ich schluckte hart. Erst nach einem Moment fiel mir auf, was sie noch gesagt hatte. »Was meinst du mit: ›eine von den Guten‹?«

Statt einer Antwort schenkte sie mir nur ein geheimnisvolles Lächeln. Gleich darauf verschwand sie wieder zwischen den Tüchern und es war schwer, wenn nicht unmöglich, ihren schnellen Bewegungen mit bloßem Auge zu folgen. Von ihrer Art und ihrer Ausstrahlung her hätte Ling eine Valkyre sein können – aber ich war mir relativ sicher, sie heute Nachmittag nicht getroffen zu haben. Und sie wirkte auch nicht … menschlich. Da war etwas an ihr, das ich einfach nicht zuordnen konnte.

»Ling …« Blanke Ungeduld schwang in Zevs Tonlage mit. »Wir brauchen Informationen.«

Helles Lachen erfüllte den Raum. »Benötigen wir die nicht alle? Gerade du? Erst eine tote Valkyre. Dann zwei. Dann drei, dann vier und fünf …« Bei jeder Zahl sprang sie von einem Tuch zum anderen. »… sechs, sieben, acht. Und wenn die neunte stirbt, geht es zu Ende.«

Ich runzelte die Stirn. Aus irgendeinem Grund begann mein Herz plötzlich unangenehm schnell zu hämmern. »Was geht zu Ende?«

»Das Zeitalter der Menschen. Die Herrschaft der Götter.« Wieder ließ sich Ling an einem Tuch herunterrollen und stoppte mit dem Gesicht nur einen Zentimeter vor den Matten. Dann senkte sie die Stimme zu einem Wispern. »Ragnarök ist näher, als alle denken.«

Zev trat einen Schritt nach vorne. Er war blass geworden. »Das meinst du nicht ernst.«

»Ach, Zev …« Ihr Kichern hatte etwas von einem Kind. »Du kennst doch die Legenden. Die Mythen. Die Anzeichen.«

»Ich aber nicht«, warf ich ein. Ich wusste nur das, was Mom

mir erzählt hatte. Was ich vor langer Zeit in Büchern und im Internet gelesen hatte. Nicht genug, um mich genau daran zu erinnern. Schon gar nicht, wenn es so etwas wie Ragnarök tatsächlich gab.

»Für die einen ist es der Untergang von allem, was ihnen lieb und teuer ist.« Ling sprang durch die Lüfte. Eine der Kerzen ging unerwartet aus und hüllte den hinteren Teil des Raumes in Dunkelheit. »Für die anderen ist es der Beginn von etwas Neuem. Etwas Besserem.«

»Ragnarök ist nur ein Mythos.« Die Worte entkamen mir, ohne auch nur eine Sekunde darüber nachdenken zu müssen. Aber sie entsprachen der Wahrheit. Ragnarök war etwas, woran die alten Germanen und Wikinger geglaubt hatten, aber es war nicht real. Das konnte es gar nicht sein.

»Tatsächlich?« Ling tauchte so plötzlich vor mir auf, dass ich instinktiv zurückwich. »So wie die Valkyren nur ein Mythos sind? Und Valhalla? Die Heldenseelen, die sich seit Anbeginn der Zeit auf Ragnarök vorbereiten?« Ein Grinsen erhellte ihr Gesicht. »Du solltest es besser wissen, Tochter von Reina. Du bist schließlich eine von ihnen.«

Ich schüttelte den Kopf. »Meine Schwester sollte Moms Platz einnehmen. Nicht ich. Mom hat Fenja ausgebildet und in allem unterrichtet, aber Fenja ist … Sie ist zusammen mit ihr gestorben.«

Für den Bruchteil einer Sekunde flackerte so etwas wie Mitgefühl in Lings Augen auf. »Wie bedauerlich.« Dann verschwand sie wieder in den Lüften und eine weitere Kerze erlosch.

»An der Unfallstelle war ein Mann«, platzte ich heraus und versuchte, Ling in der immer tiefer werdenden Dunkelheit zu erkennen. »Ich habe ihn als Einzige gesehen und dann war er einfach fort. Glaubst du …«

»Das Chaos.« Lings Worte hallten von den hohen Wänden wider, auch wenn ich sie nicht mehr sehen konnte. »Der Gott des Chaos kommt, um euch zu holen.«

Stirnrunzelnd sah ich zu Zev hinüber, doch der erwiderte meinen Blick nicht, sondern schien genau wie ich Ling ausmachen zu wollen.

»Was meinst du damit?«, rief ich, da ich sie am anderen Ende des Zimmers vermutete.

Sekundenlang kam keine Antwort, lediglich das leise Zischen der Kerzendochte und das Gleiten von Stoff über Stoff war zu hören. Im nächsten Moment nahm ich eine Bewegung rechts von mir wahr und wirbelte herum.

Ling stand direkt neben mir. »Der Tod hat seine Diener und seine Gottheit. Du hast bestimmt davon gehört, Tochter von Reina.«

»Hel«, antwortete ich automatisch.

In der nordischen Mythologie war sie sowohl die Göttin des Todes als auch die Herrscherin über Helheim, das Reich der Toten. Im Christentum mochte es Himmel und Hölle geben, bei den alten Griechen war es der Hades, bei den Ägyptern das Totengericht, das über das weitere Schicksal entschied. So hatte jede Kultur ihre eigenen Vorstellungen vom Tod und wie es danach weiterging. Allerdings hätte ich nie gedacht, dass irgendetwas davon tatsächlich wahr sein könnte.

»Hel.« Die Art, wie Ling das betonte, ließ mich die Stirn runzeln. »Und genau wie es den Tod wirklich gibt, so gibt es auch das Chaos. Und wie Hel hat auch Vidar, der Gott des Chaos, seine Anhänger.« Sie schwang sich in eines ihrer Tücher, nur um lautlos hinter mir zu landen und mir die nächsten Worte ins Ohr zu flüstern. »Das Chaos kommt. Und es wird alles zerstören, was wir kennen. Alles, was dir lieb und teuer ist.«

Damit verschwand sie und die letzten Kerzen gingen zischend aus. Ihr Rauch erfüllte die Luft, und Dunkelheit war alles, was ich noch sah. Fast wie eine Vorwarnung dessen, was auf uns zukam. Das Chaos. Ragnarök.

Aber was hatte das zu bedeuten? Wer war dieser Gott des Chaos und was hatte er mit Mom und Fenja zu tun? Was hatte das Ganze mit mir zu tun?

KAPITEL 10

Am nächsten Morgen kitzelten Sonnenstrahlen mein Gesicht. Ich brummte, drehte mich auf die Seite und zog mir die Decke über den Kopf. Der Wecker hatte noch nicht geklingelt, also musste ich noch nicht aufstehen und mich für die Schule fertig machen. Ein paar Minuten konnte ich noch liegen bleiben. Ein paar wundervolle Minuten …

Doch aus dem Haus waren nicht die Schritte und Stimmen meiner Mutter und Schwester zu hören. Weder Moms Gesang, während sie in der Küche herumwerkelte und das Frühstück zubereitete, noch die furchtbar laute Orchestermusik, die immer aus dem Bad schallte, während Fenja duschte und sich anschließend vor dem Spiegel zurechtmachte. Ich hörte zwar Geräusche, aber nicht von ihnen. Nicht von meiner Familie.

Ich schlug die Augen auf. Ein, zwei Sekunden tickten vorbei, dann setzte die Erkenntnis schlagartig ein – und mir wurde eiskalt. Ich war nicht länger zu Hause, nicht in meinem Zimmer und lag auch nicht in meinem eigenen Bett. Aber vor allem würde ich die morgendlichen Geräusche von Fenja und Mom nie wieder hören, weil sie nicht mehr da waren. Sie waren tot. Ich war allein. Und noch immer in Vancouver.

Abrupt setzte ich mich auf und rieb mir den Schlaf aus den Augen. Es dauerte einen Moment, bis ich mich orientiert hatte und wieder daran erinnerte, was passiert war. Ich war ins Bestattungsinstitut eingebrochen. Hatte Zev getroffen. Mit Ling geredet. Dann hatte Zev mich bis zur Tür begleitet und sich verabschiedet. Ich hatte meine Tasche aus dem Schließfach im Bahnhof geholt und war ins erste Guest House gegangen, das ein Zimmer frei hatte – und das ich mir leisten konnte. All das war wie in Trance passiert, weil ich so fertig gewesen war. Wahrscheinlich grenzte es an ein Wunder, dass mir nachts allein auf den Straßen nichts passiert war, aber irgendwie hatte ich es hierher geschafft und war total erledigt ins Bett gefallen. Ich hatte nicht mal meine Reisetasche ausgepackt oder mir meine Schlafsachen angezogen, wie ich jetzt mit einem schnellen Blick feststellte. Und ich hatte noch immer nicht auf Ryans Nachrichten reagiert.

Ich griff nach meinem Handy, aber das Display blieb dunkel. Wahrscheinlich war der Akku leer und ich hatte letzte Nacht nicht mehr daran gedacht, es an den Strom anzuschließen. Na toll. Ryan würde mir den Hals umdrehen, sobald er wieder von mir hörte.

Seufzend schob ich die geblümte Bettdecke beiseite und stand auf. Ich kniete mich neben meine Reisetasche, zog den Reißverschluss auf und wühlte darin herum, bis ich sowohl saubere Klamotten, meinen Kulturbeutel als auch das Ladekabel gefunden hatte. Letzteres schloss ich an Handy und Steckdose an, dann tappte ich noch immer total übermüdet ins angrenzende Bad.

Es war winzig, hatte nur ein Fenster, durch das gerade mal meine Faust passte, aber immerhin gab es eine Dusche, unter die ich mich sogleich stellte. Das warme Wasser half mir dabei, etwas wacher zu werden und die Spuren der langen Reise von der Haut zu waschen. Doch die Erinnerungen verschwanden nicht genauso wie das Wasser im Abfluss, sondern blieben an mir haften.

Was hatte ich mir nur dabei gedacht hierherzukommen? Jetzt, einen Tag später und mit klarerem Verstand, konnte ich nur den Kopf darüber schütteln. Ich hatte auf ein Wunder gehofft und nach Antworten gesucht – und natürlich keine gefunden. Vielleicht sollte ich wieder zurück nach Hause fahren. Ayane und die anderen Valkyren wollten mich nicht hier haben und würden mir nicht weiterhelfen. Und die Sache mit diesem Mann an der Unfallstelle und dem *Chaos*, wie Ling es genannt hatte? Was wusste ich schon davon? Was sollte ich überhaupt dagegen unternehmen? Ohne magische Fähigkeiten zu haben wie Mom oder die anderen Valkyren? Ohne die geringste Ahnung, was das alles zu bedeuten hatte?

Ich schnaubte und griff nach der Shampooflasche, um mir die Haare zu waschen, und blendete all diese Fragen aus. Kurz darauf verließ ich die Dusche und wickelte mir ein Handtuch um den Körper und eins um den Kopf. Als ich das Zimmer wieder betrat, wusste ich, was ich zu tun hatte. Ich würde nach Hause fahren, selbst wenn mein Magen bei dem Gedanken rumorte und sich jeder Instinkt in mir dagegen wehrte. Aber was sollte ich denn noch länger hier?

In den nächsten Minuten ging es in meinen Gedanken genauso hin und her, wie ich zwischen Bad und Zimmer wechselte, um mich anzuziehen, mir die Haare zu bürsten und zu föhnen und mich für den neuen Tag zu schminken. Auch wenn ich keine Ahnung hatte, ob es Morgen, Mittag oder nicht schon Nachmittag war. Zumindest schien die Sonne von draußen herein. Das war wenigstens ein Anfang.

Nachdem ich meine Sachen zurück in die Reisetasche gestopft hatte und mich aufs Bett setzte, schaltete ich das Handy ein – und erstarrte. Es war kurz vor zwei Uhr nachmittags. Hatte ich wirklich so lange geschlafen?

Sekunden später ploppte eine neue Nachricht nach der anderen auf und ich biss mir schuldbewusst auf die Unterlippe. Ich scrollte durch, bis ich die neueste Mitteilung las, die keine zwei Minuten alt war.

Bin da.

Ich erstarrte. Wie bitte? Was? Ryan war hier? Jetzt? In Vancouver? Ich textete ihm all diese Fragen und musste nicht lange auf eine Antwort warten. Gleich darauf sprang ich auf, riss die Tür auf – und dachte im letzten Moment daran, den Zimmerschlüssel mitzunehmen, bevor ich die Treppe hinunterstürmte. Der Geruch von Kaffee und Gemüseeintopf hing schwer in der Luft. Definitiv keine Frühstückszeit mehr.

Mein Herz hämmerte und erst am Fuße der Treppe fiel mir auf, dass ich nicht mal daran gedacht hatte, mir Schuhe anzuziehen. Egal. Dann musste Ryan eben mit hochkommen.

Ich blieb im Eingangsbereich stehen – und erstarrte. Denn er war wirklich da. Ryan war hier und erwiderte meinen überraschten Blick mit einer Mischung aus Erleichterung und Wut. Er trug eine dunkelblaue Jacke, dazu schwarze, verwaschene Jeans und hatte sich einen Rucksack über die Schulter gehängt. Sein goldbraunes Haar war vom Wind ganz zerzaust und ein paar Strähnen fielen ihm in die Stirn.

Ehe ich mich versah, stand ich direkt vor ihm. Aber bevor ich irgendetwas sagen oder tun konnte, ganz zu schweigen davon, auch nur etwas zu denken, passierten zwei Dinge gleichzeitig: Mein Puls raste los – und Ryan zog mich in eine feste Umarmung.

Zuerst war ich zu benommen, um zu reagieren, doch dann legte ich die Arme um ihn und schmiegte mich an ihn. Ich schloss die Augen und atmete tief den vertrauten Duft nach Pinien ein. Dass mein Herz dabei nur noch heftiger pochte, war mir egal. Ich wollte diesen Moment genießen, ganz egal, welche verwirrenden Gefühle er in mir auslöste.

Und ganz egal, dass mir sicherlich noch eine Standpauke bevorstand.

Nur widerwillig löste ich mich von Ryan und lehnte mich etwas zurück. Dabei musste ich mich davon abhalten, noch mal tief einzuatmen, nur um seinen Geruch zu inhalieren. Das wäre einfach zu peinlich. Und zu auffällig, schließlich standen wir noch immer mitten im Eingang. Eng umschlungen, denn keiner hatte den anderen wirklich losgelassen. Ich schluckte hart, als ich seinem Blick begegnete und das Flattern in meiner Magengrube wieder losging.

Aus dem Augenwinkel bemerkte ich eine Bewegung, dann hörte ich leise Stimmen und mir wurde klar, dass wir nicht länger allein waren.

»Komm mit«, sagte ich hastig und griff nach seinem Arm, bevor mir etwas anderes rausrutschen oder ich noch etwas tun könnte, das wir beide bereuen würden. Oder nur ich. Das reichte auch schon.

Ohne zurückzusehen zog ich Ryan die Treppe hinauf bis in das Zimmer, das ich letzte Nacht gemietet hatte, und drückte die Tür hinter uns zu. Dann lehnte ich mich dagegen und betrachtete ihn noch immer ungläubig. Denn so wie er jetzt in diesem kleinen Raum mit der Blümchenbettwäsche, der Blümchentapete und dem flauschigen beigefarbenen Teppich stand, wirkte er völlig fehl am Platz.

»Was machst du hier?«, stieß ich hervor.

»Was ich hier mache?«, wiederholte Ryan und sah sich kurz im Zimmer um, dann landete sein fassungsloser Blick wieder auf mir. »Ist das dein verdammter Ernst?« Er legte Rucksack und Jacke auf dem Bett ab. Darunter trug er einen schwarzen Rollkragenpullover, der ihm nicht so verdammt gut stehen sollte, weil das einfach unfair war und mich mehr ablenkte, als es sollte. »Du bist einfach weggefahren und nicht mehr zurückgekommen, Blair. Du hast auf keine meiner Nachrichten geantwortet. Ich hab mir Sorgen gemacht. Deshalb bin ich hier.«

Zum ersten Mal betrachtete ich sein Gesicht näher. Er hatte Ringe unter den Augen und wirkte blass. Wahrscheinlich war er genauso fertig von der langen Anreise wie ich gestern. Aber da war auch ein harter Zug um seinen Mund, den ich so nicht von ihm kannte. Und etwas in seinen Augen, das ich nicht deuten konnte. Dabei kannte ich Ryan sonst in- und auswendig.

»Du bist …« Ich leckte mir über die trockenen Lippen und vergaß für einen Moment zu atmen, als sich sein Blick auf meinen Mund senkte. Eine kribbelnde Wärme begann sich in mir auszubreiten. Eine Wärme, die hier absolut nichts zu suchen hatte und die ich bewusst ignorierte. Stattdessen räusperte ich mich. »Du bist den ganzen Weg hierhergekommen, nur weil du dir Sorgen um mich gemacht hast?«

Etwas veränderte sich in seinen Augen, wurde weicher, nachgiebiger. »Überrascht dich das wirklich so sehr?«

Ich wusste nicht, was ich darauf erwidern sollte. Dafür schien mein Körper umso besser zu wissen, wie er reagieren sollte: mit Herzklopfen. Mit einem kleinen Sprung in meiner Magengegend. Mit einer trockenen Kehle. Und plötzlich waren all die Gefühle, die ich in seiner Gegenwart verspürte und seit Monaten zu unterdrücken versuchte, wieder da. Und ich hatte keine Ahnung, wohin damit.

»Wie hast du mich überhaupt gefunden?«, brachte ich hervor.

»Du hast dein GPS am Handy aktiviert.«

Ich starrte ihn an. Und starrte noch ein bisschen länger. »Du hast mich getrackt? Echt jetzt?«

Er zuckte mit den Schultern, als wäre es nicht der Rede wert. »Für irgendwas muss meine App ja gut sein.«

»Ja, für das Stipendium, das dich durchs College bringen wird. Nicht, um deine beste Freundin zu verfolgen!«

Er machte einen Schritt auf mich zu. »Was nicht nötig gewesen wäre, wenn du auch nur auf eine einzige Nachricht geantwortet hättest. Verdammt, Blair! Ich dachte, dir wäre etwas zugestoßen.«

Ich schluckte hart. Aus irgendeinem Grund konnte ich ihn keine Sekunde aus den Augen lassen. Nicht bei dem kleinen Ausbruch und auch nicht, als er noch näher kam und damit direkt vor mir stand.

»Tut mir leid …«, wisperte ich und legte den Kopf in den Nacken, um zu ihm hochzusehen. »Ich wollte einfach …«, begann ich, brachte den Satz aber nicht zu Ende. Denn was sollte ich ihm sagen? Die Wahrheit? Sicher nicht. Er hatte mir schon nicht geglaubt, dass da ein Mann neben dem Autowrack gewesen war, weil er niemanden gesehen hatte, also würde er mit Sicherheit auch nicht an die Existenz von Valkyren, Ragnarök und einem Gott des Chaos glauben.

Aber ich *wollte* ihm davon erzählen, wie ich zu meiner eigenen Überraschung feststellte. Bis auf das Geheimnis meiner Mom und meiner Gefühle für ihn hatte ich alles mit Ryan geteilt. Manchmal glaubte ich sogar, er kannte mich besser als der Rest meiner Familie. Besser als irgendjemand sonst. Wie konnte ich ihm das jetzt verschweigen?

Er nickte langsam, auch wenn ich nichts weiter gesagt hatte. Aber vielleicht … vielleicht verstand er es auch so. Zumindest wusste er, dass Mom und Fenja hierher hatten fahren wollen, und womöglich genügte es für ihn, dass ich die Reise unternommen hatte, die die beiden hatten antreten wollen. Auch wenn ich nichts damit erreicht hatte. Ich würde mit leeren Händen zurückkehren. Wollte ich das wirklich? Konnte ich das?

»Komm zurück nach Hause«, raunte er und sah mich dabei so bittend an, dass es mir die Sprache verschlug. »Hier gibt es nichts für dich, Blair.«

Gott, ich wollte seinen Rat befolgen. Ich wollte mit ihm gehen. Ein erschreckend großer Teil von mir wollte all das, was ich hier erlebt und erfahren hatte, einfach hinter sich lassen, mit Ryan heimfahren und nie mehr an Valkyren, magische Kräfte, dunkle Gestalten oder den Weltuntergang denken. In ein paar Monaten würden wir beide aufs College gehen – zum Glück auf dasselbe – und neu durchstarten. Ich wollte diesen Neustart so sehr, ich wollte dieses Vergessen, aber …

»Ich kann nicht«, wisperte ich.

Er runzelte die Stirn. Verwirrung flackerte in seinen Augen auf. »Warum nicht?«

»Ich muss herausfinden, was passiert ist. Ich muss wissen, ob es … ob es wirklich ein Unfall war oder ob mehr dahintersteckt.«

Denn Valkyren konnten nicht sterben. Nicht einfach so. Schon gar nicht durch etwas so Gewöhnliches wie einen Autounfall. Außerdem hatten mich die anderen Valkyren viel zu schnell loswerden wollen, nachdem ich ihnen alles erzählt hatte, was ich wusste. Und dann waren da noch Lings kryptische Aussagen, die mir einfach nicht mehr aus dem Kopf gehen wollten …

Nein, ich konnte nicht aufgeben. Nicht jetzt. Wenn ich es tat, würde ich mich bis an mein Lebensende fragen, ob es die richtige Entscheidung gewesen war. Ob ich nicht doch etwas hätte tun oder wenigstens die Wahrheit herausfinden können.

Ryan seufzte. »Blair …«

Ich sah wieder zu ihm hoch. »Du glaubst mir immer noch nicht. Jemand war an der Unfallstelle!«

»Es spielt keine Rolle, was ich glaube. Wichtig ist nur, dass du in Sicherheit bist.«

»Und das bin ich hier nicht?« Ich starrte ihn an, versuchte, in seinem Gesicht zu lesen und zu begreifen, was diese Worte zu bedeuten hatten. Wovon redete er da? Weshalb sollte ich in Vancouver nicht sicher sein?

»Blair …«

Warum klang er so gequält? Nicht genervt oder ungeduldig oder besorgt, sondern … gequält. Plötzlich war da etwas in seinem Blick, was zuvor nicht da gewesen war. Etwas Drängendes, bei dem mir schlagartig wärmer wurde. Und auf einmal fragte ich mich, ob ich ihm gerade näher gekommen war oder er sich zu mir heruntergelehnt hatte. Aber was es auch war, ich wollte nicht, dass es endete. Ich wollte, dass es weiterging, wollte endlich herausfinden, was passierte, wenn ein solcher Moment zwischen uns weiterging.

Glücklicherweise hatte ich die Tür im Rücken, denn meine Knie fühlten sich mit einem Mal viel zu weich und wacklig an. Ich wollte mich irgendwo festhalten, wusste aber nicht, wo, und musste mich gleichzeitig davon abhalten, die Hände nach Ryan auszustrecken. Vielleicht, weil ich ihn dann nicht mehr loslassen könnte. Vielleicht, weil wir beide dabei waren, etwas zu tun, was so nie in unserer Freundschaft vorgesehen war. Etwas, das alles zwischen uns für immer verändern würde.

Ich hatte mich nicht von der Stelle gerührt, obwohl ich irgendwo weit hinten in meinem Bewusstsein ahnte, dass ich jederzeit zur Seite ausweichen und etwas Abstand zwischen uns bringen könnte. Ryan kesselte mich nicht ein, er ließ mir eine Wahl. Das hatte er immer getan. Auch wenn ich diesmal das Gefühl hatte, dass es schon jetzt kein Zurück mehr gab. Weder für ihn noch für mich.

Keiner von uns sagte ein Wort. Sein Blick ließ meinen keine Sekunde lang los und sein warmer Atem streifte mein Gesicht. Unbewusst öffnete ich die Lippen. Gott, ich wollte es. Wollte so sehr wie niemals zuvor, dass er mich küsste. Dass ich nicht allein mit diesen Gefühlen war. Dass er dasselbe für mich empfand, wie ich für ihn, selbst wenn hinterher nichts mehr wie zuvor zwischen uns sein würde.

Als könnte er gar nicht anders, lehnte sich Ryan langsam zu mir herunter. Mein Herz hämmerte inzwischen so heftig, dass ich sicher war, er könnte es hören. Aber es spielte keine

Rolle. Nichts spielte noch eine Rolle außer dieser Moment. Außer das, was gleich passieren würde.

Ich schloss die Augen. Kam ihm ein Stück entgegen. Wartete. Aber nichts passierte. Eine Sekunde tickte vorbei. Zwei. Dann drei. Schließlich öffnete ich die Augen wieder und starrte ihn verwirrt an.

Einen atemlosen Moment hielt Ryan meinen Blick noch fest – dann wich er so schnell vor mir zurück, als hätte er sich an mir verbannt. Ich meinte, ihn leise fluchen zu hören, aber das konnte nicht sein, denn Ryan fluchte nie.

Was war hier los? Was war das gerade gewesen? Und warum raste mein Herz noch immer so, jetzt allerdings nicht mehr vor Aufregung, sondern auf eine schmerzhafte Art und Weise.

Doch vielleicht war genau das die Antwort: Nichts war zwischen uns geschehen. Wieder mal. Schließlich waren wir Ryan und Blair. Beste Freunde für immer. Was einmal wie das schönste Geschenk der Welt geklungen hatte, fühlte sich jetzt nur noch fad und bitter an. Wie ein Schatten dessen, was wir stattdessen sein könnten.

Ryan hatte sich bereits abgewandt und lief unruhig in dem kleinen Zimmer auf und ab. Während ich ihn dabei beobachtete, versuchte ich, mich in Gedanken zu beruhigen, versuchte, es schönzureden, aber die Wahrheit war: Nichts hiervon war schön. Es tat weh. Es war frustrierend. Und es machte mich so verdammt wütend.

»Es wird nie passieren, oder?« Die Worte verließen meinen Mund, bevor ich sie aufhalten konnte. Bevor ich darüber nachdenken konnte. Denn nicht nur Taten konnten unsere

Freundschaft für immer verändern. Worte genauso. Und das nicht nur zum Positiven. Doch jetzt, wo ich einmal angefangen hatte, konnte ich nicht aufhören.

Ryan blieb abrupt stehen, drehte sich aber nicht zu mir um. Echt jetzt? Auf einmal konnte er mir nicht mal mehr ins Gesicht sehen?

Ich biss die Zähne aufeinander in dem Versuch, all die Gefühle im Zaum zu halten, die ich so lange unterdrückt und beiseitegeschoben hatte, um unsere Freundschaft nicht zu gefährden. All die Gefühle, die in mir tobten und sich nicht länger zurückhalten ließen. Genauso wenig wie die Worte, die mir jetzt über die Lippen kamen.

»Du wirst es niemals tun.«

Sein ganzer Körper versteifte sich. »Ich hab keine Ahnung, was du meinst.«

Ich schnaubte. Musste fast laut auflachen, was von purer Verzweiflung und Frustration zeugte – und nicht etwa von Belustigung. Denn wenn das die Wahrheit wäre, warum musste er dann die Hände zu Fäusten ballen? Warum konnte er mich noch immer nicht anschauen?

»Wirklich nicht?«, forderte ich ihn heraus. Denn ich war verdammt noch mal nicht die Einzige, die diesen Moment gerade erlebt hatte. Die ihn genossen hatte.

Ich wusste, dass es nicht fair von mir war, ihn ausgerechnet jetzt damit zu konfrontieren. Wenn er auch nur halb so erledigt war wie ich bei meiner Ankunft, sollte ich Verständnis für ihn aufbringen. Rücksichtsvoll sein. Aber ich hatte es so satt. Ich hatte es satt, diese kurzen Momente zwischen uns zu überspielen und zu ignorieren. Die langen Blicke. Die kurzen Berührungen, die so viel mehr in mir auslösten, als es die Berührung meines besten Freunds seit Kindestagen tun sollte. Und das eben, diesen Beinahe-Kuss, konnte ich nicht ignorieren. Ich konnte nicht so tun, als wäre er nie passiert. Ich weigerte mich. Selbst wenn das bedeutete, unsere jahrelange Freundschaft aufs Spiel zu setzen.

Ryan stand noch immer mit dem Rücken zu mir, die Hände an seinen Seiten zu Fäusten geballt. Ohne etwas zu sagen. Ohne auch nur eine einzige Reaktion zu zeigen.

»Ry…«, wisperte ich.

Ein Schauer ließ ihn erzittern. Wenn überhaupt möglich, verspannte er sich noch mehr. Er würde nicht mit mir reden. Wenn überhaupt, war er kurz davor, hier rauszustürmen und diese Sache nie wieder anzusprechen.

Doch als er einen wüsten Fluch ausstieß und zu mir herumwirbelte, war es keine Verzweiflung, Abneigung oder Reue, die ich in seinem Gesicht las, sondern eine wilde Entschlossenheit. Mit zwei großen Schritten war er plötzlich bei mir, nahm mein Gesicht in die Hände und blickte mir fest in die Augen, beinahe so, als müsste er sich versichern, dass ich das hier auch wirklich wollte. Dann neigte er den Kopf und presste seinen Mund auf meinen.

Ich erstarrte. Hörte auf zu atmen – dann explodierte das Wirrwarr aus Gefühlen geradezu in mir. Und obwohl ich mir sicher war, dass ich das hier nur träumte, dass es nicht wirklich passieren konnte, schloss ich die Augen und begann den Kuss zu erwidern.

Der vertraute Duft nach Pinien drang mir in die Nase und ich nahm das Gefühl seiner Lippen auf meinen überdeutlich wahr. Und plötzlich war Denken nicht mehr möglich. Nur noch fühlen. Nur noch handeln.

Meine Finger bohrten sich in seine Arme, nicht um ihn wegzuschieben, sondern um ihn festzuhalten und näherzuziehen, weil ich nicht wollte, dass dieser Moment je wieder endete.

Ein Schauer wanderte durch Ryans Körper und sprang auf mich über, als er mich fast schon verzweifelt an sich drückte. Ganz so, als hätte er sich in all diesen Wochen und Monaten ebenfalls zurückgehalten, als hätte er sich die ganze Zeit über unter Kontrolle gehabt – und würde jetzt jedes bisschen davon verlieren.

Seine Lippen waren weich auf meinen und die Bartstoppeln kratzten etwas auf meiner Haut, doch das war nichts verglichen mit der Hitze, die sich gerade in meinem ganzen Körper ausbreitete. Eine Empfindung, von der ich nicht genug bekommen konnte, genauso wenig wie von dem Gefühl seiner Hände auf meinem Körper. Genauso wenig wie von diesem Kerl selbst.

Ohne nachzudenken, stellte ich mich auf Zehenspitzen, um Ryan noch näher zu kommen, um mehr von ihm zu spüren, und grub die Finger in sein Haar. Er schlang die Arme nur noch fester um mich, während er mich gleichzeitig gegen die Tür drängte. Ein Hitzeschauer nach dem anderen glitt über meine Haut und hinterließ ein heißes Prickeln.

Wir hatten uns schon unzählige Male umarmt, ich war sogar ein paar Mal mit dem Kopf an seiner Schulter eingeschlafen, doch nichts davon kam auch nur annähernd an diesen Moment heran. Absolut gar nichts.

Instinktiv öffnete ich die Lippen unter seinen – und diesmal zögerte Ryan nicht. Seine Zunge glitt in meinen Mund und fand meine. Die erste Berührung war bereits mehr, als ich mir je hätte ausmalen können. Mehr Hitze. Mehr Gefühl. Mehr Kribbeln. Mehr von Ryan.

Ein gedämpftes Stöhnen drang an mein Ohr. War ich das? Oder er? War es wichtig? Definitiv nicht, denn nichts war noch wichtig außer das, was wir gerade taten. Nichts, außer die verrückten, unglaublichen Gefühle, die all das in mir auslöste.

Ich wollte weitermachen, wollte niemals aufhören, doch mit einem Mal erstarrte Ryan – und löste sich ruckartig von mir.

»Shit.« Als würde ihm erst jetzt klar werden, was er getan hatte, wich er vor mir zurück. Sein Atem ging mindestens so schnell wie mein eigener und seine Lippen waren noch feucht von unseren Küssen. »Ich … Ich hätte nicht … Es tut mir …«

»Du … was?«

Entschuldigte er sich gerade ernsthaft bei mir? Dafür, mich geküsst zu haben? Die ganze Wärme, die ich bis eben empfunden hatte, verwandelte sich in Eis und legte sich wie ein schwerer Klumpen in meinen Magen. Ich fröstelte unter der plötzlichen Kälte.

Mit zitternden Fingern fuhr sich Ryan durchs Haar. Mittlerweile war er so weit vor mir zurückgewichen, dass er gegen den Schreibtisch an der Wand stieß. »Ich hätte das nicht zulassen dürfen. Ich … Es tut mir leid.«

Ich konnte ihn nur anstarren. Fassungslos. Ungläubig. Verletzt. Vor allem verletzt. Hatte er auch nur die geringste Ahnung, seit wann ich mir schon einen Moment wie diesen ausgemalt hatte? Wie sehr ich mir gewünscht hatte, dass er nur ein Mal, nur ein einziges Mal nicht bloß seine beste Freundin in mir sah, sondern so viel mehr. Nun, mein Wunsch hatte sich erfüllt. Er hatte mich ein einziges Mal anders angesehen und berührt, doch allem Anschein nach würde es auch dabei bleiben. Bei diesem einen Mal. Was auch immer da gerade in ihn gefahren war.

»Das ist nicht dein Ernst«, stieß ich hervor und hasste mich dafür, dass meine Stimme brach. Verdammt, ich wollte nicht das Mädchen sein, das sich ihrem Schwarm vor die Füße warf und ihn um seine Aufmerksamkeit anbettelte. Aber das hier … dieser Kuss … das war … »Du kannst das nicht einfach ungeschehen machen.«

»Nein«, bestätigte er und dieser harte Zug um seinen Mund kehrte zurück. »Ich hätte nicht … Das hätte niemals passieren dürfen.«

Wie bitte?

Er ging zum Bett hinüber, zog die Jacke wieder an und schulterte den Rucksack. Die ganze Zeit über mied er meinen Blick, doch nun sah er mich direkt an. »Ich warte heute Abend um sechs Uhr am Bahnhof auf dich. Komm dorthin, wenn du zurück nach Hause willst. Wenn nicht, dann weiß ich Bescheid.«

Ich war so perplex, dass ich ganz automatisch zur Seite trat und die Tür freigab, als Ryan darauf zusteuerte. Und ich war noch immer perplex, als die Tür hinter ihm zufiel und ich allein zurückblieb.

Was zur Hölle – oder zu Helheim – war gerade passiert?

KAPITEL 11

Knapp vier Stunden. So viel Zeit hatte Ryan mir gelassen, um zu entscheiden, was ich jetzt tun sollte. Um zu entscheiden, wie mein Leben weitergehen sollte. Doch nicht einmal der eisige Wind, das Rauschen der Wellen oder das Krächzen der Möwen am Hafen konnten mir bei der Entscheidung helfen. Oder sie mir abnehmen.

Ich könnte den einfachen Weg wählen – obwohl nach dem Kuss mit Ryan nichts mehr einfach war –, mir meine Sachen schnappen und pünktlich am Bahnhof erscheinen, um mit meinem besten Freund die zweitägige Rückreise anzutreten. Vermutlich in seltsamem, angespanntem Schweigen, da er den Kuss zutiefst bereute, ich hingegen kein bisschen. Das

Einzige, was ich bereute, war seine Reaktion darauf. Doch früher oder später würden wir darüber hinwegkommen. Ich würde die letzten Monate daheim irgendwie durchstehen, meinen Abschluss machen und dann nach Toronto ziehen, um aufs College zu gehen und Astronomie und Astrophysik zu studieren. Ich würde ein neues Leben anfangen.

Allerdings ohne die Blair zu sein, die ich früher einmal gewesen war. Das konnte ich gar nicht. Nicht ohne meine große Schwester, die immer auf mich aufgepasst hatte, die immer für mich da gewesen war und mir bei allen großen und kleinen Problemen mit Rat und Tat zur Seite gestanden hatte. Seien es die komplizierten Mathehausaufgaben gewesen, mein erster Schwarm in der vierten Klasse, oder wenn es darum ging, mich darin zu bestärken, meinen eigenen Wünschen zu folgen. Fenja war die Einzige, die wusste, dass ich Astronomie studieren wollte, weil mich die Sterne und Nordlichter schon von klein auf fasziniert hatten. Nicht einmal Mom hatte ich das bisher gestanden, dabei war sie die beste Mutter gewesen, die ich mir hatte wünschen können.

Obwohl Fenja ihre Nachfolgerin werden sollte und sie meine Schwester hart ausgebildet hatte, hatte Mom mir nie das Gefühl gegeben, weniger wert zu sein. Oder etwas anderes als ihre Tochter. Sie hatte mir immer zugehört, ganz egal, ob ich ihr von der Schule oder von meiner aktuellen Lieblingsserie erzählte. An den Wochenenden hatten wir morgens immer zusammen in der Küche gesungen, während wir das Frühstück zubereiteten. Extra laut, weil wir wussten, dass es Fenja in den Wahnsinn trieb und sie ihre eigene Musik deshalb nur noch lauter drehte. Mom war auch diejenige gewesen, die mir die ersten Sternbilder gezeigt hatte.

Ein Leben ohne diese beiden Menschen konnte und wollte ich mir einfach nicht vorstellen. Wie auch? Ich hatte ja nicht mal die Möglichkeit bekommen, richtig Abschied zu nehmen. In der einen Sekunde waren sie noch da gewesen und wir alle hatten zusammen im Auto gesessen, in der nächsten waren Fenja und Mom fort. Genau wie Dad damals.

Mit dem Handrücken wischte ich mir über Wangen und Augenwinkel und schob den Schal zurecht, um mich vor dem kalten Wind zu schützen, der vom Meer her wehte. Gleich nachdem Ryan gegangen war, hatte ich Stiefel und Jacke angezogen und war losgelaufen. Wohin? Keine Ahnung. Ich wusste nur, dass ich mich bewegen musste, um meine Gedanken zu klären. Und meine Gefühle.

Ich biss mir fest auf die Lippen, doch der Schmerz in meinem Inneren blieb. Bis vor Kurzem hatte ich gar nichts gefühlt, war innerlich völlig taub gewesen. Wahrscheinlich hatte ich noch unter Schock gestanden. Doch jetzt … jetzt fühlte ich wieder und es tat so verflucht weh. Es war einfach zu viel. Der Unfall. Moms und Fenjas Tod. Die Beerdigung. Die Reise quer durch ganz Kanada nach Vancouver. Die Zurückweisung der Frauen, die sich als Moms Schwestern bezeichneten. Die seltsamen Worte von Ling. Ryans Verhalten. Dieser Kuss. Seine Entschuldigung. Das Ultimatum.

Verärgert wischte ich mir ein weiteres Mal übers Gesicht und suchte in meiner Jackentasche nach einem Taschentuch. Weinen würde mich nicht weiterbringen, so viel war klar.

Trotzdem kam ich nicht gegen das Brennen in meinen Augen, die Enge in meiner Kehle oder den dumpfen Schmerz an, der genau dort lag, wo mein Herz noch immer viel zu heftig schlug.

Ich sollte nach Hause gehen. Den einfachen Weg wählen. Ich kickte einen kleinen Stein weg und lauschte den Möwen, die am Himmel kreischten. Wellen plätscherten gegen die Hafenmauern und gegen die Boote, die vor Anker lagen. Ich blieb stehen und drehte mich um. Vom Meer aus musste die Stadt einen atemberaubenden Anblick abgeben. Die vielen Segelboote am Hafen und dahinter die riesigen Wolkenkratzer, die nur aus Glas, Stahl und Beton zu bestehen schienen.

Es war schön hier. Vancouver war trotz der Lautstärke und der vielen Menschen eine schöne Stadt. Und obwohl ich gestern völlig überfordert gewesen war, merkte ich jetzt nach und nach, dass es mir gefiel. Ich befeuchtete mir die Lippen und schmeckte das Salz des Meeres, was mir beinahe ein Lächeln entlockte. Nicht wirklich, aber wenigstens beinahe.

Zum ersten Mal, seit ich das Guest House verlassen hatte, wo meine Reisetasche noch immer lag, zog ich mein Handy hervor.

Keine neuen Mitteilungen von Ryan. Ich biss die Zähne zusammen und tat alles, um den schmerzhaften Stich in meiner Brust zu ignorieren. Er hatte deutlich gemacht, was er von dem Kuss hielt. Genauso wie er deutlich gemacht hatte, dass er zurück nach Hause fahren würde – mit oder ohne mich.

Ich war so in Gedanken versunken gewesen, dass ich gar nicht gemerkt hatte, wie die Zeit vergangen war, und plötzlich blieben mir nur noch knapp drei Stunden. Drei Stunden, um zu entscheiden, was ich tun sollte. Drei Stunden, um meine letzte Chance zu nutzen und die Wahrheit herauszufinden.

Sicher, ich könnte einfach in den Zug steigen und zurück nach Hause fahren – aber ich würde mich immer fragen, was wirklich passiert war. Warum meine Familie hatte sterben müssen. Warum ausgerechnet ich überlebt hatte. Was es mit diesem Mann an der Unfallstelle und mit Lings Warnung bezüglich des Chaos auf sich hatte. Und damit konnte ich nicht leben. Ich musste die Wahrheit erfahren. Wenn schon nicht für mich, dann für Mom. Für Fenja.

Außerdem … außerdem hatte ich nach der Sache mit Ryan absolut nichts mehr zu verlieren. Denn im schlimmsten Fall hatte ich meinen besten Freund bereits verloren.

Entschlossen machte ich mich auf den Weg zurück zum Bestattungsinstitut. Einen Augenblick lang blieb ich davor stehen und betrachtete das riesige Gebäude, das sich perfekt in die Stadtkulisse einfügte. Dann atmete ich tief durch und ging hinein.

Am Empfangstresen saß dieselbe rothaarige Frau wie gestern. Samantha, wenn ich mich richtig erinnerte. Ob sich das als etwas Gutes oder nicht doch eher als etwas Schlechtes herausstellte, würde ich gleich herausfinden.

»Hallo.« Ich ging zu ihr hinüber und warf ihr ein zurückhaltendes Lächeln zu.

Samantha begrüßte mich mit derselben Standardfloskel wie gestern, doch dann weiteten sich ihre Augen. »Oh. Reinas Tochter. Blair, nicht wahr?«

Ich nickte erleichtert. »Tut mir leid, Sie noch mal stören zu müssen, aber ich möchte zu Zev.«

Ihre Miene blieb völlig ausdruckslos. »Tut mir leid, das habe ich nicht richtig verstanden. Zu wem?«

»Zev«, wiederholte ich langsamer und verfluchte in Gedanken die Tatsache, dass ich seinen Nachnamen nicht kannte. Wahrscheinlich war das nur ein Spitzname und deshalb kannte Samantha ihn nicht. »Er arbeitet auch hier. Ungefähr so groß, schwarze Haare, vielleicht um die zwanzig und …«

»Tut mir leid, Liebes.« Ihr Lächeln wirkte ehrlich verwirrt. »Hier gibt es keinen Zev.«

»Aber …«

»Ich habe eine Liste von allen Mitarbeitern des Instituts. Ein Zev ist nicht dabei.«

Was? Wie konnte das sein? Wollte sie damit etwa behaupten, dass ich mir Zev letzte Nacht auch nur eingebildet hatte?

»Kann ich sonst noch etwas für dich tun?«

Ich könnte nach den Valkyren fragen, nach Ayane, Kendra oder sogar nach dieser angriffslustigen Thyra, aber irgendwie bezweifelte ich, dass mich eine von ihnen sehen wollte. Wozu auch? Sie hatten alle Informationen bereits von mir erhalten. Warum also noch länger ihre Zeit mit mir verschwenden?

Der dumpfe Schmerz in meiner Brust kehrte zurück und ich musste die Zähne zusammenbeißen, um hier und jetzt nicht die Beherrschung zu verlieren. Ich würde nicht anfangen zu weinen.

Ich hatte es versucht. Himmel, ich hatte *alles* versucht, was ich nur tun konnte. Dass ich damit keinen Schritt weitergekommen war, war nicht die Schuld der Empfangsdame. Aber auch nicht meine.

Also schüttelte ich nur den Kopf. »Nein«, brachte ich irgendwie hervor. »Schon gut. Danke.«

Ich spürte ihren Blick auf mir, als ich mich abwandte. Zwar steuerte ich den Ausgang an und wich einer Familie aus, die gerade hereinkam, aber ich hatte keine Ahnung, wohin ich jetzt gehen oder was ich tun sollte. Das … war's also?

Mein Nacken begann zu prickeln und plötzlich spürte ich einen weiteren Blick auf mir ruhen. Stirnrunzelnd blieb ich stehen und sah zur Seite. Und genau dort, lässig gegen die weiße Wand gelehnt, stand niemand Geringeres als Zev. Der Typ, der angeblich nicht hier arbeitete.

Kurz sah ich zu Samantha zurück, doch die war inzwischen mit der gerade eingetroffenen trauernden Familie beschäftigt und beachtete mich nicht länger.

Mein Herz hämmerte, als ich mich in Bewegung setzte, allerdings nicht auf die gute, kribbelnde Weise wie noch vor wenigen Stunden in Ryans Gegenwart. Definitiv nicht. Denn mit jedem Schritt, den ich auf Zev zumachte, wurde das Pochen in meinem Brustkorb bedrohlicher. Warnender. Und als ich vor ihm stehen blieb und ihn von oben bis unten musterte, angefangen bei der schwarzen Kleidung bis hin zu der Narbe an seinem Kiefer, und mir ins Gedächtnis rief, was Samantha gesagt hatte, beschlich mich eine dunkle Vorahnung.

»Du arbeitest nicht hier, oder?«

Zev zuckte nicht mal mit der Wimper. »Nicht wirklich. Nein.«

Einen Augenblick lang betrachtete ich ihn noch, dann schüttelte ich langsam den Kopf. »Du bist einer von ihnen.«

Nach außen hin nur minimal irritiert zog Zev die dunklen Brauen hoch. »Einer von *ihnen?*«

»Ein gefallener Krieger. Eine Heldenseele. Deswegen kennt dich die Frau am Empfang nicht«, fuhr ich fort und wurde mit jedem Wort entschlossener. »Weil du gar nicht existierst. Nicht mehr. Du gehörst nach Valhalla und nicht in dieses Unternehmen.«

Ein Schatten glitt über sein Gesicht, aber er nickte. »Dieser Ort ist mit *Valhalla* verbunden. Ich bin daran gebunden, genau wie all die anderen Seelen, die sie hergebracht haben.«

Es bestand kein Zweifel daran, wen er mit *sie* meinte. Die Valkyren. Ayane und die anderen. Meine Mutter.

Zev zögerte. Zum ersten Mal, seit ich ihn getroffen hatte, wirkte er unsicher. »Aber vielleicht … vielleicht kann ich ihn zusammen mit dir verlassen.«

Bitte was?

Ich machte einen Schritt zurück. »Ich bin keine Valkyre.«

»Nein, aber du bist die Tochter einer Valkyre. Womöglich reicht das aus. Abgesehen davon brauchst du mich – und zwar nicht hier drinnen.«

Ich schnaubte ungläubig. Zwar war ich erleichtert, ihn doch noch gefunden zu haben, aber mit dieser Wendung hatte ich nicht gerechnet. »Und wofür sollte ich dich brauchen?«

Ein kurzes Schmunzeln erhellte seine Miene. »Ich habe letzte Nacht noch ein bisschen recherchiert. Zu dem, was du erzählt hast. Zu den Bruchstücken, die Ling uns hingeworfen hat.«

»Und …?«

»Und«, nahm er den Faden wieder auf und schob die Hände in die Hosentaschen. »Allem Anschein nach war das nicht das erste Mal, dass so eine finstere Gestalt aufgetaucht ist. Es gibt Aufzeichnungen darüber, dass das schon öfter passiert ist. Wie sagtest du noch mal, sah er aus? Ganz in schwarz? Langer Mantel?«

»Genau. Das typische Outfit des Bösewichts«, antwortete ich trocken.

Zev sah kurz an sich runter und grinste dann. »Und zeitlos. Aber darum geht es gar nicht. Die Umstände, die du beschrieben hast, habe ich auch in ein paar Büchern gefunden. Männer und Frauen, in Mänteln oder von Umhängen verhüllt, die an Orten auftauchen, an denen jemand stirbt oder gerade gestorben ist.«

Mit einem Mal wurde mir kalt. »Du willst mir jetzt aber nicht erzählen, dass sie der Tod sind, oder? So etwas wie Sensenmänner und -frauen? Der Tod in Menschengestalt?«

»Was?« Er stieß ein ungläubiges Lachen aus. »Hel wäre wahrscheinlich ziemlich angepisst, wenn es Personen gäbe, die sich in ihre Arbeit einmischen.« Als er meine verständnislose Miene bemerkte, fuhr er seufzend fort. »Die Seelen Verstorbener werden entweder von den Valkyren geholt und nach Valhalla gebracht, wenn sie etwas Heldenhaftes getan haben, oder sie landen geradewegs in Helheim – was übrigens nichts mit dem Konzept von Himmel und Hölle zu tun hat. Helheim ist ein neutraler Ort. Ein Ort des Friedens für die guten Menschen und ein Ort des Leids für jene, die in ihrem

Leben Böses angerichtet haben. Etwas anderes existiert nicht. Keine anderen Endstationen, keine Zwischenebenen und auch niemanden, der die Seelen woanders hinbringen soll, kann oder darf.«

»Aber da war jemand!«, beharrte ich.

Seine Mundwinkel wanderten in die Höhe. »Ganz genau. Und das schon zum wiederholten Mal. Ich nehme an, die Valkyren haben dir nichts davon erzählt, weil das ihrem Image schaden würde. Aber anscheinend gibt es ein paar Augenzeugenberichte über solche Gestalten. Unter anderem ist ein Mann an genau der Stelle aufgetaucht, an der Virginia, eine andere Valkyre, getötet wurde.«

Unbewusst machte ich einen halben Schritt auf ihn zu und packte ihn am Ärmel. »Hast du gerade *getötet* gesagt?«, flüsterte ich.

Kein Unfall, sondern ein Mord. Damit stieg die Wahrscheinlichkeit, dass auch Moms und Fenjas Tod kein Unfall gewesen war, drastisch an.

Zev starrte einen Moment lang auf meine Finger an seinem Ärmel, dann nickte er und wirkte dabei so stolz, als hätte er die größte Verschwörung der Menschheitsgeschichte aufgedeckt. »Die letzte bekannte Sichtung von diesem Kerl war vor zwei Tagen. Genau hier. In Vancouver. Ich kann dich dorthin bringen, wenn du mich mitnimmst.«

»Dich mitnehmen?«, wiederholte ich, während es bereits in meinem Kopf arbeitete.

Zev hatte gesagt, dass Virginia getötet worden und dass dort ebenfalls eine dunkle Gestalt aufgetaucht war. Das bedeutete … dass ich recht hatte. Ich hatte die ganze Zeit über recht gehabt. Der Autounfall war gar kein Unfall gewesen. Und wenn der Mann im Mantel schon vorher da gewesen war, ohne dass wir es bemerkt hatten? Wenn er derjenige war, der den Unfall verursacht hatte? Wenn er Mom genauso hatte ermorden wollen, wie er Virginia getötet hatte?

»Heldenseelen können Valhalla nicht verlassen – es sei denn in Begleitung einer Valkyre.« Zev riss mich mit diesen Worten aus meinen Gedanken und sah mich bedeutungsvoll an.

Ich holte schon Luft, um zu protestieren, aber er kam mir zuvor.

»Du bist keine, jaja. Schon x-mal gehört. Aber in deinen Adern fließt das Blut einer Valkyre und das sollte zumindest für etwas gut sein, oder meinst du nicht?« Er zuckte mit den Schultern. »Wenn es nicht klappt, muss ich sowieso hier bleiben.«

Ganz ehrlich? Ich war mir ziemlich sicher, dass Zev mir da zu viel zutraute, aber es war seine Entscheidung. Im Gegensatz zu ihm konnte ich kommen und gehen, wie ich wollte. Inzwischen hatte er mir schon zum zweiten Mal geholfen, also war es das Mindeste, ihm diesen Gefallen zu tun und es wenigstens zu versuchen. Außerdem war er ein Held. Nur solche Seelen fanden Einlass in Valhalla. Das machte ihn – trotz seines Bösewicht-Outfits – zu einem von den Guten. Zumindest hoffte ich das.

»Okay.« Ich atmete tief durch. »Dann los.«

Nach einem letzten Blick zum Empfangstresen, wo Samantha noch immer mit der Familie beschäftigt war, setzte ich mich in Bewegung. Zev stieß sich von der Wand ab und folgte mir. An den großen Glastüren zögerte er einen Herzschlag lang, straffte dann jedoch die Schultern – und ging Seite an Seite mit mir hindurch.

Draußen begrüßte uns ein beißender Wind und ich zog automatisch den Kopf ein, als er mein Haar durcheinanderwirbelte. Aber Zev stand einfach nur da und betrachtete unsere Umgebung mit großen Augen. Die kalten Temperaturen. Der Wind. Der Verkehrslärm. Nichts davon schien ihn zu stören. Er musste eine Ewigkeit dort drinnen gewesen sein. Jahre. Vielleicht sogar Jahrzehnte. Auf ewig dazu verdammt, in Valhalla zu trainieren und sich auf das Ende der Welt, auf Ragnarök, vorzubereiten. Freiheit sah anders aus. Aber vielleicht konnte man das auch nicht erwarten, wenn man tot war.

»Was soll das?« Zev schob meine Finger weg.

Ich hatte nicht mal gemerkt, dass ich die Hand gehoben und ihn in die Schulter gestupst hatte. »Sicherstellen, dass du wirklich da bist.«

»Du meinst, dass ich nicht bloß ein Geist bin?«

»Und dass ich mir das nicht nur einbilde, genau.«

Denn wenn man es genau nahm, könnte all das auch nur die Halluzination eines verstörten, traumatisierten Mädchens sein. Und das wäre echt schade. Denn Zev und ich schienen tatsächlich so etwas wie Freunde werden zu können.

»Also«, begann ich und breitete die Arme aus. »Wohin gehen wir?«

KAPITEL 12

»Ernsthaft?«, fragte ich rund eine halbe Stunde später und sah mit gerunzelter Stirn zu Zev hinüber. »Ein Friedhof?«

Neben mir zuckte Zev mit den Schultern. »Ich hatte nur diese Adresse aus den Aufzeichnungen. Genau hier soll den Valkyren zufolge kürzlich einer dieser mysteriösen Typen gesichtet worden sein. Genau wie bei deiner Mom. Genau wie bei Virginia.«

Die beide gestorben waren, während diese seltsame Gestalt dabei gewesen war.

»Ja, weil Leute hier *begraben* werden«, konterte ich und deutete um mich. »Nicht, weil sie hier *sterben* oder ausgerechnet hier von diesem Typen ermordet werden.«

Wieder ein Schulterzucken. »Das weißt du nicht.«

Ich seufzte tief und ließ meinen Blick über das Gelände wandern. Mittlerweile war die Sonne verschwunden und dicke Wolken hingen über der Stadt, so tief, dass sie fast wie Nebel anmuteten. Von dem Platz, an dem wir standen, konnte ich endlos viel Grün erkennen, einzig und allein durchtrennt von ein paar Wegen und zahllosen Grabsteinen.

Bei dem Anblick schauderte ich unwillkürlich und musste gegen den Drang ankämpfen, auf dem Absatz kehrtzumachen und von hier zu verschwinden. Ich war schon zu oft auf einem Friedhof gewesen. Erst bei Dads Begräbnis, dann bei Moms und Fenjas. Ich wollte einen Ort wie diesen nie wiedersehen. Dennoch zwang ich mich dazu, mich umzuschauen.

Die Grabsteine standen in Reih und Glied beisammen und erzählten die Geschichte der Stadt. Rundherum wuchsen Bäume, die im Sonnenlicht sicher wunderschön aussahen, jetzt jedoch eher wie die dunklen Wächter der Verstorbenen wirkten. Es war noch immer kalt, auch wenn der Wind nachgelassen hatte, je weiter wir uns vom Hafen und damit vom Meer entfernt hatten.

Mit Zev an meiner Seite lief ich die ersten Reihen ab und sah mich nach etwas Verdächtigem um, nach etwas, das nicht hierher passte. Zusammen folgten wir allen Wegen, die durch den Friedhof führten, überprüften die Kapelle und rüttelten an der Tür eines Gartenschuppens, der jedoch abgeschlossen war. Erst als ein Mitarbeiter auftauchte und uns kritisch musterte, gingen wir eilig weiter.

»Der Mountain View Cemetery ist der einzige Friedhof

der ganzen Stadt«, sinnierte Zev leise. »Jeder Einwohner wird hier begraben. Kannst du dir das vorstellen?«

Ich wusste nicht, was ich dazu sagen sollte. Womöglich war ich auch zu sehr damit beschäftigt, mich nach schwarz gekleideten Gestalten in langen Umhängen umzuschauen. Doch allem Anschein nach waren wir die Einzigen hier, denn auch der Mitarbeiter war mittlerweile verschwunden. Wir waren ganz allein auf einem Friedhof, während die Dunkelheit langsam hereinbrach. Großartig.

»Hier ist nichts«, murmelte ich schließlich und schob die kalten Hände in meine Jackentaschen.

Obwohl ich nicht genau wusste, wonach wir eigentlich gesucht hatten, hatte ich zumindest auf irgendeinen Hinweis gehofft. Einen Zettel, ein Handy oder auch nur einen verdächtigen Fußabdruck. Irgendetwas, das mich auf die Spur des Mörders meiner Mutter und meiner Schwester bringen konnte. Aber vielleicht hatte ich auch zu viele Kriminalromane gelesen. Vielleicht war dieses Vorhaben von Anfang an zum Scheitern verurteilt gewesen.

Wir waren so lange hier herumgelaufen, dass ich komplett durchgefroren war, aber wenigstens war der Lärm der Stadt hier nur noch ein entferntes Echo – und das, obwohl wir noch immer mittendrin waren. Die Stille legte sich wie Balsam auf meine Seele und vertrieb das dumpfe Hämmern in meinem Kopf, das mich den ganzen Nachmittag verfolgt hatte.

»Ich hatte gehofft, dass wir etwas finden.« Zev setzte sich in Bewegung und folgte einem der Wege Richtung Ausgang. »Einen Hinweis. Spuren. Irgendetwas.«

Ich ging neben ihm her und ließ meinen Blick ein letztes Mal über unsere Umgebung wandern. Durch den Nebel schien es beinahe so, als wären wir die einzigen Menschen hier. Na ja. Mensch und Heldenseele, wenn man es genau nahm. Wie und warum Zev trotzdem einen Körper hatte, begriff ich zwar nicht, aber es war durchaus praktisch.

»Warum ist dir das so wichtig?«, fragte ich schließlich.

»Ist es nicht«, gab er zu. »Aber es ist *dir* wichtig und ich hatte gehofft, dir helfen zu können.«

Ich blieb abrupt stehen. »Ich hab mich noch gar nicht bei dir bedankt, oder? Dafür, dass du mitgekommen bist. Dass du mich letzte Nacht nicht verpfiffen hast und mich stattdessen zu Ling gebracht hast. Danke.«

Zev zog die Brauen so weit hoch, dass sie beinahe seinen Haaransatz berührten. »Du bedankst dich bei mir?«, wiederholte er ungläubig. Sein kurzes Lachen klang seltsam auf einem Friedhof. »Ich muss mich bei dir bedanken. Nur deinetwegen konnte ich endlich wieder raus, ein bisschen frische Luft schnappen und etwas anderes sehen als die vier Wände dieser Firma. Oder als Valhalla selbst.«

Ich merkte, wie sich ein kleines Lächeln in mir Bahn brach. »Du solltest wahrscheinlich bald zurück, oder?«

Kaum ausgesprochen, konnte ich förmlich spüren, wie das Blut mein Gesicht verließ und ich blass wurde. Denn ich hatte ebenfalls ein Treffen, das ich unter keinen Umständen versäumen durfte. Ryan wartete auf mich. Oh Gott. Wie spät war es überhaupt?

Hastig sah ich auf meine Armbanduhr, nur um dann scharf

einzuatmen. Es war kurz nach fünf. Mir blieb keine Stunde mehr, um zum Hauptbahnhof zu kommen und Ryan dort zu treffen. Und ich wollte es. Ich wollte mit ihm zurück nach Hause fahren.

Auch wenn es mir widerstrebte, einfach wieder zu gehen, ohne etwas Nennenswertes herausgefunden zu haben, blieb mir keine andere Wahl. Ich konnte nicht ewig in diesem Guest House bleiben – mal ganz davon abgesehen, dass ich mir das Zimmer auch nicht viel länger leisten konnte. Außerdem hatte ich schon fast eine ganze Woche in der Schule verpasst. Eine noch längere Fehlzeit würde mir die Schulleitung trotz des Trauerfalls nicht durchgehen lassen.

Ich musste zurück. Zurück nach Hause und zur Highschool, um meinen Abschluss zu machen und mein Leben weiterzuleben. Das war es, was Mom und Fenja für mich gewollt hätten, das wusste ich ganz genau. Und ich musste herausfinden, was von der Freundschaft zwischen Ryan und mir noch übrig war, und wie viel wir durch diesen Kuss zerstört hatten. Ein Kuss, der sich nicht wiederholen würde, da war ich mir nach seiner Reaktion absolut sicher.

Ich schluckte hart. »Lass uns …«

Ein Schrei. Ich zuckte zusammen. Wirbelte herum. Sah mich in alle Richtungen um.

»Blair?« Vorsichtig berührte Zev mich an der Schulter, was ich durch die dicke Jacke kaum wahrnahm. »Alles klar?«

»Ja, ich … ich dachte nur, ich hätte …«

Da! Schon wieder.

Diesmal war ich mir absolut sicher, es gehört zu haben. Jemand brüllte so laut, als würde er um sein Leben schreien. Oder eher … *sie.*

Ohne auch nur eine Sekunde darüber nachzudenken – oder noch mehr Zeit zu verschwenden –, sprintete ich los.

»Blair!«, rief Zev hinter mir, aber ich ignorierte ihn.

Das Einzige, worauf ich mich konzentrierte, war dieser schreckliche, schmerzerfüllte Schrei, den ich gehört hatte.

Ich rannte. Vorbei an Statuen und Bäumen, deren Blätter sich im Wind wiegten. Den Weg hinunter, bis ich wieder an eine Straße ankam, aber selbst dort hielt ich nicht an. Weiter. Immer weiter. Ohne nachzudenken, sprang ich in den Bus, der gerade an der Haltestelle zum Stehen kam, und ließ mich auf den erstbesten Sitzplatz fallen.

Zev war mir dicht auf den Fersen. »Was um Valhallas Willen sollte das?«

Ich reagierte nicht. Schüttelte nicht mal den Kopf, sondern blendete alles um mich herum aus. Dieser Schrei war das Einzige, worauf ich mich konzentrieren konnte.

Obwohl Zev mich mit einem seltsamen Ausdruck im Gesicht betrachtete, hakte er kein weiteres Mal nach.

Ich merkte kaum, wie die Stadt an uns vorbeirauschte, wie wir die Familienhäuser und kleinen Läden hinter uns ließen und uns dem Zentrum mit den Wolkenkratzern näherten. Und da war er wieder. Der Schrei. Näher. Lauter. So nahe, dass ich zusammenzuckte und jeder Muskel in meinem Körper vor Anspannung zitterte. Als wir endlich die richtige Station erreichten, drängte ich mich an den anderen Leuten vorbei und stieg aus. Dann sprintete ich los.

Wieder ertönte der lang gezogene Schrei – und brach dann abrupt ab. Ich erstarrte und stolperte fast über meine eigenen Füße, dann hetzte ich weiter. Mein Herz hämmerte schmerzhaft schnell in meinem Brustkorb. Jeder Atemzug brannte in meiner Kehle, aber ich hielt nicht an, legte keine Pause ein. Sirenen erklangen in der Ferne, kamen immer näher und überholten uns. Sie erreichten den Ort des Geschehens schneller als ich. Denn als ich vor der Menschentraube, die sich auf der Straße und dem Gehweg gebildet hatte, abbremste, wusste ich bereits, dass ich zu spät war. Wir kamen alle zu spät.

Zev hingegen preschte weiter, schob sich an den Leuten vorbei bis ganz nach vorne, um herauszufinden, was passiert war. Aber ich wusste es längst. Mein Blick zuckte zum Dach des zwanzigstöckigen Gebäudes und dann wieder zu Boden. Die Sanitäter waren umsonst gekommen. Niemand konnte der Frau noch helfen.

»Woher wusstest du, dass das hier passieren würde?« Zev stand plötzlich wieder neben mir und zog mich etwas zur Seite.

»Ich wusste es nicht«, gab ich zu und versuchte, das konstante Rauschen in meinem Kopf zu ignorieren. Es klang wie ein kaputter Fernseher, der nur noch schwarz-weißes Flimmern von sich gab. »Ich habe sie gehört. Sie hat geschrien und …« Erst jetzt registrierte ich seinen irritierten Blick. »Was?«

»Niemand hat geschrien, Blair«, erwiderte er eine Spur sanfter. »Und schon gar nicht so laut, dass man es bis zum Friedhof hätte hören können.«

Ich runzelte die Stirn. Was wollte er damit sagen? Ich hatte den Schrei gehört. Laut und deutlich. Sogar mehrfach. Nur deshalb war ich losgestürmt. Nur deshalb waren wir jetzt hier.

»Ich glaube dir«, beeilte sich Zev zu sagen, als könnte er mir den Tumult, der gerade in meinem Inneren ausbrach, an der Nasenspitze ablesen. »Du hast ihre Seele kurz vor ihrem Tod gehört. Aber hier sind weit und breit keine Valkyren zu sehen«, stellte er fest und schaute sich suchend um. »Sie ist keine Heldenseele, die nach Valhalla gebracht wird.«

Ich folgte seinem Blick, noch immer zu erstarrt, um zu begreifen, was er damit andeuten wollte. Wie konnte ich eine Seele schreien hören, wenn ich doch keine Valkyre war? Und wieso ausgerechnet jemanden, der nach den Regeln der Valkyren nicht als erwählte Kriegerin in Valhalla eingehen würde?

Plötzlich blieb mein Blick an jemandem hängen. Ich erkannte sein Gesicht nicht, zumal es teils von einem Schal, teils von anderen Leuten, die noch immer hier herumstanden, verdeckt wurde. Aber ich würde überall diese Statur wiedererkennen. Diesen schwarzen Mantel. Diesen kalten, reglosen Blick.

»Zev …«, begann ich.

»Ich sehe ihn auch.«

Doch noch bevor sich die Erleichterung darüber, dass ich nicht die Einzige war, die ihn wahrnahm, in mir ausbreiten konnte, registrierte ich die Person daneben. Die geisterhaft blasse, fast schon durchscheinende Gestalt einer Frau mit langen blonden Haaren, vermutlich in ihren Vierzigern, die sich verwirrt umblickte und dann zu der Stelle sah, die die

Polizei mittlerweile abgeriegelt hatte. Die Stelle, an der ihre sterblichen Überreste lagen, denn dies war die Seele der Frau, die gerade gestorben war. Die Seele, deren Schrei ich gehört hatte, da war ich mir absolut sicher.

Der Fremde streckte den Arm in ihre Richtung aus, zog die Seele zu sich heran – und in sich hinein.

»Was …?«, stieß ich hervor.

Aus dem Augenwinkel sah ich Zev ungläubig den Kopf schütteln. »Das ist nicht möglich. Nur Valkyren können die Seelen der Verstorbenen aufspüren und einsammeln – und auch nur die von gefallenen Kriegern und Kriegerinnen. Alle Seelen, die keine Helden sind, begeben sich automatisch nach Helheim.«

Besagter Typ sah allerdings nicht gerade wie eine Valkyre aus – und zog sich in diesem Moment zwischen den Umstehenden zurück. Zusammen mit dem Geist der Frau, die gerade gestorben war.

Ich dachte nicht nach, sondern rannte abermals los. Doch im Gegensatz zu gerade eben, als ich dem Schrei der sterbenden Frau völlig intuitiv gefolgt war, wusste ich jetzt nicht, wo ich hin musste. Ich überquerte die Straße, die ebenfalls bereits abgeriegelt war, sah mich kurz auf der anderen Seite um, entdeckte die dunkle Gestalt zwischen zwei Hochhäusern und setzte mich wieder in Bewegung. Als der Mann mich bemerkte, schlug er einen Haken und verschwand in einem der Gebäude, aber ich hatte ihn gerade rechtzeitig gesehen und folgte ihm so schnell ich konnte.

Ich hatte keine Ahnung, wo wir hier waren. Es schien sich

um ein Wohnhaus zu handeln, zumindest gab es nur eine kleine Lobby und einen älteren Mann mit Glatze am Empfang, der mir etwas hinterherbrüllte, mich aber nicht aufhielt. Ohne zu wissen, wo Zev war, ob ich den richtigen Weg nahm und was um alles in der Welt ich hier eigentlich tat, riss ich die Tür zum Treppenhaus auf und hetzte nach oben.

Fünf Stockwerke später atmete ich pfeifend und hielt mir keuchend die Seite, während ich immer wieder den Knopf für den Fahrstuhl drückte. Ob der Mann in dem Mantel bis ganz nach oben gelaufen war? Keine Ahnung. Aber wenn er nicht hier wohnte, wovon ich bei seiner spontanen Fluchtaktion ausging, dann gab es nur ein Ziel für ihn: das Dach.

Als der Aufzug endlich kam, sprang ich hinein und hämmerte auf die Taste, die mich bis ins oberste Stockwerk brachte. Innerlich betete ich, dass ich recht hatte. Aber ich hatte schon mit diesem Schrei recht gehabt, oder nicht? Irgendetwas passierte hier, auch wenn ich nicht den blassesten Schimmer hatte, was genau es war. Ich wusste nur, dass ich diesen Kerl nicht entkommen lassen konnte. Nicht, wenn er womöglich für den Tod meiner Familie verantwortlich war. Nicht, wenn er etwas mit diesem tragischen Todesfall von gerade eben zu tun hatte.

Während es immer weiter in die Höhe ging, versuchte ich, wieder zu Atem zu kommen und meinen rasenden Puls zu beruhigen. Das Rauschen in meinem Kopf wurde leiser und trat in den Hintergrund. Wenigstens hörte ich keine Schreie mehr, die niemand sonst wahrnahm, aber wirklich beruhigend war die unvermittelte Stille auch nicht.

Oben angekommen, rannte ich die letzten Stufen hinauf und riss die Tür zum Dach auf. Ein eisiger Wind begrüßte mich, peitschte mir das Haar ins Gesicht und riss mich fast von den Füßen. Ich taumelte und zwang mich dazu, einen Schritt nach dem anderen zu machen. Hier oben gab es nichts außer Schornsteinen, Kies auf dem Boden und einer niedrigen Mauer, die den Bereich abgrenzte. Die Wolken hingen noch immer so tief, dass ich kaum etwas vom Rest der Stadt erkennen konnte, obwohl wir mittendrin steckten. Doch jetzt gerade fühlte es sich eher so an, als wäre ich völlig allein. Allein mit der dunklen Gestalt, die über das Dach davonrannte.

»Halt!«

Obwohl ich nicht damit rechnete, blieb der Fremde tatsächlich stehen und drehte sich langsam zu mir um. Der Schal war verrutscht und nun konnte ich auch sein Gesicht richtig erkennen. Konnte dieselben leeren, emotionslosen Augen erkennen, die ich schon mal gesehen hatte. An dem Tag, an dem meine Familie gestorben war.

»Du.« Seine Stimme war ein krächzendes Raunen, bei dem sich mir die Nackenhaare aufstellten. Schlimmer war nur sein Lächeln. Es verwandelte sein ganzes Gesicht, erreichte aber nicht seine Augen. Und das allein reichte, um mir einen kalten Schauder über den Rücken zu jagen. »Du kannst mich nicht aufhalten, Mädchen, also versuch es gar nicht erst.«

»Ach nein?«, rief ich.

Meine Mutter mochte mich zwar nicht so intensiv ausgebildet haben wie Fenja, aber sie hatte mir zumindest beigebracht, mich selbst zu verteidigen. Und stets für das einzustehen, woran ich glaubte. Für das, was richtig war. Diesen Kerl zu konfrontieren und ihn aufzuhalten, war das Richtige. Ich würde nicht zulassen, dass er einfach so davonkam. Nicht noch mal. Und schon gar nicht mit der Seele dieser armen Frau, die er in sich aufgesogen hatte.

Seine Antwort war nur ein weiteres Lächeln. In der einen Sekunde stand er noch drei, vier Meter von mir entfernt auf dem Dach, in der nächsten löste er sich in Luft auf und tauchte unvermittelt direkt vor mir auf. Ich konnte nicht schnell genug reagieren. Er holte aus und plötzlich flog mein Kopf herum und ein heißer Schmerz explodierte in meiner Wange. Ich bekam nicht mit, wie ich zu Boden fiel, spürte nur, wie sich die spitzen Kieselsteine in meine Knie und Handflächen bohrten. Ein metallischer Geschmack breitete sich in meinem Mund aus und ich zwang mich dazu, ihn runterzuschlucken und langsam wieder aufzustehen.

»Ist das alles, was du draufhast?« Die Worte verließen meinen Mund, bevor ich sie aufhalten konnte. Das klang so gar nicht nach mir, trotzdem konnte ich mich nicht stoppen.

Als er das nächste Mal ausholte, riss ich die Arme hoch und blockte den Schlag ab, wie Mom es mich gelehrt hatte. Sie hatte es mich immer und immer wieder üben lassen, bis mir diese Bewegung in Fleisch und Blut übergegangen war. Genau wie die Regel, zum Gegenangriff überzugehen.

Doch mein Angreifer war schnell. Er sprang zurück und war damit außer Reichweite. Bei der Bewegung flatterte sein Mantel und offenbarte seinen Körper. Aus irgendeinem Grund musste ich wieder an die Schreie denken. Daran, auf welche Weise diese Frau ums Leben gekommen war. Sie hatte es nicht verdient, selbst im Tod eine Gefangene zu sein. Niemand hatte das verdient.

Ich dachte nicht nach, sondern richtete all meine Konzentration auf den Fremden. Ich streckte die Hand aus, nicht nach ihm, sondern nach der Seele in seinem Inneren – und plötzlich spürte ich etwas. Dieselbe körperlose, durchscheinende Gestalt, die die Seele vorhin angenommen hatte, materialisierte sich neben uns auf dem Dach. Die blonde Frau wirkte genauso fassungslos und verwirrt wie der Typ im Mantel, der erst die Seele und dann mich anstarrte. Dann trat ein mörderisches Glitzern in seine Augen.

»Ich weiß zwar nicht, wie du das gemacht hast, aber das wirst du bereuen, Kleine.« Mit diesen Worten stürzte er sich auf mich.

Fast im selben Moment riss ich die Hände hoch, diesmal allerdings nicht, um die Attacke abzublocken. Wie vorhin bei der Seele der Frau ertasteten meine Finger etwas Unsichtbares und dennoch Festes, selbst wenn es mit bloßem Auge nicht zu sehen war. Ohne nachzudenken riss ich es mit einem Ruck zu mir – und mein Gegner erstarrte mitten in der Bewegung. In der einen Sekunde wollte er mich noch angreifen, in der nächsten fiel er um und rührte sich nicht länger. Dafür stand seine Seele in der gleichen durchscheinenden Form nun links von mir und meine Hände lagen noch auf seinem Arm. Ganz so, als hätte ich gerade … als hätte ich seine Seele aus seinem Körper herausgezogen.

»Was?«, brachte er hervor. »Wie …? Das ist unmöglich.«

Bevor ich etwas erwidern oder auch nur darüber nachdenken konnte, tauchte jemand Neues auf dem Dach auf. Jemand, der ganz ähnlich gekleidet war und aussah wie der Mann, dessen Seele ich noch immer unbewusst festhielt. Als sein Blick meinem begegnete, weiteten sich seine schwarzen Augen – und alles in mir zog sich zusammen.

»Oh mein Gott …«

Ich hatte mich geirrt. Der Fremde, den ich bis hierher gejagt und gegen den ich gekämpft hatte, war nicht derjenige, den ich kurz nach dem Autounfall gesehen hatte. Er war nicht für den Tod meiner Familie verantwortlich. Denn jetzt erkannte ich die dunkle Gestalt, die gerade zu uns getreten war, in aller Deutlichkeit wieder. *Er* war es gewesen. Der Mann mit den schwarzen Haaren und der langen Narbe an der Wange. Der Mann, der jetzt beide Seelen zu sich zog und sie wie mit einem dunklen, schimmernden Band an sich kettete, bevor ich auch nur reagieren konnte. Bevor ich eingreifen konnte.

»Nein!« Ich machte einen Schritt nach vorne, aber er lächelte nur.

Fast im selben Moment knirschten Kieselsteine neben mir. Wie aus dem Nichts tauchte Zev auf und stellte sich schützend vor mich. In der Hand hielt er ein Schwert, von dem ich mir sicher war, dass er es vorhin noch nicht dabeigehabt hatte. Zumindest hatte ich es nicht gesehen. Wo kam das plötzlich her? Und wo kam *er* so plötzlich her?

Der Blick des Fremden wanderte kurz zwischen uns hin und her, dann schnaubte er leise.

»Das hier ist noch nicht vorbei.« Und mit diesen Worten

verschwand er zusammen mit den beiden Seelen, löste sich einfach in Luft auf, so schnell, als wäre er nie da gewesen. Genau wie an dem Ort, an dem meine Mutter und meine Schwester gestorben waren.

Zev und ich blieben allein auf dem Dach zurück. Allein mit dem pfeifenden Wind und dem leblosen Körper des Angreifers, auf den sich mein Blick jetzt unweigerlich richtete.

»Ich habe ihn getötet«, flüsterte ich heiser.

»Du wolltest eine unschuldige Seele retten.« Zev stieß die Leiche mit dem Fuß an und steckte das Schwert in die Halterung an seiner Hüfte, als er sicher sein konnte, dass der Mann keine Bedrohung mehr darstellte. »Aber ja. Du hast ihn getötet, ohne ihn dafür auch nur berühren zu müssen.«

Mein Magen rebellierte. Übelkeit begann sich in mir auszubreiten. Ich presste mir die Hand auf den Mund.

»Das letzte Mal, dass ich so eine Kraft gesehen habe …«

»Sag es nicht …«, stieß ich hervor und musste mehrmals schlucken, um gegen den Würgereiz anzukommen.

»War bei deiner Mutter.« Zev starrte mich geradewegs an, die Stirn gerunzelt und eine Mischung aus Sorge, Überraschung und Faszination in den Augen. »Wie es aussieht, hast du Reinas Kräfte geerbt. Du bist eine Valkyre, Blair.«

»Aber ich bin nicht ihre erstgeborene Tochter«, widersprach ich kaum hörbar und starrte auf meine Hände hinab. Kein Blut klebte an ihnen, obwohl ich gerade jemanden damit ermordet hatte. »Sie wollte ihre Kräfte an Fenja weitergeben, nicht an mich. Das hier sollte nie mein Schicksal sein.«

»Jetzt schon.«

KAPITEL 13

Die nächste Stunde erlebte ich wie in Trance. Zev redete mit mir, aber ich nahm ihn kaum wahr. Ich konnte nur auf die Überreste des Mannes starren, der die arme Seele gefangen genommen hatte. Und im Gegenzug hatte ich … Ich hatte ihn getötet. Aber wie? Wie war das überhaupt möglich? Wie konnte ich Moms Kräfte geerbt haben, wenn mir ihre Kolleginnen selbst gesagt hatten, dass ich keine von ihnen war? Und wieso fühlte ich mich kein bisschen anders, obwohl ich angeblich über diese Magie verfügte?

Das Einzige, was sich veränderte, war das Rauschen in meinem Kopf, als Zev mich von dem Häuserdach fort und zurück zum Bestattungsinstitut brachte. In der Ferne meinte ich noch den einen oder anderen Schrei zu hören, aber ich war nicht länger sicher, wusste nicht mehr, was ich davon halten oder tun sollte. Heute Nachmittag hatte ich völlig instinktiv gehandelt, ohne etwas zu hinterfragen – und was hatte mir das gebracht?

Aus dem Augenwinkel bemerkte ich, wie die rothaarige Empfangsdame Samantha aufsprang, als sie uns das Gebäude betreten sah, aber ein Blick von Zev genügte, um sie zum Schweigen zu bringen. Wie seltsam, dass sie ihn jetzt plötzlich doch zu kennen oder zumindest wahrzunehmen schien. Anscheinend hatte sie strikte Anweisungen von den Valkyren und deshalb vorhin so getan, als wüsste sie nicht, von wem ich sprach. Wenigstens hielt sie uns nicht auf, als wir zum Fahrstuhl gingen und damit nach oben fuhren. Aber sie schien ihren Chefinnen Bescheid gegeben zu haben, denn diesmal fuhr der Aufzug einfach weiter, bis in die obersten Etagen, in die ich zuvor nicht reingekommen war. Als sich die Türen im einundzwanzigsten Stockwerk öffneten, standen gleich zwei von ihnen dort und warteten auf uns: Ayane und eine andere, deren Namen ich bei meinem ersten Besuch nicht mitbekommen hatte. War das wirklich gerade erst vierundzwanzig Stunden her?

»Was ist passiert?«, fragte Ayane und legte behutsam den Arm um mich. Als ich zusammenzuckte, ließ sie mich sofort wieder los und trat zurück.

»Gleich«, antwortete Zev an meiner Stelle. »Sind die anderen da?«

Die zweite Valkyre runzelte die Stirn. »Alle bis auf Cleo

und Eirlys. Ich bin Kari«, stellte sie sich mit sanfter Stimme und einem Lächeln vor.

Jetzt erinnerte ich mich auch wieder an sie. Sie war gestern ebenfalls in diesem Raum gewesen, ziemlich weit hinten, und hatte an einem Gesteck gearbeitet. Sie war ein paar Zentimeter kleiner als ich, zierlich, trug einen schicken Kurzhaarschnitt und eine weiße Blüte im Haar. Aber in ihren blauen Augen lag dieselbe Wärme wie in ihrem Lächeln, und das war es, woran ich mich festzuhalten versuchte.

Diesmal führte Ayane uns nicht in den Raum voller Pflanzen, sondern in ein Besprechungszimmer. Ein langer Tisch aus glänzendem dunklen Holz. Dazu passende gepolsterte weiße Stühle mit hohen Lehnen. In der Mitte lag ein Gesteck aus zarten grünen Zweigen und ein paar geschmackvoll platzierten weißen Blüten. Die linke Wand bestand praktisch nur aus Glas. Bodentiefe Fenster ermöglichten einen Blick über die Skyline von ganz Vancouver, die in der Dunkelheit funkelte, auch wenn es jetzt eher den Anschein erweckte, als würden wir über den Wolken schweben. Auf der anderen Seite hing ein riesiges Landschaftsgemälde, das ein Original zu sein schien und wahnsinnig teuer aussah. Genau wie die restliche Einrichtung.

Ayane führte mich zu einem der Stühle und ich nahm Platz. Gleich darauf stellte sie eine dampfende Tasse vor mir ab. »Trink.«

Ich schnupperte kurz an dem Getränk und stellte erleichtert fest, dass es Kaffee war. Doch beim ersten Schluck verzog ich das Gesicht. Er war unheimlich stark und süß und damit so überhaupt nicht, wie ich ihn sonst mochte. Mal ganz davon abgesehen, dass ich Tee lieber hatte. Aber ich zwang mich, davon zu trinken, und spürte mit jedem weiteren Schluck, wie meine Lebensgeister zurückkehrten.

»Was soll das?« Thyra betrat den Raum und warf einen misstrauischen Blick in meine Richtung, ehe sie sich an Zev wandte. »Warum hast du sie hergebracht?«

Zev gab sich unbeeindruckt. »Weil Blair etwas zu sagen hat. Etwas, das euch alle interessieren wird.«

Thyra ließ sich auf den Stuhl fallen, der am weitesten von mir entfernt war, und blies sich eine blonde Haarsträhne aus dem Gesicht. »Das wage ich zu bezweifeln.«

Statt sich mit ihr anzulegen oder ebenfalls hinzusetzen, lehnte sich Zev lediglich gegen die Wand neben der Tür und verschränkte die Arme vor der Brust. Ich zweifelte keine Sekunde daran, dass jede der hier anwesenden Frauen dazu in der Lage wäre, es mit ihm aufzunehmen. Er mochte ein gefallener Krieger sein, eine Heldenseele, aber sie waren Valkyren. Sie waren die mächtigsten Wesen, die ich kannte.

Nach und nach füllte sich der Raum. Kendra kam herein und setzte sich wie selbstverständlich ans Kopfende des Tisches. Mittlerweile war ich mir ziemlich sicher, dass sie die Anführerin der Gruppe war. Sie wirkte zwar nicht besonders warmherzig, nickte mir aber wenigstens zu. Die nächste Valkyre hatte ich noch von meinem letzten Besuch in Erinnerung. Es war die, mit der ungewöhnlichen Augenfarbe und dem knapp schulterlangen tintenschwarzen Haar. Heute wirkte sie genauso undurchschaubar wie beim letzten Mal.

Kari setzte sich neben mich und deutete auf ihre Kollegin. »Das ist Maeve. Lass dich nicht von ihr beirren.«

Statt einer Antwort lächelte Maeve nur und nahm die Tasse entgegen, die eine Assistentin ihr brachte, die ich bis eben gar nicht bemerkt hatte. Sie versorgte auch die anderen Anwesenden mit Getränken, dann zog sie sich diskret zurück und schloss die Doppeltür hinter sich.

Ich sah in die Runde und zählte genau fünf Valkyren. Oder sechs, wenn man mich dazurechnete, obwohl ich mich eindeutig noch an diesen Gedanken gewöhnen musste. Falls man sich überhaupt daran gewöhnen konnte, plötzlich über Kräfte zu verfügen, die andere töteten. Hätte es nicht so etwas wie Unsichtbarkeit oder Telekinese sein können? Meinetwegen auch Telepathie, dann wüsste ich wenigstens, was jede Einzelne hier von mir dachte.

»Also?« Thyra rührte in ihrer Tasse und musterte mich herausfordernd. »Was hast du uns zu sagen, das so wichtig ist, dass einer unserer besten Krieger dich hier anschleppt?«

Niemand sagte etwas dazu, einzig Kendra warf ihr einen warnenden Blick zu.

Nur langsam und stockend begann ich zu erzählen, was passiert war, behielt das Gespräch mit Ling und den Besuch mit Zev auf dem Friedhof allerdings erst mal für mich. Dafür berichtete ich davon, wie ich den Schrei gehört hatte und losgerannt war. Wie diese Frau gestorben war. Wie ich die dunkle Gestalt, die ihre Seele gefangen hatte, bis aufs Dach eines Hochhauses verfolgt hatte. Und dann beichtete ich den ganzen schrecklichen Rest.

Als ich fertig war, herrschte mehrere Sekunden lang völlige Stille.

Ayane war die Erste, die das Wort ergriff. »Was hat dir deine Mutter über die Valkyren erzählt, Blair? Hat sie dir gesagt, woher unsere Magie stammt? Welchen Ursprung sie hat und wer welche Art von Kräften besitzt?«

Ich dachte kurz über diese Frage nach, musste dann jedoch den Kopf schütteln. Mom hatte mir von ihren Abenteuern und den Pflichten der Valkyren erzählt, aber nie wirklich viel über ihre Kräfte. Bevor ich hierhergekommen war, hatte ich nicht mal gewusst, dass die einzelnen Valkyren so unterschiedlich waren.

Ayane sah kurz in die Runde, dann fuhr sie fort: »Seit Anbeginn der Zeit gab es neun Valkyren. Nie mehr, nie weniger. Die ersten von uns stammen in direkter Linie von den alten Gottheiten ab. Neun Valkyren, die die Kräfte der mächtigsten Wesen geerbt haben. Der weise Göttervater Odin und seine Frau Frigg sind Kendras Vorfahren.« Sie deutete auf die entsprechende Valkyre am Kopfende des Tisches, die uns jetzt zunickte, dann weiter auf Thyra. »Der Donnergott Thor. Daher auch das Temperament.«

Thyra lächelte nur und zeigte ihr den Mittelfinger, widersprach allerdings nicht.

Dann zeigte Ayane auf Maeve, die es sich links von Thyra gemütlich gemacht hatte. »Der Trickster Loki.«

Nun, das erklärte vermutlich ihre ganze mysteriöse Ausstrahlung und dass es mir von Anfang an schwer gefallen war, mir eine Meinung über sie zu bilden.

Als Nächstes war Kari neben mir an der Reihe und etwas Warmes legte sich in Ayanes Stimme. »Heimdall. Der Wächter des Tores von Valhalla.«

Kari spielte mit ihrem Kettenanhänger herum, den ich erst jetzt bemerkte und der an die Form eines Horns erinnerte, und nickte mir zu.

»Und dann hätten wir noch Tyr«, endete Ayane und deutete auf sich selbst. »Der nordische Gott des Kampfes und des Krieges.«

»Nicht anwesend sind Cleo, die die Kräfte der Göttin Freya geerbt hat«, fügte Kendra in einer samtigen, fast schon beruhigenden Stimme hinzu, »und Eirlys, die Nachfahrin von Skadi, genau genommen eine Riesin und die Göttin des Winters und der Jagd. Sie sind gerade auf einer Mission und suchen nach Heldenseelen.«

Ich schluckte hart, während ich all diese Informationen zu verarbeiten versuchte. »Und meine Mutter? Reina?«, hörte ich mich fragen und hasste mich dafür, wie schwach meine Stimme auf einmal klang. Denn ich ahnte die Antwort darauf bereits und wollte sie nicht hören. Nicht nach dem, was vorhin auf dem Dach passiert war.

Etwas veränderte sich in Ayanes Miene, wurde weicher, fast schon mitleidig. »Deine Mutter war die Nachfahrin der Todesgöttin Hel. Und wie es aussieht, hast du jetzt ihre Kräfte geerbt.«

Sekundenlang wusste ich nicht, ob ich lachen, weinen, schreien oder mir wünschen sollte, dass all das nur ein seltsamer Traum war und ich gleich wieder aufwachte. In meinem eigenen Bett. In meinem eigenen Zuhause. Dann wäre all das nie passiert, aber vor allem wären Mom und Fenja noch am Leben. Und ich wäre nicht diejenige mit der tödlichen Magie. Aber so sehr ich es mir auch wünschte – nichts davon passierte. Ich saß noch immer an diesem Tisch und starrte in die erwartungsvollen Gesichter von fünf Valkyren. Nachfahrinnen der nordischen Götter. Ich war mir ziemlich sicher, dass es noch eine Weile dauern würde, bis diese Tatsache wirklich bei mir angekommen war.

Ein Schrei hallte durch meinen Kopf, allerdings war ich die Einzige, die zusammenzuckte.

»Du hörst sie, nicht wahr?«, fragte Ayane leise und beobachtete mich genau. »Die Schreie sterbender Seelen. Dein Körper muss sich erst noch an die neuen Kräfte gewöhnen, daher nimmst du Geräusche im Moment überdeutlich wahr.«

War das der Grund für das Rauschen in meinen Ohren, das ich immer wieder hörte? Für die Schreie?

»Wahrscheinlich hörst du die Schreie hier besonders deutlich«, warf Kari mitfühlend ein. »Vancouver ist eine riesige Stadt. Hier leben und sterben viele Menschen.«

Verwirrt sah ich von einer zur anderen. »Ihr hört sie nicht? Aber wie …?«

»Valkyren nehmen eine Heldenseele wahr, noch bevor sie stirbt und wir sie nach Valhalla holen können«, erklärte Ayane geduldig. »Aber wir hören nicht die Schreie von normalen Sterbenden. Schon gar nicht von *allen* Seelen da draußen. Diese Fähigkeit besitzt einzig und allein Hels Nachfahrin. Keine Sorge, du wirst dich daran gewöhnen und lernen, es auszublenden. Wir werden dir dabei helfen. Du bist eine von uns.« Sie lächelte.

»Das bist du«, bestätigte Kendra und es klang wie ein Entschluss, den sie gerade gefasst hatte. »Und es tut mir leid, dass wir das nicht früher erkannt und dich stattdessen weggeschickt haben. Aber du musst verstehen … Seit Anbeginn der Zeit gab es so etwas noch nie. Die Fähigkeiten und Verantwortung einer Valkyre werden immer in einer heiligen Zeremonie von Mutter zur erstgeborenen Tochter – oder einer späteren Nachfahrin – übertragen. Nie zuvor ist eine Valkyre gestorben und ihre Magie von allein weitergewandert.«

Ich hob den Kopf, als ich noch einen Blick auf mir spürte.

Zum ersten Mal seit ihrer Ankunft meldete sich Maeve zu Wort: »Ganz egal, wie sie Reinas Kräfte bekommen hat. Sie muss trainiert werden. Andernfalls können viele Unschuldige zu Schaden kommen.«

Sterben. Sie meinte sterben.

Kendra nickte bedächtig. »Für gewöhnlich trainiert eine Valkyre ihre Nachfolgerin selbst. Es dauert Jahre, um überhaupt den Grundstein zu legen. Und nach der Zeremonie, wenn die Valkyre ihre Magie weitergegeben und ein sterbliches Leben angenommen hat, steht sie der neuen Valkyre noch immer zur Seite, um ihr beim Umgang mit diesen Fähigkeiten zu helfen. Leider ist dies hier nicht der Fall.«

Betretenes Schweigen bereitete sich aus und ich wusste, was alle dachten: Leider war es hier und heute nicht möglich, weil Reina tot war. Nach der Begegnung auf dem Häuserdach hatte ich jeden Glauben an einen möglichen Unfall verloren.

Mom und Fenja waren nicht einfach verunglückt. Sie waren ermordet worden. Und jetzt, da ich das Gesicht des Mannes aus der Nähe gesehen und das Wiedererkennen in seinen Augen bemerkt hatte, wusste ich auch, wer dafür verantwortlich war. Er mochte keinen Namen haben, aber dank Ling wusste ich zumindest, wo ich mit der Suche beginnen musste: bei den Dienern des Chaos.

Thyra räusperte sich. »Wie viel hast du von dem Training deiner Schwester mitbekommen?«

Ich presste die Lippen aufeinander. »Nicht viel«, gab ich zögernd zu. »Mom hat mir beigebracht, mich zu verteidigen und auf mich selbst aufzupassen. Sie hat mir auch von den Va… von euch erzählt, aber nicht besonders viel.«

Und schon gar keine wichtigen Details. Je mehr ich erfuhr, desto mehr schien es, als hätte meine Mutter mir nur das Allernötigste beigebracht. Quasi die zensierte Version und nicht die brutale Wahrheit. Ich hatte keine Ahnung, ob ich dankbar dafür sein sollte, für diese unschuldigen Jahre, oder wütend, weil sie mich nicht besser vorbereitet hatte. Aber niemand hatte ahnen können, dass sie und auch Fenja sterben würden und ausgerechnet ich ihren Platz einnehmen würde.

»Dann ist es entschieden.« Kendra blickte von einem zum anderen und erntete von jedem ein Nicken, sogar von Zev, der sich bisher völlig im Hintergrund gehalten hatte. Erst dann sah sie mich an und zum ersten Mal registrierte ich, dass ihre Augen nicht dieselbe Farbe hatten. Das linke war eine Spur blasser, beinahe so, als würde sich das Schwinden der Sehkraft in der Pupille widerspiegeln. Aber ich konnte keine

Narben oder etwas anderes erkennen, das auf eine frühere Verletzung hindeutete. »Wir bilden dich aus. Jede Einzelne von uns. Reina kann dir ihr Wissen und ihre Erfahrung nicht mehr weitergeben, aber du wirst von uns allen lernen. Und wir können nur hoffen, dass es mit der Zeit genug sein wird.«

Als sich alle erhoben, stand ich ebenfalls eilig auf. Der Kaffee und dieses Gespräch hatten mir meine Energie zurückgegeben, auch wenn meine Knie noch immer viel zu weich waren und ich keine Ahnung hatte, was ich in diesem Augenblick fühlen sollte. Freude? Erleichterung? Entsetzen? Panik? Wut? Eine Mischung aus allem?

»Sekunde.« Kari war als Einzige sitzen geblieben und blickte erwartungsvoll in die Runde. »Seht ihr denn nicht, was das bedeutet?« Sie ließ die anderen gar nicht erst zu Wort kommen. »Wenn Reinas Kräfte ohne Zeremonie und ohne ihr eigenes Zutun auf Blair übergegangen sind, dann sind sie nicht verloren. Du hast selbst gesagt, dass es schon immer neun Valkyren gab, damals wie heute.«

Thyras goldfarbene Augen weiteten sich überrascht. »Also sind Virginias Kräfte …«

»Du meinst …«, begann Ayane und wirkte ernsthaft schockiert.

Kari nickte heftig. »Wir können nur hoffen, dass es irgendwo da draußen eine Nachfahrin von Vi gibt. Das wäre unsere letzte Chance.«

»Und ich wette, sie hat keine Ahnung, wer sie ist oder dass sie plötzlich über magische Fähigkeiten verfügt«, schlussfolgerte ich. Denn mir war es genauso ergangen – dabei hatte ich dank Mom sogar von der Existenz der Valkyren und ihrer Mission gewusst. Trotzdem hatte es mich eiskalt erwischt. Was, wenn diese neue Valkyre noch weniger Ahnung von dieser Welt und ihren Regeln hatte? Ich konnte mir nicht mal vorstellen, wie das für sie sein musste.

Kari sprang auf. »Wir müssen sie finden.«

»In der Tat«, ergriff Kendra das Wort. »Thyra. Mach dich auf den Weg und gib Eirlys Bescheid. Solange ihr nach der Nachfahrin sucht, teilen wir eure Aufgaben unter uns auf.«

Thyra nickte nur und verließ den Besprechungsraum. Zurück blieben Kendra, Ayane, Kari, Maeve, ein noch immer ziemlich stiller Zev – und ich.

Ayane warf mir ein Lächeln zu, das mich an unsere erste Begegnung unten in der Lobby erinnerte. »Komm mit.«

Ich zögerte. »Was ist mit meinen ganzen Sachen? Sie sind noch im Guest House am Bahnhof.«

»Keine Sorge«, erwiderte Kari. »Wir holen sie für dich.«

Ich nickte zögerlich und wandte mich wieder an Ayane. »Wohin gehen wir?«

Behutsam legte sie mir den Arm um die Schultern und führte mich zur Tür. »Nach Hause.«

KAPITEL 14

Wir durchschritten kein magisches Portal, betraten Valhalla weder durch einen Spiegel noch durch einen Wandschrank und es gab auch kein magisches Gleis, das wir erst noch finden mussten. Während ein Teil der anderen Valkyren vorausging und Kendra zurückblieb, führte Ayane mich aufs Dach des Bestattungsinstituts. Nach meiner jüngsten Erfahrung mit Häuserdächern zögerte ich, aber sie wartete geduldig und hielt mir die Tür auf, bis ich hindurchgetreten war.

Oben angekommen, war der Wind fast schon vertraut eisig und wirbelte mein dunkelbraunes Haar durcheinander, sodass ich sekundenlang nichts mehr sah. Nichts außer den Boden, der hier – anders als auf dem anderen Wolkenkratzer – nicht mit Kies ausgelegt, sondern glatt und ebenmäßig war. Nacheinander schob ich mir die Strähnen aus dem Gesicht und hob schließlich den Kopf. Doch was ich dann sah, ließ mich erstarren. Blinzeln. Und noch mal blinzeln, nur um sicherzugehen, dass ich mir das nicht nur einbildete.

In der Mitte des Daches stand ein riesiger Baum, der in der Dunkelheit kaum auszumachen war. Die Wurzeln schienen in den Boden einzudringen und innerhalb des Gebäudes zu verschwinden, auch wenn ich auf dem Weg hierher nichts davon bemerkt und außerdem keine Ahnung hatte, wie das überhaupt möglich war. Wie konnte ein Baum hier existieren? An diesem Ort gab es nur Beton, Metall und Glas. Mehr nicht.

Doch am beeindruckendsten waren die Äste, die sich in alle Richtungen rankten und bis in den nachtschwarzen Himmel zu reichen schienen.

»Was ist das?«, stieß ich hervor und beobachtete, wie mein Atem in der frostigen Luft kondensierte.

»Das ist ein Abbild der Weltesche – Yggdrasil«, erklärte Ayane, als wäre es das Selbstverständlichste der Welt, und führte mich zu dem massiven Stamm. »Nur Valkyren und gefallene Krieger können sie sehen. Aber für alle anderen?« Sie deutete um sich, auf die Hochhäuser um uns herum, die Straßen, die zahllosen Menschen und Autos unter uns. »Unsichtbar.« Sie hielt mir die Hand hin. »Bereit?«

»Bereit wofür?« Auf keinen Fall würde ich hinaufklettern. Ich war heute schon zu viel gerannt, endlose Treppen gelaufen, auf ein Dach gesprintet und hatte mich gegen einen Angreifer zur Wehr gesetzt. Das reichte für einen Tag.

Ayane lächelte. »Ich zeige es dir. Vertrau mir.«

Einfacher gesagt, als getan. Aber sie war eine Verbündete meiner Mutter gewesen, womöglich sogar eine Freundin, selbst wenn sie ihre Kräfte vom Gott des Krieges geerbt hatte. Andererseits hatte ich meine von der Göttin des Todes, also war ich wahrscheinlich die Letzte, die irgendwelche Vorurteile haben durfte.

Ich atmete tief durch, dann ging ich zu Ayane hinüber und legte meine Hand in ihre.

»Am Anfang ist es leichter, wenn du die Augen schließt«, riet sie mir, nahm meine Hand und drückte sie flach gegen die Rinde.

Ich hörte nicht auf sie. Meine Augen waren weit aufgerissen, als Licht aus dem Baumstamm erstrahlte, bis in die Wurzeln glitt und durch die Zweige in den Himmel hinaufschoss. Einen Herzschlag später waren wir ein Teil des Lichts, aber es war nicht grell und blendend, sondern so schillernd und bunt wie ein Regenbogen. Mein Magen protestierte und mein Puls raste wie wild. Ich fühlte mich seltsam schwerelos und gleichzeitig so tief verwurzelt wie nie zuvor. Schwindel begann sich in mir auszubreiten und ich blinzelte schneller – dann war es genauso schnell vorbei, wie es angefangen hatte. Mein Magen machte einen unangenehmen Salto, gab dann jedoch Ruhe. Fast so, als wäre er genau wie mein restlicher Körper vor Staunen und Faszination ganz erstarrt.

Ayane ließ meine Hand los und ich nahm sie von der Baumrinde. »Willkommen in Valhalla.«

Durch die ganzen Geschichten von Mom, durch all das,

was ich darüber gelesen hatte – und durch ein paar Filme –, hatte ich eine gewisse Vorstellung davon gehabt, wie es hier aussehen könnte. Eine Insel, die wie in den klassischen Sagen nur über eine lange Regenbogenbrücke zu erreichen war. Riesige Tore. Eine Stadt, die auf einem gigantischen Berg thronte und in den Himmel reichte. Doch die Realität überstieg jede Vorstellungskraft. Valhalla war nicht einfach nur ein Ort, sondern eine ganz eigene Welt.

Hinter uns ragte die Weltesche in den Himmel, aber vor uns erstreckten sich weite grüne Wiesen und Felder bis an den Horizont, wo sie auf einen blauen Himmel trafen, der so hell und strahlend war, dass es mir fast ein wenig in den Augen wehtat. Und war das da hinten ein riesiger See, auf dessen Oberfläche sich die Berge spiegelten, die rundherum in die Höhe ragten?

Ayane bemerkte mein irritiertes Stirnrunzeln und lächelte leicht. »Die Uhren in Valhalla laufen genauso wie die in der Menschenwelt, aber hier gibt es keine Jahreszeiten, deshalb ist es noch so hell und warm, während die Sonne über Vancouver bereits untergegangen ist.«

Ich nickte nur und sah mich weiter mit großen Augen um. Die Schreie und das Rauschen in meinen Ohren waren völlig verschwunden und die Ruhe legte sich wie Balsam auf meine überreizten Sinne. Wie es aussah, hatte Kari recht behalten, und ich hatte all das so deutlich wahrgenommen, weil es in einer Stadt wie Vancouver so unfassbar viele Menschen gab. Was auch erklären würde, wieso mir das Rauschen erst da aufgefallen war und nicht schon zu Hause. Denn dort wohnten wir mitten im Nirgendwo und die nächsten Nachbarn, die nächste richtige Stadt waren meilenweit entfernt.

In der Ferne erhoben sich majestätische Berge und umschlossen das endlos wirkende Tal. Von hier aus konnte ich auf der linken Seite ein paar Gebäude erkennen. Die meisten davon waren ebenerdig und wiesen tief liegende Dächer auf, doch hier endeten die Gemeinsamkeiten auch schon. Es gab Bauten, die nur aus Holz bestanden. Schmale Baumstämme trugen sie an den Seiten und bildeten die Wände. Auf den ersten Blick gab es keine Fenster und der Baustil erinnerte an den der alten Wikinger. Daneben standen Häuser mit großzügigen Glasfronten, die viel Licht ins Innere ließen und Solarmodule auf den Dächern hatten. Die Fassaden aller Gebäude waren in den Farben der Natur gehalten, sodass sie trotz der unterschiedlichen Architektur und Materialien auf wundersame Weise mit ihrer Umgebung verschmolzen. Alles wirkte gleichzeitig altertümlich und unheimlich modern.

»Dachtest du etwa, das einundzwanzigste Jahrhundert erreicht uns nicht?« Ayane schmunzelte neben mir. »Valhalla mag ein magischer Ort sein, aber das heißt nicht, dass wir hier wie vor Tausenden von Jahren leben müssen. Wir haben Strom, warmes Wasser und sogar Handyempfang für diejenigen, die es wollen. Für andere, die die alten Zeiten bevorzugen, gibt es Öllampen, Fackeln und Lagerfeuer.«

Noch während sie sprach, ließ ich den Blick weiterwandern. Die erstaunlichen Gebäude waren mir sofort ins Auge gesprungen, jetzt erst bemerkte ich neben den Häusern auch die Leute. Männer und Frauen aller Altersgruppen liefen herum, allesamt in den unterschiedlichsten Klamotten. Da gab es blonde und rothaarige Personen, die wie leibhaftige Wikinger aussahen und sogar kleine geflochtene Zöpfe in ihren Haaren und Bärten trugen. Daneben trainierten drei Highlander in Kilt und Stiefeln mit einer Gruppe aus jungen Männern und Frauen mit schwarzen Haaren, die fast so etwas wie Stammeszeichen auf ihre dunkle Haut gemalt oder tätowiert hatten. Und wenige Meter davon entfernt zeigte ein junger Shaolin-Mönch einer Frau im gleichen Alter, die jedoch eine moderne Soldatenuniform trug, ein paar Angriffe mit einem Speer, während zwei Ritter in kompletter Rüstung vorbeimarschierten.

Ähnlich wie die unterschiedlichen Gebäude schien es hier auch Menschen – nein, Heldenseelen – aus allen Epochen, Ländern und Kulturkreisen zu geben. Und im Gegensatz zur gängigen Nordischen Mythologie waren diese Heldenseelen nicht nur Männer, sondern auch jede Menge Frauen, die sich zu Lebzeiten bewiesen hatten und als Heldinnen gestorben waren.

Hätte ich diesen Ort nicht mit eigenen Augen gesehen, hätte ich all das nie für möglich gehalten. Valhalla war nicht so, wie ich es mir seit meiner Kindheit ausgemalt hatte. Nicht mal ansatzweise. Denn meine Vorstellungskraft reichte nicht so weit, um zu begreifen, dass sich hier gefallene Helden und Heldinnen seit Anbeginn der Zeit versammelten, um für die letzte Schlacht zu trainieren. Sie übten miteinander, teilten ihr Wissen und ließen sich von den Valkyren unterrichten, so wie Maeve gerade eine Gruppe um sich scharte, die alle noch etwas verloren wirkten und sich erstaunt umschauten. In ihren Gesichtern war alles, von Neugier bis hin zu Misstrauen und Faszination, zu erkennen.

»Wow«, stieß ich hervor, unfähig, meine Gedanken richtig in Worte zu fassen.

Erst jetzt entdeckte ich auf der rechten Seite von uns eine endlos wirkende Wiese mit lauter Bäumen und Sträuchern in allen nur denkbaren Formen, Farben und Größen. An ihren Ästen hingen die unterschiedlichsten Früchte: von Äpfeln und Birnen über Orangen, Zitronen und Feigen bis hin zu Kirschen. Dazwischen reckten sich Gräser, Kräuter und bunte Blumen den Sonnenstrahlen entgegen.

Ayane, die meinem Blick gefolgt war, deutete in diese Richtung. »Unsere Hauptaufgabe ist es, neue Heldenseelen zu finden und diese auf die letzte Schlacht vorzubereiten. Aber neben den Kriegern und Kriegerinnen leben auch einige Valkyren hier. Die Arbeit wird unter uns allen aufgeteilt. Es gibt Gruppen, die für die Ernte zuständig ist. Wiederum andere dafür, dass es jeden Abend Essen in Hülle und Fülle in der großen Halle gibt, und andere, die ihre eigenen Gruppen trainieren.«

Ich nickte automatisch. »Was ist mit dir?«, fragte ich und drehte mich zu ihr um. »Wohnst du auch hier?«

Sie lächelte. »Jede Valkyre hat ihr eigenes Haus in Valhalla. Meins ist gar nicht weit von hier. Aber die meiste Zeit verbringe ich in Midgard, in der Welt der Menschen. In den obersten Etagen, direkt über dem Bestattungsunternehmen, befinden sich mehrere große Wohnungen. Außerdem habe ich noch ein Haus in Kamakura, das ist südlich von Tokio. Meine Familie und die meisten meiner Nachfahren leben in der Nähe und ich besuche sie gerne.« Eine leise Sehnsucht untermalte ihre Worte. »Aber jetzt zeige ich dir erstmal, wo du leben wirst.«

Ich folgte Ayane in Richtung der Gebäude, auch wenn ich mich dabei die ganze Zeit umsehen musste, weil ich immer wieder etwas oder jemand Neues entdeckte. War das da hinten etwa ein Gladiator aus dem alten Rom mit Helm und Schulterschild, der einem Inuit in Pelzkleidung freundschaftlich auf die Schulter klopfte? Gleich daneben plauderte Kari mit ein paar Frauen in weißen Togen. Ich hätte mich noch stundenlang umschauen können, doch da führte Ayane mich bereits in eines der niedrigen Holzhäuser, das allein am Rande stand.

Beim Näherkommen bemerkte ich allerdings den riesigen Garten, der daran angrenzte. Rote Rosen und Gerbera wuchsen direkt neben weißen und orangefarbenen Tulpen, pinken Nelken und zartem Jasmin. Sonnenblumen warfen ihre Schatten auf winzige Gänseblümchen und Maiglöckchen, während die vielen Narzissen ihre Köpfe im Wind hin- und herwiegten. Sie schienen sich keiner von Menschenhand gemachter Ordnung zu unterwerfen, sondern wuchsen in allen Farben wild durcheinander. Der süße Duft drang mir in die Nase und stieg mir für einen Moment zu Kopf.

Wir betraten das Haus durch einen kleinen Eingangsbereich, der uns in ein gemütlich eingerichtetes Wohnzimmer führte, von dem zwei Türen abgingen. Eine davon war offen und führte in ein Schlafzimmer mit einem riesigen Himmelbett. Am Fußende lag meine Reisetasche auf einer Truhe.

»Wir haben deine Sachen aus dem Guest House geholt und direkt hierhergebracht. Ich hoffe, das war in Ordnung«, kam es von Ayane, als sie merkte, wohin mein Blick gewandert war. »Wir können uns ziemlich schnell von Ort zu Ort bewegen, wenn es nötig ist.«

»Ich weiß«, erwiderte ich und musste mich räuspern, weil all das noch immer so surreal auf mich wirkte. »Die Nordlichter.«

»Reina hat dir vieles beigebracht, auch wenn sie dich leider nicht ausbilden konnte.«

Der Gedanke an meine Mom schnürte mir die Kehle zu und in diesem Moment wurde mir klar, dass das hier nicht irgendein Haus war. Es hatte *ihr* gehört. Es war ihr Zuhause weit weg von daheim gewesen. Das sagten mir die hellen, warmen Farben ebenso wie die heimelige Einrichtung. Die flauschige Decke, die wie vergessen auf der Armlehne des Sofas im Wohnzimmer lag. Die Stehlampe, die direkt daneben platziert werden musste, damit sie immer genug Licht zum Lesen hatte, auch wenn hier nicht alles mit Bücherregalen vollstand. Die Blumenkränze an den Wänden trugen ebenso ihre Handschrift wie das Foto von uns dreien, das im Schlafzimmer in einem Bilderrahmen auf dem Nachttisch stand. Ich musste es nicht in die Hand nehmen und es näher betrachten – ich kannte dieses Foto. Es war mir schmerzhaft vertraut, denn es stand auch auf meinem Nachttisch. Zumindest hatte es das, bis ich es an dem Tag, als ich aus dem Krankenhaus gekommen war, umgedreht hatte, weil ich den Anblick nicht länger ertragen konnte.

Mühsam riss ich den Blick davon los und sah mich weiter um. An den Wänden hingen wunderschöne Landschaftsgemälde im selben Stil wie bei uns daheim. Und wie im Besprechungszimmer im Bestattungsinstitut. Seltsam, dass mir das erst jetzt auffiel.

Ich runzelte die Stirn. »Ich habe Mom nie mit einem Pinsel in der Hand gesehen«, murmelte ich leise und drehte mich zu Ayane um. »Aber hier hängen ähnliche Bilder wie bei uns zu Hause und im Institut. Wer hat …?«

Ayane lächelte. »Cleo. Sie ist die Nachfahrin von Freya und hat ein Auge für schöne Dinge. Im Laufe der Zeit hat sie unzählige Gemälde angefertigt. Deine Mutter hat ihre Bilder geliebt. Im Moment ist Cleo für eine längere Mission unterwegs, aber du wirst sie bald kennenlernen.«

Ich nickte langsam und betrachtete wieder das Gemälde an der Wand. Es zeigte eine Stadt am Meer. Kein außergewöhnliches Motiv, doch die Farben und Lichtverhältnisse wirkten beinahe magisch. Und lösten ein bittersüßes Gefühl von Heimweh in mir aus.

»Wasser und eine Kleinigkeit zu Essen findest du in der Küche. Abends findet das gemeinsame Abendessen in der großen Halle statt. Brauchst du sonst noch etwas?«, fragte Ayane sanft.

Ich schüttelte den Kopf, da ich kein Wort über die Lippen brachte.

»In Ordnung. Ruh dich aus. Das war ein langer, anstrengender Tag. Wir treffen uns an der Weltesche, wenn du so weit bist.«

Und damit verschwand sie und zog die Tür beinahe lautlos hinter sich zu. Aber vielleicht übertönte auch das Hämmern meines Pulses in den Ohren jedes andere Geräusch. Erleichtert stellte ich fest, dass ich noch immer keine Schreie sterbender Seelen wahrnahm. Nur die gedämpften Laute von draußen. Das Klirren von Schwertern, das Surren von Pfeilen, die durch die Luft sausten, und das Ächzen der Kämpfenden. Dazu Stimmen und Gelächter. Leise Musik und Gesang. Obwohl mir nach Weinen zumute war, weil mich alles hier so sehr an Mom erinnerte, musste ich dennoch lächeln. Denn Valhalla war in diesem Moment zu meiner Ruheoase geworden.

Ich merkte nicht mal, wie ich mich bewegte, bis ich auf die weiche Matratze sank und tief durchatmete, während ich an die Decke starrte. Wie konnte sich dieser Ort, dieses Haus gleichzeitig fremd und doch so vertraut anfühlen? Ich zog das Handy aus meiner Hosentasche. Ayane hatte nicht übertrieben. Ich hatte erstaunlich guten Empfang. Doch das war nicht der Grund, warum ich plötzlich aufrecht saß und mit hämmerndem Herzen auf das Display starrte, sondern die Uhrzeit. Es war acht Uhr abends. Oh Gott. Ich hatte das Treffen mit Ryan verpasst. Und ich hatte ihm nicht einmal Bescheid gegeben …

Mit einem Mal war alles, was ich an diesem verrückten, langen Tag erlebt hatte, wieder da. Doch jetzt standen nicht Valkyren, sterbende Seelen und dunkle Gestalten im Vordergrund, sondern mein bester Freund. Mein bester Freund, der mir bis nach Vancouver nachgereist war, um mich zurück nach Hause zu bringen. Der mich geküsst hatte. Der mich am Bahnhof hatte treffen wollen. Und den ich gnadenlos versetzt hatte. Verdammt. Wie hatte ich das nur vergessen können?

Hastig tippte ich eine Nachricht an ihn. Dann zur Sicherheit noch eine. Und noch eine dritte.

Doch eine Antwort ließ auf sich warten.

Mit einem unguten Gefühl im Bauch lehnte ich mich wieder zurück, streifte Stiefel und Jacke ab und starrte auf das Smartphone in meiner Hand, als könnte ich durch bloße Willenskraft eine Reaktion von Ryan herbeizaubern. Aber es funktionierte nicht. Nicht nach einigen Sekunden und auch nicht nach ein paar Minuten.

Ich kämpfte gegen die Erschöpfung an, klammerte mich gleichermaßen an mein Handy und an die Hoffnung, etwas von Ryan zu hören, aber letzten Endes siegte die Müdigkeit und mir fielen die Augen zu.

Als ich die Augen wieder aufschlug, war es dunkel im Schlafzimmer. Langsam setzte ich mich auf, rieb mir übers Gesicht und fuhr mir mit den Fingern durch das Haar, das mir völlig wirr über die Schultern fiel. Ein seltsamer Schimmer drang von draußen herein, aber ich konnte die Lichtquelle nicht genau ausmachen, da die Vorhänge vor dem einzigen Fenster zugezogen waren. Dafür fiel mein Blick auf das Handy, das direkt neben mir auf dem Bett lag, und ich riss es förmlich an mich.

Der helle Schein des Displays blendete mich im ersten Moment – dann setzte der Schock ein. Es war schon nach zehn. Ich hatte fast zwei Stunden lang geschlafen. Das war die erste Erkenntnis. Die zweite war, dass Ryan sich trotz meiner Nachrichten und der darin enthaltenen Entschuldigung nicht zurückgemeldet hatte. Ich biss mir so fest auf die Unterlippe, dass der Schmerz das letzte bisschen Müdigkeit vertrieb, nicht jedoch das schlechte Gewissen, das sich in mir ausbreitete.

Gott, ich hatte Ryan förmlich dazu gedrängt, mich zu küssen. Und nachdem es endlich – *endlich!* – passiert war, hatte ich ihn auch noch versetzt. Hoffentlich sprach er nach dieser Sache überhaupt noch ein Wort mit mir. Aber noch viel schlimmer war die Vorstellung, nach meiner Familie jetzt auch noch meinen besten Freund verloren zu haben. Nicht durch einen schrecklichen Unfall oder durch übernatürliche Kräfte, sondern weil ich mehr gewollt hatte. Mehr als er bereit war zu geben. Ich schluckte hart, doch das bittere Gefühl wollte nicht verschwinden.

Ein letztes Mal sah ich auf das Handy in der Hoffnung, dass doch noch ein Lebenszeichen eintrudelte, aber es blieb stumm. Seufzend legte ich es auf den Nachttisch, direkt neben das gerahmte Foto von Mom, Fenja und mir. Wir hatten es beim Schlittschuhlaufen aufgenommen – etwas, was mir Mom beigebracht hatte, nachdem Dad sein Versprechen nicht mehr hatte einhalten können. Danach hatten wir jedes Jahr, sobald es kalt genug und der See in der Nähe zugefroren war, unsere Schlittschuhe angezogen und waren losgefahren. Das Foto war vor zwei Wintern aufgenommen worden, damals war es genauso kalt und schneereich wie in diesem Jahr gewesen. Zumindest zu Hause, denn in Vancouver war es einfach nur kalt. Ein krasser Gegensatz zu Valhalla, wo es Ayane zufolge das ganze Jahr über Frühling zu sein schien.

Stirnrunzelnd stand ich auf und ging zum Fenster hinüber. Ich schob den Vorhang etwas zur Seite – und erstarrte. Denn das Leuchten, das selbst durch die Vorhänge ins Schlafzimmer eingedrungen war, stammte nicht etwa von Lampen, Fackeln, einem Lagerfeuer oder einem strahlenden Mond. Es kam von den Nordlichtern, die den ganzen Himmel in eine Farbexplosion tauchten.

Ohne noch eine Sekunde zu verschwenden, schlüpfte ich in meine Stiefel und eilte nach draußen. Ich legte den Kopf in den Nacken und beobachtete das strahlend grüne, blaue und violette Leuchten am Nachthimmel, während sich ein Lächeln auf meinem Gesicht ausbreitete und mein Herz vor Aufregung immer schneller schlug. War gerade eine Valkyre zurückgekehrt oder zu einer neuen Mission aufgebrochen?

Ich hätte stundenlang hier stehen und mir das Farbenspiel ansehen können, das hier so viel näher zu sein schien als daheim, wo ich auf dem Dach unseres Hauses gesessen und mir die Sterne angeschaut hatte. Auch die wirkten hier völlig anders und auf den ersten Blick erkannte ich keine Sternbilder. Nur eine Million funkelnder kleiner Lichter über uns. Wenn Ryan das sehen könnte …

Der Gedanke erstarb, noch bevor ich ihn richtig zu fassen bekam. Denn ich wollte nicht daran denken. Nicht an ihn.

Nicht an das, was wir uns vorgenommen hatten und was nun vielleicht nie passieren würde. Das Studium. Unser gemeinsamer Neuanfang in Toronto. Der Schritt in ein neues Leben, den jeder andere in meinem Alter machte und den ich nicht tun würde. Zumindest … noch nicht. Aber irgendwann ganz bestimmt. Daran hielt ich fest.

Mühsam riss ich den Blick vom Himmel und ließ ihn durch die nähere Umgebung gleiten. Ayane hatte gesagt, dass wir uns an der Weltesche treffen würden. Was für ein merkwürdiger Treffpunkt. Woher wollte sie wissen, wann ich dort auftauchen würde?

Mühsam riss ich den Blick vom Himmel los und sah mich stattdessen in der Nähe um. Es war ruhiger geworden, aber noch immer erfüllten Kampfgeräusche die Luft. Dahingehend hatten die Legenden nicht übertrieben: Die gefallenen Krieger und Kriegerinnen trainierten tatsächlich die ganze Zeit für die letzte Schlacht. Zwischen den einzelnen Gebäuden konnte ich ein paar von ihnen erkennen, aber keine einzige Valkyre. Und obwohl ich keine Ahnung hatte, wer diese Leute waren, schienen sie zumindest mich zu kennen, denn als ich mich ihnen näherte, neigten sie respektvoll den Kopf.

Ich nickte ihnen zu und eilte weiter, auch wenn ich nicht wusste, ob das die richtigen Formalitäten waren. Sollte ich mit ihnen sprechen? Sie komplett ignorieren? Lächeln? Nicht lächeln? Ich hatte nicht den blassesten Schimmer und das trieb mich nur noch schneller voran.

Innerhalb weniger Minuten ließ ich die Häusergruppe hinter mir und erreichte die endlos wirkende Wiese, an der wir angekommen waren.

Die Weltesche war nicht zu übersehen. Der Baum auf dem Dach des Bestattungsinstituts war nur ein blasses Abbild des Originals, das ungefähr zehn Mal so groß war. Im Schein der Nordlichter wirkte der Baum geradezu majestätisch und je näher ich kam, desto gigantischer schien er zu werden. Äste und Zweige ragten bis in die Wolken und die Blätter in den Farben des Herbstes glitzerten feucht. Aber beinahe noch beeindruckender war der Stamm. Wahrscheinlich bräuchte es zehn oder sogar mehr Leute, um ihn komplett zu umfassen. Einige Wurzeln ragten aus dem Boden, so stark wie die Sitzbänke, die den Baum umgaben. Er musste unglaublich alt sein.

»Wunderschön …«, flüsterte ich und erschrak, als eine Stimme die Stille durchbrach.

»Oh ja«, bestätigte Ayane hinter mir und machte eine Handbewegung, die alle Wiesen und Häuser um uns herum umfasste. »Es ist unser Zuhause. Und jetzt auch deins, Blair.«

Ich drehte mich zu ihr und Kari um, die ebenfalls hier aufgetaucht war.

Wie schon bei unseren letzten beiden Begegnungen trug sie eine weiße Blüte im Haar und lächelte warm. »Konntest du dich etwas erholen?«

»Ein bisschen«, gab ich zu. »Ich …«

Etwas Kleines raste haarscharf an meinem Kopf vorbei und landete zu meinen Füßen. Ich zuckte zusammen und sprang zurück, schaute erst nach oben, dann auf die kleine Nuss, die vor meinen Stiefeln im Gras gelandet war. Gleich darauf flog eine weitere Nuss aus dem Baum und traf mich an der Schulter.

»Aua.« Ich wich zur Seite aus. »Was war das?«

Kari grinste. »Das dürfte Ratatöskr gewesen sein.«

»Ratawas?«

»Ratatöskr«, wiederholte Ayane geduldig und deutete auf die endlosen Zweige des Baumes. »Manche Legenden, die sich bis heute gehalten haben, sind wahr. Ratatöskr zum Beispiel. Das ist ein Eichhörnchen, das im Baum herumhüpft und gerne mit Nüssen nach Leuten wirft.«

Ein kleines, unsterbliches Eichhörnchen, das in Valhalla wohnte und alle terrorisierte? Ich stieß ein ungläubiges Lachen aus, entfernte mich zur Sicherheit aber ein paar Schritte von der Weltesche. »Was ist noch wahr? Aus der Mythologie, meine ich.«

Nachdenklich tippte sich Ayane gegen das Kinn. »Dazu müsste ich den aktuellen Stand kennen. Mit der Zeit ist so vieles verändert und falsch übersetzt worden oder ganz verloren gegangen. Kendra weiß da mehr. Aber ich glaube, Heidrun wird bis heute erwähnt.«

»Noch ein Eichhörnchen?«, fragte ich zweifelnd und sah mich nach dem kleinen Angreifer um, konnte ihn jedoch nirgendwo zwischen den Zweigen entdecken.

»Nein«, antwortete Kari amüsiert. »Eine Ziege. Ich hoffe, du magst Käse.«

Ich blinzelte und rechnete fast schon damit, dass die beiden gleich loslachen und mir erklären würden, dass das alles nur ein Scherz war.

War es nicht. Anscheinend gab es in Valhalla tatsächlich ein mit Nüssen werfendes Eichhörnchen und eine Ziege namens Heidrun. Unwillkürlich fragte ich mich, was es hier noch alles zu entdecken gab, und schob dabei jeden Gedanken an mein eigentliches Zuhause, an meine Zukunft und auch an Ryan ganz bewusst beiseite.

Kari stemmte die Hände in die Hüften. »Genug geplaudert. Ich hoffe, du bist bereit.«

»Bereit wofür?«, hakte ich zögerlich nach.

»Für dein Training. Denn es beginnt genau jetzt.«

KAPITEL 15

RYAN

CRYSTAL FALLS, QUEBEC, KANADA

»Was machen wir hier?«, fragte ich stirnrunzelnd und sah mich um.

Ich hatte keine Ahnung, wo genau wir waren, vermutete aber, dass wir uns noch irgendwo in Kanada befanden. Der Wind war beißend kalt und wirbelte ein paar Schneeflocken auf. Wäre diese Stadt nicht verlassen, hätte der Anblick der verschneiten Häuser beinahe idyllisch sein können. Doch so wirkten sie nur noch leerer mit ihren dunklen Fenstern und den offenen Türen. Nur noch einsamer.

»Das wirst du gleich sehen. Komm.« Cyrus deutete mir an, ihm zu folgen, und wie der vorbildliche Sohn, der ich war, setzte ich mich nach einem kurzen Moment in Bewegung.

Während wir durch den Schnee stapften, wanderten meine Gedanken unweigerlich zu unserem Aufeinandertreffen zurück. Das erste nach so vielen Jahren, nachdem er mich und meine Mutter von einem Tag auf den anderen ohne ein einziges Wort verlassen hatte. Er war nicht meinetwegen zurückgekommen – zumindest nicht nur. Blair war ein wichtiger Grund gewesen. Genauer gesagt: der Tod ihrer Mutter.

Bei der Erinnerung an den Tag des Unfalls biss ich die Zähne zusammen und verdrängte die Mischung aus Bitterkeit, blankem Zorn und Schuldgefühlen, die schon die ganze Zeit tief in mir schwelte. Seit dem Moment, in dem Cyrus wieder in meinem Leben aufgetaucht war. Die Legenden um das Chaos kannte ich seit meiner Kindheit, dafür hatte mein Vater gesorgt. Aber erst jetzt hatte Cyrus mir die ganze schreckliche Wahrheit gesagt. Über Vidar, den Gott des Chaos, dem er diente und von dem er seine Kräfte erhalten hatte. Über Cyrus' eigene Mission – und die Fähigkeiten, die er an seine Söhne weitervererbte.

Es war eine Wahrheit, die ich in meinem Unterbewusstsein bereits geahnt, nein, viel eher befürchtet, aber bislang ignoriert hatte. Eine Wahrheit, die ich noch immer nicht akzeptieren wollte, auch wenn ich jetzt nichts mehr von den Dingen ignorieren konnte, die seither passiert waren.

Nachdem ich ihn beim ersten Mal zum Teufel gejagt hatte, war er ein zweites Mal aufgetaucht. Ich hätte wissen müssen, dass er nicht so leicht aufgeben würde. Doch dass er ausgerechnet am Bahnhof in Vancouver wieder an mich herantreten würde, hätte ich nie geglaubt. Ausgerechnet in dem Moment, in dem ich so sehr gehofft hatte, meine beste Freundin und ich könnten diesem Wahnsinn entkommen, wenn wir nur zurückfuhren. Zurück nach Hause. Oder ... irgendwohin. Weit, weit weg. Doch mittlerweile wusste ich, dass es kein Zurück mehr gab. Nicht für Blair. Und nicht für mich.

Ich hatte vergeblich auf sie gewartet. Stattdessen war Cyrus aufgetaucht und ... ich war mit ihm gegangen. Weil ich Antworten brauchte. Ich musste erfahren, was los war. Warum er wirklich zurückgekehrt war. Deshalb war ich jetzt hier, mitten im Nirgendwo, in einer verlassenen Stadt, nur wenige Stunden, nachdem Blair mich versetzt hatte.

Unvermittelt blieb Cyrus mitten auf der Hauptstraße dieses winzigen Orts stehen und drehte sich zu mir um.

Außer den leer stehenden Wohnhäusern, einer geschlossenen Tankstelle, einem Postamt und einer Kirche mit zerbrochenen Fensterscheiben war nichts zu sehen. Keine Menschenseele. Sie hatten diesen Ort schon vor langer Zeit aufgegeben.

»Vidar hat dir ein Geschenk gemacht, mein Sohn. Du hast einen Teil seiner Kräfte erhalten. Meiner Kräfte«, fügte Cyrus zufrieden hinzu. »Du kannst dich glücklich schätzen, denn du hast diese Kräfte geerbt. Wir mussten sie dir nicht erst in einer ziemlich schmerzhaften Zeremonie verleihen. Zugegeben, bis vor Kurzem war ich mir sicher, dass du nach deiner Mutter kommst und nichts von mir hast, aber jetzt könntest du dich doch noch als nützlich erweisen.«

Ich schnaubte. »Nützlich für deine Pläne. Schon verstanden.«

Er zog die Brauen hoch und wirkte beinahe ... getroffen. »Ich habe dir nie etwas vorgemacht, Ryan. Du hast von klein auf die Wahrheit über mich und meine Aufgabe gekannt. Eine Aufgabe, die auch deine hätte werden sollen, aber dann ...«

Dann hatte ich keinerlei Kräfte gezeigt und er hatte uns verlassen. Weil er weder Mom noch mich je geliebt hatte und wir ihm plötzlich auch nichts mehr geben konnten.

Er schüttelte fast schon tadelnd den Kopf, als würde er etwas von den Gedanken ahnen, die mir durch den Kopf schossen. »Ich habe Feinde. Damals bin ich nur gegangen, um euch vor ihnen zu schützen. Dich und deine Mutter. Es war das Schwerste, was ich je tun musste.«

Ich zögerte. Ein Teil von mir wehrte sich noch immer mit aller Macht dagegen, ihm zu glauben. Aber ich hatte nie seine Version der Wahrheit gehört. Ich konnte mich nur an ein paar wenige Dinge aus meiner Kindheit erinnern. Daran, wie er mit mir in meinem Zimmer auf dem Teppich gesessen und mich in den alten Legenden unterrichtet hatte. Wie er mir erklärt hatte, warum das Chaos ein Teil unserer Existenz und damit genauso notwendig war wie der Tod und das Leben selbst. Wie er Mom morgens einen Kuss auf die Wange gab und sie umarmte, noch bevor er sich seinen Kaffee holte. Wie er mit mir zum Spielplatz gefahren war. Wie er eines Tages einfach fort gewesen war und Mom weinend zurückgelassen hatte. War das tatsächlich ... Konnte das wirklich nur zu unserem Schutz gewesen sein?

»Du bist etwas Besonderes.« Cyrus machte einen Schritt auf mich zu. »Und ich habe mich geirrt. Ich habe einen Fehler gemacht, als ich gegangen bin. Ich dachte ... ich dachte, du hättest nichts von meinen Kräften geerbt, dabei waren sie die ganze Zeit in dir und wurden mit jedem Jahr nur noch stärker.

Bis du etwas getan hast, was kein anderer vor dir geschafft hat. Keiner außer mir. Du hast eine Valkyre getötet.«

Ich biss die Zähne zusammen und tat alles, um gegen die aufsteigende Übelkeit anzukommen. Umsonst.

Heftig schüttelte ich den Kopf. »Es war ein Unfall«, beharrte ich. »Oder du hattest deine Finger im Spiel. Ich weiß nicht, was du von mir willst, aber ich hatte nichts damit zu tun.«

Cyrus lächelte beinahe mitleidig. »Denkst du etwa, ich hätte nicht den exakten Moment gespürt, in dem deine Kräfte erwacht sind? Als ich dort ankam, war der Unfall bereits passiert. Oder sollte ich lieber sagen: das Attentat? Denn wir wissen beide, dass es kein Unfall war, nicht wahr, Ryan?«

Ein Knirschen hinter mir. Ich drehte mich halb zur Seite und starrte in das exakte Ebenbild meines Vaters. Jünger. Ohne die Narbe an der Wange. Blond und mit ein paar Haarsträhnen, die ihm ins Gesicht fielen. Und mit einem verstörenden Funkeln in den Augen.

»Hector ...«, stieß ich hervor.

Konnte das wirklich sein? Das erste und letzte Mal, dass ich ihn gesehen hatte, war ... Ich konnte mich nicht mal mehr daran erinnern, so lange war es her. Und jetzt war er hier? Zusammen mit ihm?

»Hallo, großer Bruder«, begrüßte mich Hector. Seine Stimme war etwas tiefer als die unseres Vaters, obwohl er nur ein paar Monate, höchstens ein Jahr jünger war als ich. Ein Ausrutscher, den meine Mutter Cyrus verziehen hatte. »Wie schön, dass du dich uns doch noch anschließt.«

Wieder schüttelte ich den Kopf. Ich musste die Hände zu

Fäusten ballen, um nicht die Beherrschung zu verlieren. »Niemand hat behauptet, dass ich mich euch anschließe.«

Cyrus lachte nur. »Oh, aber du hast gar keine Wahl, mein Junge. Vidar hat bereits entschieden. Der Gott des Chaos bekommt immer, was er will. Und jetzt will er dich.«

Meine zu Fäusten geballten Hände begannen zu zittern. Gleichzeitig regte sich etwas in mir. Etwas Dunkles. Etwas, das ich schon mal gespürt hatte. Allein bei der Erinnerung an jenen Tag drehte sich mir der Magen um und ich kämpfte gegen diese Empfindung, gegen diese Erinnerungen an.

Über der Fahrt nach Edmonton lag ein undurchdringlicher Schleier. Ich erinnerte mich noch daran, hinten mit Blair gesessen zu haben. An ihr besorgtes Gesicht. Die sanfte Berührung. Und an diese zerstörerische Macht, die sich in mir geregt hatte. Schon seit dem Aufwachen, doch sie war im Laufe des Tages nur noch stärker geworden, immer stärker, als hätte Reinas Anwesenheit es nur noch schlimmer gemacht, bis ich sie nicht mehr hatte zurückhalten können. Bis sie förmlich aus mir herausexplodiert war …

»Das Chaos ist unausweichlich«, sinnierte Cyrus. »Genauso wie der Tod. Die Menschen können sich dagegen wehren, sie können es ignorieren oder verfluchen, aber es wird den Tod immer geben. Und es wird auch das Chaos immer geben.« Er deutete um sich. »Sieh dich doch nur um. Die Menschen haben keine Ahnung von dem, was direkt vor ihren Augen passiert. Sie leben ihr Leben, als hätten sie nichts zu verlieren. Errichten Städte, schlagen Wurzeln, nur um dann weiterzuziehen und alles in Trümmern zurückzulassen.«

Ich wollte es nicht hören. Wollte kein Teil davon sein. Aber vor allem wollte ich nicht verantwortlich sein für ...

»Die Geschichten der Götter und Helden sind nur noch Mythen für sie«, fuhr mein Vater unbeirrt fort. »Sie glauben an nichts und niemanden mehr. Sie brauchen die alten Götter nicht länger. Sie brauchen Valhalla nicht länger.«

Mein Puls hämmerte. Der Tumult in meinem Inneren wuchs zu einem Sturm heran. Einem zerstörerischen Sturm, von dem ich nicht wusste, wie ich ihn noch aufhalten sollte.

»Sieh es endlich ein«, erklang nun auch noch die Stimme meines Bruders. »Du bist einer von uns, ob du willst oder nicht. Du gehörst dem Chaos.«

»Nein«, presste ich schwer atmend hervor. »Das ist nicht wahr. Es ist nicht ...«

»Oh, doch!« Hectors Worte peitschten über die Straße. Um ihn herum bildete sich eine schwarze Aura, in der es immer wieder aufblitzte. Seine Miene verdüsterte sich, bis die Dunkelheit ihn komplett einhüllte.

Hilfe suchend sah ich zu Cyrus zurück, doch er unternahm nichts. Er stand einfach nur da, die Arme vor der Brust verschränkt, und beobachtete, was sich vor ihm abspielte.

»*Du* hast den Unfall verursacht«, warf Hector mir vor. »Du hast deine Kräfte entdeckt und das getan, was jeder von uns tut. Chaos stiften.«

»Nein ...«

»Du hast eine Valkyre und ihre Nachfolgerin getötet. Sie eiskalt ermordet.«

»Nein, verdammt!«

Mein Herz raste so schnell, als würde es jeden Moment zerbersten. Jeder Muskel in meinem Körper bebte vor Anspannung. Es war genau wie im Auto. Genau wie vor dem Unfall. Ich konnte es nicht länger zurückhalten. Ich wusste nicht, wie.

»Oh, doch. Und soll ich dir noch was verraten?« Hector machte einen Schritt auf mich zu und senkte die Stimme zu einem verschwörerischen Flüstern. »Es hat dir gefallen.«

Der Sturm in meinem Inneren, diese wilde Mischung aus Schuld, Selbstvorwürfen und rasendem Zorn explodierte. Aber sie explodierte nicht in mir, sondern in den Häusern rundherum. Jedes einzelne Gebäude fiel krachend in sich zusammen. Staubwolken wirbelten auf und setzten sich wie dunkle Flecken auf dem Schnee ab.

Ich atmete so keuchend, als wäre ich meilenweit gerannt, dabei hatte ich mich nicht von der Stelle gerührt. Meine Hände hingen an meinen Seiten herab. Ich zitterte noch immer. Doch der Druck tief in mir war fort. Das ganze ... das ganze Chaos in mir war fort und an seine Stelle trat nun Erleichterung. Und Scham. Bittere Scham.

»Das ist es.« Cyrus lächelte langsam. Zufrieden. Siegessicher. »Genau das ist es.«

Ich schüttelte noch immer den Kopf, obwohl ich es nicht länger leugnen, obwohl ich mich nicht länger vor der Wahrheit verstecken konnte. Nicht, nachdem ich eine ganze Stadt in Schutt und Asche gelegt hatte, ohne auch nur einen Finger zu rühren. Nicht, nachdem ich derjenige war, der den Unfall verursacht hatte. Den Unfall, der Blairs Mom und ihre Schwester das Leben gekostet hatte.

Plötzlich spürte ich eine schwere Hand auf meiner Schulter und hob den Kopf.

»Ragnarök ist nicht das Ende, wie alle glauben«, erklärte Cyrus. »Es ist ein Neuanfang. Für uns und für die Menschheit. Nur die anderen Götter und ihre Anhänger werden fallen, aber Vidar, seine Diener und die Menschen werden endlich frei sein.«

Ich räusperte mich, weil meine Stimme so verflucht rau klang. So verflucht erschöpft. »Willst du damit etwa sagen, dass ... der Weltuntergang etwas Gutes ist?«

»Dir ist schon klar, dass *Weltuntergang* nichts weiter als eine falsche Übersetzung ist?«, warf Hector trocken ein. Die dunkle Aura um ihn herum war verschwunden. Jetzt hob er etwas Schnee auf und formte ihn zu einem Ball, den er auf eines der zerstörten Häuser warf. »Vidar ist gegen die Götter in den Kampf gezogen und hat sie besiegt. Sie sind zusammen mit Asgard, dem Sitz der Götter, verschwunden, aber sie sind nicht tot. Es gibt immer noch eine Chance für sie, zurückzukehren und ihre alte Macht wiederzuerlangen. Darum geht es bei Ragnarök. Um den letzten Kampf der Götter. Um ihr Schicksal und ihre endgültige Vernichtung. Nicht um das Ende der Welt.«

»Hector hat recht«, bestätigte Cyrus mit einem wohlwollenden Nicken. »Nach den Kämpfen, den Flammen, der Dunkelheit und den Schlachten wird eine neue Welt entstehen. Eine, in der kein Gott außer Vidar und keine Valkyren etwas zu suchen haben. Eine Welt, die den Menschen gehört. Und uns. Denn das Chaos ist unentrinnbar mit der Menschheit verbunden, ganz egal, wohin sie gehen und was sie tun. Ganz egal, was sie zurücklassen.«

Mein Blick folgte seinem zu den Trümmern der Häuser. Eingestürzte Mauern. Glassplitter. Zerborstene Balken. Es war die pure Zerstörung.

War vielleicht doch etwas dran an seinen Worten? Konnte das Ende der Welt in Wahrheit einen Neuanfang bedeuten?

»Lass uns gehen.« Cyrus drückte meine Schulter.

»Wohin?«

»Zu den anderen. Und dann ... dann fangen wir mit deinem Training an.«

KAPITEL 16

BLAIR

Es hatte mal eine Zeit gegeben, in der ich gedacht hatte, die Highschool wäre das Anstrengendste in meinem Leben. Aber ich hatte mich geirrt. Ich hatte mich so was von geirrt. Das war mir in den letzten Wochen mehr als klar geworden.

»Noch mal!« Thyras Stimme peitschte wie ein Donnerschlag über die Ebene. Sie stellte sich breitbeinig vor mich und funkelte mich herausfordernd an. »Ist das alles, was du draufhast? Du bist eine Valkyre, verdammt noch mal! Benimm dich auch so!«

»Und du bist die Nachfahrin von Thor.« Ich wischte mir die Grasflecken von den Knien und richtete mich auf. Ächzend hielt ich mir die Seite, wo Thyras Kick mich hart erwischt hatte. Schmerz breitete sich pulsierend von der Stelle in meine ganze linke Körperhälfte aus. »Ich glaube nicht, dass ich dich jemals besiegen kann, selbst wenn ich die nächsten hundert Jahre lang trainiere.«

»Deine Mutter konnte es.«

Ich hielt inne. »Was …?«

Der Blick aus ihren goldfarbenen Augen bohrte sich in mich hinein, dann schnaubte sie abfällig. »Du hast wirklich keine Ahnung, oder?«

»Keine Ahnung wovon?«

»Du stammst aus einer langen Linie von Hel ab«, erinnerte sie mich und schob sich eine blonde Haarsträhne zurück, die sich aus ihrer Flechtfrisur gelöst hatte. Wie sie das kinnlange Haar auf eine Weise hatte feststecken können, dass es sie weder beim Training behinderte, noch bei schnelleren Bewegungen auseinanderfiel, war mir ein Rätsel. »Hel gilt als eine der mächtigsten nordischen Gottheiten«, fuhr Thyra unbeirrt fort. »Manche glauben sogar, sie sei mächtiger als Odin selbst gewesen. Zumindest in ihrem eigenen Reich, in Helheim.«

»Was hat das mit mir zu tun?«, fragte ich widerstrebend und wischte ein paar Gräser von meinem Trainingsoberteil.

Thyra verdrehte die Augen. »Jede von uns hat Kräfte, die einzigartig sind, und wir alle sammeln die Seelen gefallener Helden ein. Aber Hel hatte die Macht über *alle* Seelen. Sogar über die Seelen der Götter selbst. Du darfst dich nicht nur auf deine Abwehr und den Nahkampf verlassen, sondern musst auch deine Kräfte nutzen. Immer. Ganz besonders im Kampf. In dir steckt so viel Potenzial – und du nutzt es einfach nicht.« Ihre Stimme wurde mit jedem Wort wütender. »Ich habe ganze Legionen angeführt und Truppen für den Einsatz trainiert und nichts davon war so frustrierend wie das hier. Und jetzt trink etwas, bevor du noch umkippst und wir nur deswegen nicht weitermachen können.«

Nur mit Mühe unterdrückte ich ein Schnauben und tat, was sie sagte. Denn die Wahrheit war: Sie war nicht die Einzige, die so empfand. Es war mehr als frustrierend, Tag für Tag auf dem Boden zu landen und gegen Thyra zu verlieren. Und es machte mich wahnsinnig, dass sie ständig verlangte, ich sollte meine Kräfte einsetzen, mir aber nicht erklären konnte, wie ich das überhaupt anstellen sollte. Weil *niemand* es mir beibringen konnte oder wollte. Jede Valkyre, ganz egal wie nahe sie Mom gestanden hatte oder nicht, hatte ihre Fähigkeiten live miterlebt. Doch keine von ihnen konnte mir sagen, wie sie funktionierten. Die einzige Person, die mir diese Art von Magie näherbringen könnte, war meine Mutter. Und sie hatte dieses Wissen an Fenja weitergegeben. Nicht an mich. Und manchmal fragte ich mich, ob es nicht besser gewesen wäre … ob es nicht *für alle* besser wäre, wenn ich an ihrer Stelle gestorben wäre. Zumindest gäbe es dann eine voll funktionsfähige Valkyre, die in Moms Fußstapfen treten konnte. Fußstapfen, die viel zu groß und tief waren, als dass ich sie jemals füllen könnte.

Ich hatte keine Ahnung, wie lange ich mich schon in Valhalla befand, da mir jedes Zeitgefühl abhandengekommen war. Ja, hier gab es Tag und Nacht, wie ich es von daheim kannte, doch tagsüber schien es endlos lange hell zu sein und in jeder Nacht erleuchteten die Nordlichter den Himmel. Ich wachte zu dem Schwerterklingen der trainierenden Krieger auf und schlief zu denselben Geräuschen ein. An manchen Tagen bewarf mich Ratatöskr noch mit Nüssen, an anderen hatte ich zwischen meinen Unterrichtsstunden etwas Zeit, um unter der Baumkrone zu sitzen und über alles nachzudenken. Was passiert war. Was ich gelernt hatte. Was ich verloren, aber auch, was ich dazugewonnen hatte.

Ich trank den letzten Schluck aus meiner Flasche, wischte mir mit dem Unterarm über die Stirn und ließ mich für einen Moment ins Gras sinken. Ich konnte mich nicht daran erinnern, wann ich das letzte Mal so außer Atem gewesen war. Ach, doch. Gestern. Beim Training mit Thyra.

Mittlerweile kam mir mein bisheriges Leben nur noch wie ein Traum vor, wie eine Erinnerung, die von Tag zu Tag blasser wurde. Ausgerechnet Maeve, die sich mir gegenüber bisher eher zurückgehalten und keinen Kontakt gesucht hatte, hatte sich an einem Nachmittag zu mir unter die Weltesche gesetzt. Erst hatten wir nur gemeinsam geschwiegen, doch dann hatte sie mir davon erzählt, dass es normal war, dass das alte Leben im Vergleich zum neuen verblasste. Dass es normal war, sich verloren zu fühlen. Und dass ich meinen Platz noch finden würde. In Valhalla. Und in der Welt.

Denn wie ich erfahren hatte, führten auch die meisten Valkyren ein ganz normales Leben außerhalb von Valhalla. Maeve zum Beispiel war ein riesiger Autofan und sammelte schicke – und teure – Sportwagen und Oldtimer. Während Thyra es einfach nur zu lieben schien, andere im Training zu quälen. Und so war ich meistens mit den unterschiedlichsten Übungseinheiten beschäftigt, sodass mir nicht allzu viel Zeit zum Grübeln blieb.

»Weiter!« Thyras ungeduldige Stimme riss mich aus meinen Gedanken. »Und jetzt gibst du dir gefälligst etwas mehr Mühe!«

Diesmal konnte ich mein Schnauben nicht zurückhalten. Als ob ich vorher nur halbherzig dabei gewesen wäre! Dabei tat ich alles, was Thyra und die anderen Valkyren von mir verlangten. Ich trainierte von morgens bis abends, las mich in die alten Bücher ein, lauschte den Geschichten, mit denen sie das Wissen all jener weitergaben, die vor uns gekommen waren. Mom hatte mich dahingehend ausgebildet, die Grundlagen über die nordischen Götter zu kennen und im normalen Alltag, aber auch in gefährlichen Situationen auf mich selbst aufpassen zu können. Doch das war nichts im Vergleich zu dem, was ich jetzt zu lernen, was ich hier zu bewältigen hatte.

Und mit jedem gezielten Kick oder Schlag, mit dem mich Thyra erneut zu Boden beförderte, wuchs nicht nur meine Frustration, sondern auch meine Wut. Auf diesen Ort. Auf diese Leute. Auf mich selbst. Und auf Mom.

Warum hatte sie mich nicht genauso trainiert wie meine große Schwester? Wie hatte sie so sicher sein können, dass Fenja ihre Nachfolge antreten würde? Wie hatte sie einfach davon ausgehen können, dass die Dinge, die sie mir beibrachte, schon ausreichen würden? Wie hatte sie auch nur eine Sekunde lang denken können, dass ich ohne sie zurechtkommen würde? Wie hatte sie mich einfach allein lassen können?

Ich landete erneut auf dem Hintern, aber diesmal blieb ich einfach liegen. Mein Atem kam keuchend, ich hatte heftiges Seitenstechen und meine Muskeln brannten wie am ersten Trainingstag. Dabei war ich definitiv schon ein paar Tage hier. Wahrscheinlich sogar einige Wochen.

»Das bringt so nichts.« Thyra blieb neben mir stehen, die Hände in die Hüften gestemmt, und pustete sich eine blonde Haarsträhne aus der Stirn. Sie trug ein schlichtes ärmelloses Top und eine dunkelblaue Hose, dazu Bandagen um die Hand- und Fußgelenke, und war außerdem barfuß.

Ich selbst war ganz ähnlich gekleidet, nur wesentlich durchgeschwitzter. Allerdings hatte ich auch nicht mein ganzes unsterbliches Leben damit zugebracht, für den Kampf zu trainieren und Krieger und Kriegerinnen auszubilden, so wie andere Anwesende hier.

Thyras Blick heftete sich auf etwas oder jemanden auf der anderen Seite der Wiese, in der Nähe der Gebäude. »Zev! Komm mal her!«

Ich schloss die Augen. Na toll. Auch das noch. Seit unserem kleinen Ausflug in die Innenstadt hatten Zev und ich zwar mehr Kontakt gehabt, allen voran bei unseren fast schon täglichen Film- und Serienabenden, allerdings hatten wir noch nie miteinander trainiert. Jetzt tauchte er neben Thyra auf und blickte fragend auf mich hinunter.

Auch er schien mitten im Training gewesen zu sein, war aber eindeutig nicht so außer Atem wie ich. Dafür trug er nur eine helle Leinenhose, die locker herabfiel und an den Knöcheln wieder enger wurde – und sonst nichts. Zum ersten Mal erhaschte ich einen Blick auf seinen gebräunten Oberkörper mit dem flachen Bauch und den definierten Muskeln.

Zevs Blick wanderte von mir zu Thyra. »Was gibt's?«

Sie trat einen Schritt zurück und tippte sich nachdenklich gegen das Kinn. »Ein Übungskampf. Ich will Blair in Aktion erleben.«

»Du meinst, du hast es satt, auf mich einzuprügeln«, murmelte ich und setzte mich ächzend auf.

»Was war das?« Sie zog die Brauen in die Höhe.

Ertappt presste ich die Lippen aufeinander. »Gar nichts.«

Zev grinste nur und streckte mir die Hand entgegen, um mir aufzuhelfen. Mit einem Ruck stand ich wieder aufrecht da und stellte mich bereits darauf ein, gleich wieder Bekanntschaft mit dem Boden machen zu müssen.

Natürlich übten wir nicht in einer geschlossenen Halle mit weichen Matten, die jeden Aufprall dämpfen würden, sondern draußen im Freien auf einer Wiese, wo uns jeder sehen konnte. Noch hatte ich nicht herausgefunden, ob das die übliche Vorgehensweise bei neuen Valkyren war, oder ob es einfach daran lag, dass Thyra mich nicht ausstehen konnte. Bisher hatte mich nämlich jede einzelne Valkyre, die ich kennengelernt hatte, freundlich aufgenommen – sogar Maeve, auch wenn sie eher eine Einzelgängerin zu sein schien. Aber Thyra? Die Nachfahrin des Donnergottes hatte von der ersten Sekunde an deutlich gemacht, was sie von mir hielt – nämlich überhaupt nichts.

»Wollt ihr eines Tages anfangen?« Sie klatschte mehrmals in die Hände. »Los jetzt!«

Zev und ich brachten uns in Position. Obwohl sich meine Arme nach dem stundenlangen Training schon ganz schwer anfühlten, hob ich sie schützend vor mich. In den ersten Sekunden umkreisten wir uns nur wie zwei Wölfe auf der Lauer, dann griff Zev als Erstes an und machte einen Schritt auf mich zu. Ich wich nach hinten aus, duckte mich unter seinem Arm hinweg und holte aus, um selbst zuzuschlagen, traf allerdings nur Luft.

»Schneller! Und denk an deine Beinarbeit!«, kommentierte Thyra, die nur wenige Meter von uns entfernt stand und den Kampf argwöhnisch beobachtete.

Ich tat, was sie verlangte – oder versuchte es zumindest, doch das hatte zur Folge, dass ich einen Moment lang nicht auf Zev achtete. Und das genügte. Seine Faust traf mich an derselben Stelle wie Thyras Kick wenige Minuten zuvor.

Die Wucht des Schlags presste jedes bisschen Luft aus meiner Lunge und ich sackte vornüber, als sich der Schmerz pochend in meinem Körper ausbreitete. Hastig richtete ich mich wieder auf und unterdrückte den Impuls, mir die Seite zu halten. Normalerweise würden meine Rippen morgen total grün und blau sein, aber ich hatte gelernt, dass in Valhalla alle Wunden zügig heilten. Nicht sofort und auch nicht schmerzfrei, denn das wäre zu schön gewesen. Aber sie heilten deutlich schneller als in der Welt der Menschen. Kein Wunder, dass die Helden, Heldinnen und Valkyren hier Tag ein, Tag aus trainieren konnten, ohne je eine Pause zu brauchen oder ernsthafte Verletzungen von den teilweise brutalen Übungskämpfen davonzutragen.

»Blair, wenn du so weitermachst, liegst du schneller mit dem Gesicht im Dreck, als du Valhalla sagen kannst.«

Ich biss die Zähne zusammen und versuchte, Thyra auszublenden. Wenn sie glaubte, ihre Sprüche würden mich anspornen, irrte sie sich gewaltig. Auch Zev reagierte nicht darauf, sondern behielt mich genau im Auge. Er täuschte eine Attacke an, ich wich instinktiv aus, nur um doch noch getroffen zu werden.

»Autsch!« Diesmal hielt ich mir die andere Seite. »Wie machst du das?«

Er zuckte lediglich mit den Schultern. »Du musst deinen Gegner beobachten und richtig einschätzen. Was wird er als Nächstes tun? Wie wird er reagieren?«

Ich gab ein ungläubiges Keuchen von mir. »Ich weiß nicht mal, was *ich* als Nächstes tun werde. Woher soll ich das bei anderen wissen?«

Ein lautes Blöken unterbrach uns und eine schwarze Ziege mit leuchtend gelben Augen kam angetrappelt. Wir hielten in unseren Bewegungen inne.

»Nicht jetzt, Heidrun.« Ungeduldig wedelte Thyra mit den Händen. »Ksch! Geh weg!«

Im Gegensatz zu allen anderen ließ sich Heidrun nicht sonderlich von Thyra beeindrucken. Sie trottete nur ein paar Meter weiter und begann dann, genüsslich das Gras an der Stelle zu fressen.

Aus dem Augenwinkel nahm ich eine Bewegung wahr und sprang zurück. Gerade rechtzeitig, sonst hätte Zev mich zu Boden befördert. Er bewegte sich unglaublich schnell. Jetzt warf er mir ein anerkennendes Grinsen zu. Eigentlich sollte er dadurch freundlicher wirken. Jungenhaft vielleicht. Doch bei ihm schien das Lächeln nur noch die Gefahr zu erhöhen, die von ihm ausging – und es machte ihn ziemlich attraktiv.

Allerdings übte er nicht mal mit diesem selbstbewussten Lächeln und ganz ohne Shirt die gleiche Wirkung auf mich aus wie Ryan. Nicht mal ansatzweise. Da war kein Kribbeln. Keine Wärme, die mir in die Wangen schoss. Gar nichts.

Allein beim Gedanken an meinen besten Freund zog sich mein Magen zusammen und meine Haut begann zu prickeln, obwohl ich jede Regung zu unterdrücken versuchte. Genau wie meine Erinnerung an seine letzten Worte. An unser letztes Gespräch. An den Kuss.

Zu einer anderen Zeit, an einem anderen Ort hätte das vielleicht der Beginn von etwas Neuem zwischen uns sein können. Von etwas, das auf unserer Freundschaft aufbaute, sie vertiefte und weiterentwickelte, wenn wir nächsten Sommer zusammen aufs College gingen. Doch jetzt ... jetzt schien nichts mehr davon übrig geblieben zu sein. Obwohl ich Ryan in regelmäßigen Abständen textete, hatte ich seit unserem Abschied in dem Guest House in Vancouver nichts mehr von ihm gehört. Jeden Abend nahm ich mir vor, nicht mehr ständig auf mein Handy zu schauen, und jeden Morgen verwarf ich diesen Vorsatz wieder, sah trotzdem nach – und wurde immer wieder enttäuscht, da er sich nicht bei mir gemeldet hatte.

Bisher hatte ich nicht den Mut aufgebracht, seine Mom anzurufen und nach ihm zu fragen. Ich wollte nicht, dass er

Ärger bekam oder dadurch eine seltsame Stimmung zwischen ihm und seiner Mutter herrschte. Oder dass sie sich noch mehr Sorgen um mich machte, als sie es wahrscheinlich ohnehin schon tat. Vor allem, da ich mich seit meiner Abreise auch bei ihr nicht mehr gemeldet hatte. Dabei wollte ich doch nur …

Schwer atmend wich ich Zevs Hieb aus und blockte den nächsten instinktiv ab.

Ich wollte einfach nur meinen besten Freund zurück. Den Menschen, dem ich alles anvertrauen konnte. Ich vermisste unsere Gespräche und die Zeiten, in denen wir einfach nur schweigend nebeneinander auf dem Dach gesessen und uns die Nordlichter angeschaut hatten, mehr als alles andere. Sogar mehr als meine Familie. Denn ich wusste, dass ich Mom und Fenja nie wiedersehen würde, auch wenn es noch so wehtat. Aber Ryan war da. Er war noch immer irgendwo dort draußen und … ignorierte mich einfach.

Wie konnte er das tun? Nach allem, was passiert war, nach allem, was wir zusammen erlebt hatten, warf er unsere Freundschaft einfach weg? Hatte dieser Kuss etwa alles zerstört? Hätte ich Ryan nicht bedrängen sollen? Aber *er* hatte *mich* geküsst, verdammt noch mal. Und nur weil ich – aus sehr guten Gründen! – nicht am Bahnhof aufgetaucht war, um mit ihm zurück nach Hause zu fahren, vergaß man doch nicht alles, was uns einmal verbunden hatte.

Aber was, wenn Ryan genau das tat? Wenn er mich einfach aus seinem Leben gestrichen hatte und ich ihn nie wiedersehen, nie wieder mit ihm sprechen, nie wieder etwas von ihm hören würde?

Die Furcht verkrampfte meinen Magen, gleichzeitig mischte sich eine unglaubliche Wut darunter. Wie konnte er das tun? Wie konnte er mich einfach so fallen lassen, als würde ich ihm nichts bedeuten? Ich würde ihm so etwas nicht antun. Niemals.

Als die Wut in mir explodierte, schaltete sie jeden Gedanken in meinem Kopf aus. Ich dachte nicht länger nach. Nahm nichts mehr von meiner Umgebung wahr. Ich holte mit der rechten Faust aus und ließ sie nach vorne schnellen, bis sie ihr Ziel traf. Zev stöhnte auf, dann sprang er zurück. Eine Sekunde zu spät. Ich hatte ihn bereits an der Schulter getroffen.

Ich blieb abrupt stehen. Blinzelte. Starrte ihn an. Ich hatte es geschafft. Ich hatte ihn zum ersten Mal erwischt.

»Nicht übel.« Zev rieb sich über die Schulter, die sich bereits rötlich verfärbte. »Aber bis du mich besiegen kannst, dauert es noch ein paar Jahrhunderte.«

Bei so viel Arroganz konnte ich nur amüsiert den Kopf schütteln – und weitermachen, denn Thyra gönnte uns trotz meines kleinen Siegs keine Pause.

KAPITEL 17

Erst später am Tag, als ich unter der Dusche stand und mir Schweiß, Dreck, Blut und Grasflecken vom Körper wusch, kam ich wieder etwas zur Ruhe. Mir tat zwar alles weh, dennoch merkte ich bereits die heilende Wirkung dieses Ortes. Morgen würde ich nichts mehr spüren, würde weiter trainieren und mich wieder von Thyra herumkommandieren lassen. Ayane war zwar die eigentliche Nachfahrin des Kriegsgottes, aber sie war gerade auf einer Mission und suchte nach Seelen für Valhalla. Kurz bevor sie gegangen war, hatte sie mir noch eine Tasche mit meinen Klamotten gebracht, die sie aus meinem alten Zimmer geholt hatte. Zusammen mit ein paar persönlichen Gegenständen, die ich unbedingt bei mir haben wollte. Mein Kissen und meine Bücher über Astronomie. Eine Packung meines Lieblingstees. Das letzte Gesteck, das Mom kurz vor der Reise angefertigt hatte. Eine CD mit Fenjas geliebter klassischer Musik. Ayane hatte mir all das gebracht, dann war sie in den Nordlichtern verschwunden. Seither hatte ich sie nicht mehr zu Gesicht bekommen.

Jetzt nahm ich einen schwarzen Rollkragenpullover, eine Jeans und Unterwäsche aus der Tasche und zog alles an. Ich bürstete mir das lange Haar, schlüpfte in meine Stiefel und machte mich auf den Weg zum Abendessen. Ich verließ das Haus, das sich selbst nach all den langen Tagen und Nächten gleichermaßen vertraut wie fremd anfühlte. Vielleicht, weil ich Moms Gegenwart in diesen Räumen spüren konnte, sie aber nie hier gesehen hatte oder mit ihr an diesem Ort gewesen war.

Jeder Tag in Valhalla war durchgetaktet: Nach dem Aufstehen ging ich zusammen mit Kari joggen – jedes Mal ein bisschen weiter und damit näher an die Berge. Anschließend standen Duschen, Frühstücken, das Kampftraining mit Thyra oder Ayane, Mittagessen, Kräftetraining mit Maeve, Geschichtsstunde mit Kendra und abschließend wieder eine Runde Kampftraining auf dem Plan. All das bis kurz vor dem Abendessen. Danach hatte ich frei und verbrachte die Zeit meistens damit, noch ein bisschen zu lesen, mit Zev alle möglichen Filme anzuschauen, um wenigstens ansatzweise so etwas wie Normalität zu haben, oder Kari bei der Arbeit im Garten neben dem Haus zu helfen. Als ich das erste Mal dort aufgetaucht war, hatte sie nur gelächelt und mir erklärt, dass meine Mutter viel Zeit hier verbracht hatte. Vielleicht fühlte ich mich ihr deshalb nicht nur in diesem Haus, sondern auch zwischen all den Blumen so verbunden.

Der Wind streifte mein feuchtes Haar, aber mir war nicht kalt. Obwohl wir in der normalen Welt tiefsten Winter hatten, herrschten hier stets angenehme Temperaturen. Nicht zu warm, aber auch nicht zu kalt. Und das selbst abends, wenn die Nacht hereinbrach, wobei es nie ganz dunkel wurde. Ich legte den Kopf in den Nacken und betrachtete die pinken, blauen und grünen Nordlichter am Himmel. Wie jedes Mal beschleunigte sich mein Herzschlag und ein Lächeln schlich sich auf mein Gesicht. Diesen Anblick würde ich nie überdrüssig werden. Nicht einmal in tausend Jahren.

Immer wieder fragte ich mich, wie es wäre, sich mit ihrer Hilfe fortbewegen zu können. Nicht, weil ich unbedingt von hier wegwollte, sondern um die wenigen Menschen wiederzusehen, die mir noch geblieben waren, allen voran Ryan und seine Mom. Allein beim Gedanken daran begann sich ein pochender Schmerz in meiner Brust auszubreiten.

Ich atmete tief durch, schob das Gefühl jedoch entschieden beiseite und setzte mich wieder in Bewegung. Auf dem Weg zur großen Halle, wo wir die Mahlzeiten einnahmen, machte ich einen großen Bogen um die Weltesche, aus der Ratatöskr gerade mit Nüssen nach ein paar Kriegern warf. Am Anfang hatte mich die schiere Masse an Leuten geradezu erschlagen, doch mit der Zeit hatte ich gelernt, damit umzugehen. Und einzelne Personen wiederzuerkennen.

Da gab es Feng, einen jungen Mann aus dem alten China, der einst in der kaiserlichen Armee gedient und einem Freund das Leben gerettet hatte, indem er sich selbst geopfert hatte. Diese Tat hatte ihm einen Platz in Valhalla beschert. Genauso wie William und Jeff, die wie Vater und Sohn wirkten und Kari zufolge erst seit wenigen Jahren hier weilten.

Ich nickte Salim zu, der mit einem Stapel Teller in den Armen vorbeieilte und dennoch die Zeit fand, mir ein fröhliches Lächeln zuzuwerfen. Kurz sah ich ihm nach und schlenderte dann weiter in Richtung der großen Halle, in der Tausende Personen Platz fanden.

Dabei kam ich auch an einer Gruppe Frauen vorbei, die noch immer trainierten und deren Kampfschreie über die ganze Ebene hallten. Shanti mit dem warmen Lächeln und dem zu einem langen Zopf geflochtenem schwarzen Haar, war eine von ihnen. Sie feuerte gerade die anderen an. Ich kannte ihre Geschichte nicht, wusste aber, wie hingebungsvoll sie sich um alle kümmerte und Wunden versorgte, auch wenn diese innerhalb kürzester Zeit von allein heilen würden. Aber sie schien einfach niemanden leiden sehen zu wollen, nicht einmal für ein paar Minuten.

Einen Moment lang blieb ich stehen und beobachtete die Heldinnen bei ihren Übungen. Jede von ihnen hatte ihren ganz eigenen Kampfstil und doch gab es Ähnlichkeiten, die vom selben Training herrührten. Außerdem trugen sie verschiedene Kleidung – von weiten und langen Gewändern, die aus einem anderen Jahrtausend zu stammen schienen, über Tuniken, Stolas, Verschleierungen, Mieder und Korsetts bis hin zu kurzen Röcken und Jeans, wie ich sie aus meinem eigenen Kleiderschrank kannte. Trotz ihrer unterschiedlichen

Herkunft und den Erfahrungen, die jeder Held und jede Heldin in Valhalla in ihrem oder seinem viel zu kurzen Leben gemacht hatte, herrschte Frieden, weil sie alle auf dasselbe Ziel hinarbeiteten. Weil *wir* dasselbe Ziel hatten.

Brianna, ein blondes Mädchen, das in meinem Alter zu sein schien, bemerkte mich jetzt und hob grüßend die Hand. Ich winkte ihr zu, ging dann jedoch weiter, um sie und die anderen nicht beim Training zu stören.

Ich erreichte die große Halle, deren Mauern aus Steinen und Holzbalken bestand, die so massiv waren, dass nichts sie zum Einstürzen bringen könnte. Das Dach hingegen war aus Glas, was es uns erlaubte, jeden Abend unter dem Sternenhimmel und im Schein der Nordlichter zu essen.

In der Halle war es bereits unsagbar laut. Ich schnappte mir einen Salatteller und steuerte einen der endlos langen Tische an, an den sich die ersten Valkyren, Krieger und Kriegerinnen bereits versammelt hatten. Auch hier wurden keine Unterschiede gemacht: Jeder konnte mit jedem zusammensitzen, völlig egal, ob Held oder Valkyre, woher man stammte, wie lange man schon hier, wie trainiert oder neu man war.

»Hey, da bist du ja«, begrüßte Ayane mich mit einem warmen Lächeln und deutete auf den freien Platz neben sich.

In der Halle wurde es durch die vielen Gespräche und die Musik, durch das Klappern von Besteck und Klirren von Geschirr immer lauter, aber es hing auch ein so herrlicher Duft in der Luft, dass mein Magen unwillkürlich knurrte.

Automatisch nahm ich den Platz neben Ayane und gegenüber von Kari ein. Meistens war auch Zev in der Nähe, doch von ihm war gerade weit und breit nichts zu sehen. Wahrscheinlich musste er sich noch von unserem Trainingskampf erholen. Oder Thyra hielt ihm eine Standpauke darüber, dass er mich nicht völlig fertiggemacht hatte.

»Alles in Ordnung?«, fragte Kari und trank einen Schluck ihres Weines. »Du bist ein bisschen blass um die Nase.«

»Ja.« Ich nickte und versuchte, nicht das Gesicht zu verziehen, weil meine Muskeln vor Erschöpfung noch immer wehtaten und ich die neuen Blutergüsse nur zu deutlich spüren konnte. »Alles bestens.«

Genüsslich schob ich mir eine Gabel voll Salat mit Ziegenkäse in den Mund und seufzte leise. Obwohl man hier so ziemlich alles bekam, was man sich wünschen konnte, waren Obst, Kräuter und Ziegenkäse ein wesentlicher Bestandteil fast aller Gerichte – und ich genoss jedes einzelne davon.

»Seit wann bist du eigentlich zurück?«, fragte ich Ayane.

»Erst seit gerade eben«, erwiderte sie und spießte ein Stück von ihrem Fisch auf.

»Lass mich raten«, warf Kari belustigt ein. »Bei deiner Familie in Kamakura gab es nichts zu essen?«

»Sehr witzig«, nuschelte Ayane und schluckte den Bissen runter.

»Hey, wenigstens hast du eine Familie, die ihre Ururururgroßmutter empfängt und mit Essen versorgt.«

»Du nicht?«, hakte ich nach.

Kari schauderte. »Mich fest an irgendeinen Kerl oder eine Frau binden? Kinder in die Welt setzen, wenn ich stattdessen doch die Welt bereisen kann? Nein, danke.«

Ayane schüttelte schmunzelnd den Kopf. »Die Jugend. Wenn du erst mal so viele Jahrhunderte erlebt hast wie ich …«

Kari wedelte mit der Hand und beugte sich über den Tisch verschwörerisch zu mir. »Ignorier sie. Ayane ist einfach zu sentimental. Genieß lieber dein Leben als Valkyre. Reise. Triff neue Leute. Verliebe dich. Entdecke die Welt und all das Wissen, das sie zu bieten hat. Dann kannst du dich immer noch niederlassen und deine eigene Dynastie gründen.« Kaum ausgesprochen, zuckte Kari zusammen und warf Ayane einen bitterbösen Blick zu. »Hast du mich gerade unterm Tisch getreten?«

Statt einer Antwort lächelte Ayane nur breit.

Ich beobachtete die beiden amüsiert. Obwohl sie rein äußerlich im selben Alter waren, schienen Jahre, wenn nicht sogar tatsächlich Jahrhunderte zwischen ihnen zu liegen. Interessant.

Während die beiden sich weiter kabbelten wie Schwestern, was mich auf bittersüße Weise an Fenja und mich selbst erinnerte, spielte Kari immer wieder mit dem Anhänger an ihrer Silberkette herum. Ein Anhänger, der mir schon vor einer ganzen Weile aufgefallen war und den sie nie abzunehmen schien.

»Was hat es eigentlich damit auf sich?«, fragte ich und deutete auf das Schmuckstück.

»Das?« Kari schielte an sich hinunter. »Das ist Gjallar.«

Langsam zog ich die Brauen hoch. »Du gibst deinem Schmuck Namen?«

Grinsend schüttelte sie den Kopf. »Gjallar war das Signalhorn von Heimdall, der Gottheit, der meine Vorfahrinnen und ich unsere Kräfte verdanken. Wir bewachen das Horn bis zu dem Tag, an dem wir es einsetzen müssen.«

»Lass mich raten«, murmelte ich trocken, da irgendwie alles auf diesen einen Moment hinauszulaufen schien. »Ragnarök.«

Sie nickte. »Sollte es je dazu kommen, wird Gjallar seine wahre Größe annehmen und du wirst das Signalhorn hören. Bis dahin ist es ein Erbstück – und mein Schmuck«, fügte sie gut gelaunt hinzu und schob sich einen Bissen in den Mund.

»Und wie wird es dazu kommen?«, bohrte ich nach, da wir dieses Thema in all den Unterrichts- und Trainingsstunden bisher ausgeklammert hatten.

Auch jetzt winkte Ayane nur ab. »Darüber musst du dir noch keine Gedanken machen. Wichtig ist jetzt nur, dass du an deinem Wissen und deinen Kräften arbeitest und dich ganz auf die Grundlagen konzentrierst.«

Ich wusste nicht, ob ich lachen, den Kopf schütteln oder die Augen verdrehen sollte. Wundern kam nicht mehr infrage, dafür hatte ich in Valhalla schon zu viel gesehen, angefangen bei einem mit Nüssen werfenden aggressiven Eichhörnchen bis hin zu einer Ziege, die Milch für eine ganze Armee gab. Ich brauchte keine logischen Erklärungen. Aber ich wollte durchaus mehr erfahren. Mehr als die Bruchstücke, die mir die anderen Valkyren hin und wieder zuwarfen. Denn wie sollte ich eine von ihnen werden, wenn sie mir die Wahrheit vorenthielten?

Nach dem Abendessen kehrte ich ins Haus meiner Mom, in *mein* Haus zurück, in Gedanken noch immer bei dem Gespräch mit Kari und Ayane. Es war zwar ganz nett zu wissen, dass uns quasi der Weltuntergang bevorstand, sobald irgendein Horn ertönte, aber das half mir auch nicht weiter. Wie sollte ich mich auf etwas vorbereiten, wenn ich nicht wusste, was passieren würde? Und das betraf nicht nur Ragnarök, sondern auch die Bedrohung durch die Diener des Chaos.

Als es klopfte, war ich noch immer in mein Gedankenkarussell vertieft, trotzdem schlurfte ich in den Eingangsbereich und öffnete die Tür.

Zev stand auf der anderen Seite, im Gegensatz zum Training vor ein paar Stunden vollständig angezogen und mit einem lässigen Lächeln auf den Lippen. Ein Lächeln, das nach und nach verblasste und von einem Stirnrunzeln ersetzt wurde, als er mich musterte.

»Kein Filmabend? Bist du etwa sauer, weil ich dich heute beim Training so fertiggemacht habe?«, fragte er und spazierte herein, als wäre er hier zu Hause.

Na gut, in Anbetracht dessen, wie viel Zeit er schon hier verbracht hatte, konnte man das sogar annehmen.

Seufzend schloss ich die Tür hinter ihm. »Nein, alles gut. Lass uns irgendwas anschauen.«

»Irgendwas?«, wiederholte er und warf sich aufs Sofa im Wohnzimmer. Sofort hatte er die Fernbedienung in der Hand und schaltete den Fernseher ein. »Begeisterung klingt anders.«

Ich ließ mich neben ihn fallen und streckte die Beine aus. »Ach, ich bin nur ein bisschen frustriert.«

Er warf mir einen interessierten Seitenblick zu. »Sexuell?«

Statt einer Antwort landete mein Ellbogen in seinen Rippen.

»Autsch!« Zev hielt sich die Seite, lachte aber auch auf. »Das ist so ziemlich das erste Mal, dass du mir ernsthaft wehgetan hast. Für den Kampf musst du noch ein bisschen üben.«

»Ha, ha«, machte ich und sprang auf, bevor der Film beginnen konnte. Ich wusste nicht mal, was er für heute Abend ausgesucht hatte, aber im Moment könnte mich das auch gar nicht weniger interessieren.

Zevs Blick folgte mir, während ich unruhig im Wohnzimmer auf und ab lief. »Okay, was ist los?«

»Sie trainieren mich, aber sie halten sich mit Infos zurück. Ist dir das mal aufgefallen?« Ich wirbelte zu ihm herum, erwartete aber keine Antwort darauf. »Ich weiß nicht mal, wer genau der Feind ist und warum die Gefahr so groß ist. Davon, mehr über Hel zu erfahren, ganz zu schweigen. Stattdessen lerne ich die ganze dämliche Geschichte auswendig und lasse mich von Thyra drillen. Dabei sollte ich doch mehr über Moms Kräfte … über *meine* Kräfte lernen. Und über die Bedrohungen da draußen.«

Zev betrachtete mich unbeeindruckt. »Warum gehst du dann nicht in die Bibliothek?«

»Weil ich … Sekunde mal.« Ich hielt inne und starrte ihn an. »Es gibt hier eine Bibliothek?«

»Zumindest so was in der Art. Was meinst du, wo ich die Aufzeichnungen über die Anhänger des Chaos gefunden habe, kurz nachdem wir uns kennengelernt haben?« Mit dem

Daumen deutete er hinter sich. »Ungefähr zwanzig Minuten in diese Richtung, am Ende des Tals und – hey! Gehst du jetzt etwa?«

»Sorry!« Ich war schon bei der Tür und riss sie auf. »Wir schauen den Film ein andermal.« Damit ließ ich ihn allein zurück und machte mich auf den Weg.

Es dauerte etwas länger als nur zwanzig Minuten, bis ich am anderen Rande der Siedlung ein Gebäude erreichte, das ich nie zuvor gesehen hatte. Es besaß nur ein Stockwerk und erstrahlte in verschiedenen Naturtönen. Die Mauern waren so hell wie das Gras, das tiefe Dach so grau wie die Berge in der Ferne. Auf den ersten Blick hätte man es sicher übersehen können, doch ich wurde fast schon magisch davon angezogen. Wie konnte es sein, dass mir niemand zuvor gesagt hatte, dass es eine Bibliothek gab?

Die Tür stand offen, aber ich konnte niemanden sehen oder hören. Kurz blickte ich mich um, dann betrat ich etwas zögerlich das Haus.

»Hallo?«, rief ich, doch meine Stimme verebbte schon bei der letzten Silbe. Von innen wirkte das Gebäude viel größer als von außen. Ich durchquerte den Eingangsbereich, kam in den Hauptraum – und blieb erstaunt stehen. Regale voller alter Bücher bildeten lange Reihen. An den Wänden hingen Gemälde und Wandteppiche, die uralt zu sein schienen. Sie zeigten epische Schlachten und wichtige Momente in der nordischen Mythologie. Auf einem davon war der einäugige Odin auf einem Pferd mit acht Beinen dargestellt. Auf einem anderen der Donnergott Thor mit seinem berühmten Hammer, der Blitz und Donner heraufbeschwor. Direkt daneben konnte ich ein Tier ausmachen, das auf die Entfernung ziemliche Ähnlichkeit mit der Ziege Heidrun hatte, die sich durch Valhallas Wiesen fraß. Ich wandte mich nach links, wo Runensteine aus dem Boden in die Höhe ragten und kleinere Gegenstände in Glaskästen ausgestellt waren.

Das sah nicht aus wie eine einfache Bibliothek, denn zusätzlich zu den Büchern gab es hier unzählige Vitrinen, Schränke und Artefakte. Das hier war der Ort, an dem das ganze Wissen Valhallas aufbewahrt wurde. Warum hatte mir vor Zev nie jemand davon erzählt?

Allein bei der Vorstellung, was ich hier alles herausfinden und lernen könnte, begann mein Puls zu hämmern. Noch schien ich allein zu sein, also ging ich weiter, schlenderte an den Regalen vorbei, fuhr mit den Fingern behutsam über die Buchrücken und blieb am anderen Ende des Raumes vor einigen Gemälden stehen. Die Valkyren in ihren schillernden Rüstungen. Der Legende nach spiegelte sich das Licht in ihren Rüstungen, wodurch die Nordlichter am Himmel entstanden, doch in Wahrheit trug niemand hier eine besondere Rüstung. Abgesehen von den Kriegern und Kriegerinnen vielleicht.

Dann war da noch ein Bild, das die pure Zerstörung zeigte. Eis und Feuer überall. Die riesige Midgardschlange umspannte die ganze Welt. Der Wolf Fenrir war dabei, sich aus seinen Ketten zu befreien und die Sonne zu verschlingen. Überall wurde gekämpft. Ganz unten am Boden genauso wie hoch oben in den Lüften. Das Ganze mutete wie eine Erzählung aus einer längst vergessenen Zeit an, gleichzeitig löste sie eine Gänsehaut auf meinen Armen aus, da ich nur zu genau wusste, was dieses Bild darstellen sollte: Ragnarök. Der Weltuntergang. Etwas, das uns eines fernen Tages bevorstand und vor dem uns Karis Horn warnen würde.

Schaudernd wandte ich mich ab und ging weiter, vorbei an einem Bild, das ebenfalls Fenrir zeigte. Man sah den großen schwarzen Wolf, der dem Gott des Kampfes Tyr die Hand abbiss, wie es die Mythologie bis heute erzählte. Danach war Fenrir in Ketten gelegt worden, weil die Götter Angst vor ihm hatten. Erst zu Ragnarök sollte er sich wieder davon befreien können. Bis dahin war er ein Gefangener.

Als Nächstes steuerte ich ein paar Regale an und zog nacheinander Bücher heraus. Alte Runenschriften, die ich nicht entziffern konnte. Geschichten und Gesänge über tapfere Helden. Noch mehr Legenden aus der nordischen Mythologie mit Namen, die ich nie zuvor gehört hatte. Aber nichts zum Gott des Chaos. Nichts zur herannahenden Bedrohung.

Ich schob eine Schublade zu, in der sich nur vergilbte Dokumente in unleserlicher Schrift befunden hatten, hob den Kopf – und erstarrte. Direkt über der Kommode hing ein Gemälde mit einer Frau darauf, die ich sofort erkannte – und das, ohne sie jemals zuvor gesehen zu haben. Bei der Frau auf der Leinwand handelte es sich um Hel. Die Todesgöttin. Sie saß auf einem Thron aus Knochen. Die eine Hälfte ihres Haares war schwarz, ihr Gesicht auf dieser Seite jung und wunderschön. Die andere Hälfte zeigte weißes Haar und das eingefallene, totenkopfartige Gesicht einer alten Frau. Ich streckte die Hand nach dem Portrait aus, wollte nur mit den Fingern über die raue Farbe streichen, als mich ein Geräusch zusammenzucken ließ. Aus dem Eingangsbereich vernahm ich Schritte.

»Das ist nicht so einfach«, ertönte eine weiche Stimme. »Bisher haben uns alle Hinweise in eine Sackgasse geführt. Aber du kennst Eirlys. Sie gibt nicht auf. Wenn jemand Virginas Nachfahrin aufspüren kann, dann ist sie das. Das ist ihr Spezialgebiet. Wäre sie damals in Vancouver gewesen, hätte sie auch Blair sofort als eine von uns erkannt.«

»Wir brauchen sie beide.« Die zweite Stimme gehörte Kendra. Diesen ruhigen, samtigen Klang hätte ich überall wiedererkannt. »Blair ebenso wie die Erbin von Virginias Kräften.«

»Damit wir wieder vollständig sind, ich weiß. Neun Valkyren. Eine unschlagbare Einheit. Aber manchmal frage ich mich …« Sie zögerte.

»Was?«

»Was Wahrheit und was nur Teil der Legende ist. Bis vor Kurzem waren wir sicher, dass wir unsterblich sind. Dass nichts und niemand uns töten kann. Dann ist das mit Virginia passiert. Und mit Reina.«

Bei der Erwähnung meiner Mutter verkrampfte sich mein Magen, dennoch näherte ich mich den Stimmen.

Ich wollte nicht lauschen, ich wollte nur … Okay, das war gelogen. Ich wollte hören, was sie zu sagen hatten. Was sie hier im Geheimen besprachen, das mit meiner Mutter zu tun hatte.

Vorsichtig drückte ich mich gegen eines der Regale neben

der Tür und konzentrierte mich auf das, worüber die beiden da redeten. Mittlerweile war ich mir sicher, dass es sich bei der zweiten Person ebenfalls um eine Valkyre handelte. Um welche genau, wusste ich allerdings immer noch nicht.

Kendras Seufzen drang zu mir durch. »Es gibt nur eine Erklärung dafür: Cyrus und die Anhänger des Chaos sind stärker geworden. *Er* ist stärker geworden. Und wir wissen immer noch nicht, wie sie das schaffen. Doch die Bedrohung wird von Tag zu Tag größer. Du spürst es auch, nicht wahr?«

»Wenn wir Virginias Nachfahrin nicht bald finden, sind wir geschwächt. Ein leichtes Ziel für den Feind.«

Der Feind? Meinten sie damit etwa den, von dem sie mir bisher kaum etwas erzählt hatten? Das Chaos und seine Diener, von denen Ling berichtet hatte, auch wenn sie damals in Rätseln gesprochen hatte? Aber wer waren diese Leute? Was wollten sie? Und wer war dieser Cyrus, den Kendra erwähnt hatte?

Ich drückte mich etwas stärker gegen das Regal, lehnte mich weiter vor, um jedes noch so leise gemurmelte Wort zu verstehen.

In diesem Moment drang ein lautes Knarzen von Holz durch den Raum, dicht gefolgt vom unverkennbar dumpfen Laut, als ein Buch zu Boden fiel. Dann ein zweites. Und noch ein drittes.

Ich kniff die Augen zusammen, zog den Kopf ein und versuchte, mich unsichtbar zu machen, doch dafür war es bereits zu spät. Ich hatte mich verraten. Mist.

Als ich die Augen wieder öffnete, stand Kendra vor mir

und überragte mich um einen Kopf. Sie hatte die Hände in die Hüften gestemmt und musterte mich mit hochgezogenen Brauen.

»Tut mir leid, ich wollte ni …«

»Schon gut«, unterbrach sie mich. »Du bist wissbegierig. Das ist eine gute Eigenschaft. Und du hast die Bibliothek gefunden.« Sie deutete um sich.

Ich folgte ihrem Blick über die Bücher, Wandbehänge, Gemälde und Vitrinen. Auf mich wirkte das Haus eher wie ein halbes Museum – auch weil der Wandschmuck mit Sicherheit ebenso viel zu erzählen hatte wie die Artefakte und die dicken Wälzer in den Regalen.

Die Valkyre hinter Kendra hob die heruntergefallenen Bücher auf und sortierte sie neu ein. Sie hatte langes rostbraunes Haar, das selbst im fahlen Licht der Deckenlampe glänzte, und das ihr trotz geflochtenem Zopf bis zu den Oberschenkeln reichte. Dazu die grünsten Augen, die ich je gesehen hatte, und eine makellose, goldschimmernde Haut. Ihre Figur wirkte, als wäre sie einem Gemälde Botticellis entsprungen – weich, kurvig, weiblich. Wenn Ayane wie eine Herrscherin aus dem alten Japan anmutete, dann könnte sie dem legendären Ägypten der Pharaonen entsprungen sein. Sie war fast zu schön, um sie anzusehen, und jetzt fiel mir auch wieder ein, warum: Das hier war Cleo, die Nachfahrin Freyas, der nordischen Göttin der Schönheit, der Liebe und des Kampfes. Wenn man genau darüber nachdachte, hatte es bei den alten Germanen und Wikinger ganz schön viele kriegerische Gottheiten gegeben.

Aber Cleo war auch die Künstlerin, die die wunderschönen Landschaftsgemälde erschaffen hatte, die bei uns daheim, hier in meinem Haus und im Institut in Vancouver hingen.

»Ich wollte nicht lauschen«, behauptete ich, auch wenn das nur halb der Wahrheit entsprach. »Aber ich war schon hier, als ihr hereingekommen seid, und …« Ich zuckte mit den Schultern.

Kendra und Cleo wechselten einen Blick.

»Du hast gehört, was wir gesagt haben«, schlussfolgerte Cleo. Sie hatte eine sanfte Stimme und ich konnte mir nur zu gut vorstellen, wie sie klingen würde, wenn sie sich dazu entschloss, zu singen. Wahrscheinlich könnte sie damit alle in Trance versetzen.

»Ihr wart nicht wirklich zu überhören«, gab ich zu. Ich warf einen letzten Blick auf das Portrait von Hel. »Was meint ihr damit, dass wir ohne Virginias Nachfahrin geschwächt sind?«

Wieder diese kurze wortlose Verständigung. Ein unmerkliches Nicken. Dann wandte sich Kendra an mich und mein Blick glitt automatisch zu ihren Augen. Augen, die so unterschiedlich waren. Während das rechte normal aussah, wirkte das linke trüb und beinahe … beinahe wie das von Odin auf diesem Gemälde, das ich gerade gesehen hatte. War das etwa ein Erbe Odins, das sich in ihr zeigte? So wie sich Freyas Schönheit in Cleo manifestierte? Würde ich eines Tages die Todesgöttin widerspiegeln? Halb jung, halb alt und verwesend? Allein beim Gedanken daran stellten sich die Härchen auf meinen Armen auf, doch dann erinnerte ich mich daran, dass meine Mutter nichts von diesen seltsamen Anzeichen aufgewiesen hatte. Sie war einfach nur … Mom gewesen.

»Du weißt bereits, dass es seit jeher neun Valkyren gab«, begann Kendra und lehnte sich mit verschränkten Armen an die Wand neben der Tür. »Neun Valkyren, die die Seelen gefallener Helden einsammeln und nach Valhalla bringen. Die Seelen jener, die durch ein Unglück, durch Krankheit oder im hohen Alter gestorben sind, gehen automatisch an Hel.«

»Und auf jene, die ertrunken sind, hat den Mythen zufolge die Meeresgöttin Rán Anspruch erhoben«, warf Cleo ein. Sie stand vor einem Glaskasten und betrachtete den Inhalt mit einer Mischung aus Ehrfurcht und Wehmut im Gesicht.

Kendra nickte ihr zu. »Vor langer, langer Zeit gab es einen Kampf zwischen den Göttern. Vidar, der über das Chaos herrschte und gerade erst seinen Bruder verloren hatte, lehnte sich gegen die anderen Götter auf. Irgendwie gelang es ihm, sie zu besiegen, und das Götterreich Asgard verschwand ebenso wie die verschiedenen Welten, bis nur noch Helheim, das Reich der Toten, und die Menschenwelt Midgard übrigblieben. Und Valhalla. Die letzte Festung der Menschheit.«

Ich runzelte die Stirn. »Aber … wie? Und warum?«

»Die Überlieferungen dazu sind nur schwer zu deuten. Manche glauben, Vidar hätte sich an den anderen Göttern für den Tod seines Bruders rächen wollen und hätte sie getötet. Andere Quellen weisen darauf hin, dass die Götter sich nur zurückgezogen haben, um neue Kraft für die alles entscheidende Schlacht am Tag von Ragnarök zu sammeln. Was es auch war, die Götter verschwanden, und es heißt, der Fenrirwolf, den sie einst gefesselt haben, sei ihre einzige verbliebene Verbindung zur Menschenwelt. Wenn sich der Wolf an Ragnarök von seinen Fesseln befreit und dennoch besiegt wird, können auch die Götter zurückkehren. Doch für Vidar war das nicht genug.«

»Vidar ist der Gott des Chaos, richtig? Der Einzige, der diesen Krieg überlebt hat?«

Wieder ein Nicken. »So wie es für den Tod und für das Leben Götter gab, so gibt es auch einen für das Chaos. Und er hat nie aufgehört, Anhänger um sich herum zu scharen.«

»Vidars Diener sind überall«, kam es von Cleo. »Sie werden immer mehr und von Tag zu Tag stärker.«

»Die dunkle Gestalt, die ich an der Unfallstelle und dann noch mal in Vancouver gesehen habe«, begann ich und blickte zwischen den beiden hin und her. »Das war keine Einbildung, nicht wahr? Das war einer von ihnen. Ein Diener des Chaos.«

»Richtig. Das war Cyrus – ihr Anführer. Der älteste und mächtigste von ihnen. Diese Leute sind gefährlich, Blair.« Kendra stieß sich von der Wand ab und kam direkt auf mich zu. »Aber das ist nicht mal das Schlimmste. Denn mittlerweile sind sie nicht nur stärker geworden, sondern haben einen Weg gefunden, uns zu töten. Sie wollen die Macht der Valkyren auslöschen und Valhalla einnehmen.«

»Aber … warum?«

»Ragnarök«, antworteten beide gleichzeitig.

»Ragnarök?«, wiederholte ich und erinnerte mich daran, dass Ling etwas Ähnliches gesagt hatte. »Sie wollen das Ende der Welt herbeiführen?«

Ein trauriges Lächeln umspielte Kendras Lippen. »Wir sehen es als das Ende, sie hingegen als einen Neuanfang und als das Schicksal der Götter. Für uns ist es die letzte Schlacht, der Moment, für den wir trainieren und auf den alles hinausläuft. Es ist unsere Pflicht, die Menschen zu beschützen, denn Ragnarök bedeutet auch die Zerstörung von allem, was wir lieben. Die Welt, wie wir sie kennen, wird es nicht mehr geben.«

»Was ist mit Hel?«, fragte ich und sah zu dem Gemälde hinten im Raum zurück. »Ihr habt gesagt, die Götter wären verschwunden. Gilt das auch für sie?«

Cleo zog die schmalen Brauen in die Höhe und musterte mich erstaunt. »Hel ist seit jeher in Helheim, wo sie über die Seelen der Verstorbenen herrscht. Das ist der natürliche Lauf der Dinge. Die Schlacht zwischen Vidar und den restlichen Göttern hat sie nicht betroffen. Außerdem … wo sollten die Seelen der normalen Menschen hin, wenn nicht nach Helheim?«

»Vielleicht können sie nicht mehr dorthin«, murmelte ich, während es in meinem Kopf arbeitete. Es war, als hätte ich lauter Puzzleteile, die kein ganzes Bild ergaben, weil noch Stücke fehlten. Doch das, was sich bereits zeigte, ließ mich schaudern. »Als sich meine Kräfte auf diesem Häuserdach gezeigt haben, da habe ich einen Diener des Chaos getötet. Ich habe seine Seele aus seinem Körper gerissen.«

»Deine Mutter hatte dieselbe Fähigkeit«, bestätigte Kendra. »Was auch der Grund dafür ist, dass wir dich so hart trainieren, Blair, und versuchen, dich nicht mit dem Wissen um die aktuelle Situation zu belasten. Reina hatte Jahrhunderte, um ihre Fähigkeiten zu erlernen, aber dir bleibt nicht so viel Zeit. Deine Magie ist unheimlich wertvoll. Sie ist einzigartig.«

Ich schüttelte den Kopf, noch während sie redete. »Aber das ist sie nicht. Bevor Zev und ich auf dem Hausdach ankamen, waren wir direkt am Unfallort, und die Seele der toten Frau hat sich nicht auf den Weg nach Helheim gemacht. Der Anhänger des Chaos hat sie mitgenommen.«

Kendras Miene wurde plötzlich sehr ernst. »Willst du damit etwa andeuten, dass unsere Feinde einen Weg gefunden haben, die Seelen ganz normaler Menschen an sich zu binden? Seelen, die eigentlich nach Helheim übergehen sollten?«

»Das könnte erklären, wie sie so stark werden konnten«, überlegte Cleo laut. »Stark genug, um sogar eine Valkyre zu töten.«

»Warum hast du uns das mit der Seele nicht sofort erzählt?«, wollte Kendra wissen.

Abwehrend zog ich die Schultern hoch. »Ich habe nicht mehr daran gedacht. Wir haben nur über mich und Mom und meine Kräfte geredet. Alles war neu. Plötzlich ging es nicht mehr darum, wie Mom und Fenja gestorben sind …« Ich schluckte hart und musste gegen die aufsteigende Übelkeit ankämpfen. Denn da draußen lief nicht nur ein Mörder herum, der bereits zwei Valkyren auf dem Gewissen hatte. Cyrus und seine Leute schienen im Begriff zu sein, alle Verstorbenen davon abzuhalten, in Helheim ihren Frieden zu finden, und banden ihre Seelen stattdessen an sich, was sie von Tag zu Tag mächtiger machte. Geradezu unbesiegbar. Falls die Anhänger des Chaos das nicht schon längst waren.

KAPITEL 18

Als ich später im Bett lag, wanderten meine Gedanken immer wieder zu dem Gespräch mit Kendra und Cleo zurück und kreisten um alles, was ich erfahren hatte, seit ich in Vancouver angekommen war. Von den Valkyren. Über Vidar, den Herrscher über das Chaos. Cyrus. Hel. Ragnarök. Bis an Schlaf nicht mehr zu denken war.

Glaubten Cyrus und die Anhänger des Chaos wirklich, die Valkyren und damit auch Valhalla zerstören zu können? Ich schnaubte leise. Falsche Frage. Sie arbeiteten bereits daran, schließlich waren sie für Moms und Fenjas Tod verantwortlich – und allem Anschein nach auch für den von Virginia.

Je mehr ich darüber nachdachte, desto deutlicher erinnerte

ich mich an die Geschehnisse an der Unfallstelle und später auf dem Häuserdach in Vancouver. Daran, wie ich geglaubt hatte, den Mörder meiner Mom und meiner Schwester gefunden zu haben, nur um dann festzustellen, dass ich mich geirrt hatte. Denn der wahre Mörder, der Mann, der für den Autounfall verantwortlich gewesen war, hatte sich erst auf dem Hochhausdach blicken lassen und mich dort wiedererkannt. Und dann hatte er die Seele der unschuldigen Frau sowie des toten Chaos-Anhängers an sich gerissen und war verschwunden, bevor Zev oder ich eingreifen konnten. Bisher war all das durch den Schock über meine Kräfte und all die neuen Eindrücke in Valhalla untergegangen, doch nun trat es immer deutlicher in den Vordergrund und ließ kaum noch einen Zweifel übrig. Seufzend drehtte ich mich auf die Seite und zog die Decke hoch. Cyrus hatte den Autounfall verursacht. Er war derjenige, der Mom und Fenja getötet hatte. Und auch derjenige, der die Seele dieser armen Frau in Vancouver an sich gekettet hatte. Wenn ich verhindern wollte, dass er noch mehr Schaden anrichtete, musste ich ihn aufspüren. Doch die anderen Valkyren konnte ich schlecht nach seinem Aufenthaltsort fragen. Mal ganz davon abgesehen, dass sie ihn mit Sicherheit nicht kannten, würden sie mein Vorhaben nie gutheißen.

Allerdings gab es da noch eine andere Person, die alle Antworten zu kennen schien, selbst wenn sie in Rätseln sprach. Eine Person, die mir mit Sicherheit dabei helfen konnte, mehr zu erfahren und Cyrus' Aufenthaltsort zu finden. Wenn ich den kannte, konnte ich den anderen Valkyren immer noch Bescheid geben.

Als sich der Horizont im Osten zu einem flammenden Goldrot verfärbte, wusste ich, was ich zu tun hatte. Ich warf die Decke zur Seite und stand auf. Mittlerweile kannte ich mich hier bestens aus, sodass ich kein Licht einschaltete, als ich mich anzog, in meine Stiefel und meine Jacke schlüpfte, mir das Haar zu einem hohen Pferdeschwanz zusammenband und das Haus noch im Morgengrauen verließ. Nicht, um wie an jedem anderen Tag mit Kari joggen zu gehen, und auch nicht, um an Thyras Kampftraining teilzunehmen. Heute würde mich mein Weg woanders hinführen.

Es war ungewohnt still in Valhalla, als ich an den einzelnen Gebäuden vorbeimarschierte. Die ersten Kriegerinnen und Krieger mochten schon wach und bei ihren Übungskämpfen sein, doch die meisten schliefen noch. Mit etwas Glück würde niemand erfahren, dass ich weg war, wenn es mir nur gelang, schnell genug zurück zu sein, um meinem üblichen Tagesablauf zu folgen.

Nach wenigen Minuten erreichte ich die Weltesche und blieb davor stehen. Ich musste den Kopf weit in den Nacken legen, um bis ganz hinaufzusehen. Tau glitzerte an den Zweigen und den bunten Blättern. Vereinzeltes Rascheln war zu hören. Womöglich waren es Vögel, vielleicht aber auch Ratatöskr, das wilde Eichhörnchen, das in den frühen Morgenstunden Munition sammelte, um jeden, der vorbeilief, mit Nüssen zu attackieren.

Ich holte tief Luft und schloss die Augen, dann legte ich die Hand an den Stamm – und hoffte inständig, dass es funktionierte. Beim ersten Mal hatte mich Ayane mitgenommen und ich hatte nichts weiter tun müssen. Diesmal musste ich es allein schaffen, die Verbindung zwischen den Welten mit Hilfe des Baums herzustellen, um in meine eigene zurückzukehren. Zurück nach Vancouver. Zurück in die Realität.

Ich wollte unbedingt noch mal mit Ling sprechen. Sie schien mehr zu wissen, als sie preisgab, und sie hatte mich schon vor dem Chaos und vor Ragnarök gewarnt, als die anderen Valkyren noch der festen Überzeugung gewesen waren, dass ich keine von ihnen war. Und jetzt brauchte ich genau dieses Wissen von Ling, um zu begreifen, was hier passierte. Um handeln zu können.

Die Rinde fühlte sich rau und warm unter meinen Fingerspitzen an, beinahe pulsierend, als könnte ich das Leben spüren, das durch jede einzelne Faser floss. In meinem Kopf konnte ich sie sogar sehen. Ich konnte bis in die höchsten Zweige hinaufblicken und tief hinunter zu den dunkelsten Wurzeln. Und irgendwo dazwischen lag mein Zuhause.

Die Welt um mich herum begann zu schwanken, aber ich kniff die Augen fest zusammen und drückte die Hand gegen den Stamm. Ein, zwei Herzschläge lang schien es, als würde ich den Boden unter den Füßen verlieren, während regenbogenartige Lichter vor meinen geschlossenen Lidern vorbeizogen, dann stand ich plötzlich wieder auf festem Untergrund.

Ich öffnete die Augen – und fand mich auf dem Dach des Bestattungsinstituts wieder. Ein eisiger Wind peitschte mir eine einzelne Haarsträhne ins Gesicht, die ich automatisch hinters Ohr schob. Ich blinzelte, doch auch nach ein paar Sekunden blieb das Bild dasselbe: schneebedeckte Gebäude und dicke Flocken, die vom Himmel herabsegelten. Ich hatte es geschafft. Ich war zurück.

Ein ungläubiges Lachen kitzelte in meiner Kehle, aber ich konnte es unterdrücken. Nicht jedoch das Lächeln, das sich auf meine Lippen schlich, während ich durch den Schnee zur Tür stapfte und die ersten Stufen nach unten nahm. Der Weg hierher war ganz leicht gewesen. Wenn es auch so einfach war, die Nordlichter als Transportmittel zu benutzen, dann konnte ich es gar nicht erwarten, es endlich auszuprobieren und meine erste Mission anzutreten. Meinen ersten Helden nach Valhalla zu bringen. Falls es Valhalla so lange noch geben würde …

Dieser Gedanke dämpfte meine Freude, während ich weiter hinunterging und das richtige Stockwerk suchte, um zu Ling zu gelangen. Es dauerte ein bisschen, da ich zwei Mal falsch abbog und dann noch Mitarbeitern aus dem Weg ging, die gerade erst im Büro ankamen und mir seltsame Blicke zuwarfen. Wahrscheinlich waren sie die Anwesenheit von Kendra, Ayane und den anderen Valkyren gewöhnt, mich kannten sie hingegen nicht. Allerdings hielten sie mich auch nicht auf.

Ich nickte freundlich und sah zu, dass ich schleunigst weiterkam. Als ich endlich wieder vor der Stahltür stand, sackten meine Schultern vor Erleichterung herab. Doch als ich die Hand anhob, um zu klopfen, zerschnitt ein Vibrieren die Stille im Flur wie eine Kettensäge.

Ich erstarrte. Mein Herz begann zu rasen, noch bevor ich mein Handy hervorgezogen hatte. Noch bevor ich das Display einschaltete. Noch bevor ich die Nachricht las, auf die ich seit einer Ewigkeit gewartet hatte.

Können wir uns treffen? Ich muss dringend mit dir reden.

Keine Smileys. Keine Gründe, warum Ryan ausgerechnet jetzt unbedingt mit mir reden wollte. Keine Entschuldigung, dass er mich so lange angeschwiegen hatte. Nur diese beiden Sätze. Aber sie genügten, dass meine Knie viel zu weich wurden und ich mich gegen die Wand neben der Tür lehnen musste.

Sekundenlang starrte ich nur auf die Mitteilung und nagte an meiner Unterlippe. Wollte ich ihn treffen und mit ihm sprechen? *Sollte* ich es? Was sollte ich ihm sagen? Dass ich wer weiß wie viel Zeit in Valhalla bei Valkyren und den Seelen toter Heldinnen und Helden verbracht hatte, die mich ausbildeten? Klang mega realistisch. Außerdem könnte es gut sein, dass ich Ryan in Gefahr brachte, wenn ich ihm davon erzählte. Die Anhänger des Chaos hatten bereits zwei Valkyren ermordet. Was würde sie davon abhalten, das gleiche mit Ryan zu tun? Er war schließlich nur ein ganz normaler Mensch.

Verdammt. Ich wollte ihn sehen, wollte endlich meinen besten Freund wiederhaben, aber ich konnte ihn auch nicht einer solchen Gefahr aussetzen. Wenn ihm meinetwegen etwas zustieß, würde ich mir das niemals verzeihen.

Bitte, Blair.

Als die nächste Textnachricht eintraf, verfluchte ich Ryan in Gedanken. Wie sollte ich denn jetzt noch ablehnen? Vielleicht … wenn wir uns nur ganz kurz trafen und niemand etwas davon erfuhr, dann würde ich ihn damit auch nicht in Gefahr bringen. Oder?

Gott, ich konnte nur hoffen, dass ich das Richtige tat, denn meine Finger tippten bereits eine Antwort und ich fragte ihn nach Ort und Zeitpunkt.

Die Reaktion kam nur wenige Sekunden später: Jetzt. Wie es aussah, war Ryan nach Vancouver zurückgekehrt – oder hatte die Stadt nie verlassen.

Ich sah zurück zu der verschlossenen Stahltür, sicher, dass sich dahinter die Antworten auf all meine Fragen verbargen. Aber Ling würde später auch noch da sein – Ryan höchstwahrscheinlich nicht. Also stieß ich mich von der Wand ab, nahm den Fahrstuhl nach unten und verließ wenig später zum ersten Mal nach all dieser Zeit das Bestattungsinstitut. Zum ersten Mal in dem Wissen, selbst eine Valkyre zu sein.

KAPITEL 19

Mein Herz hatte in der Sekunde wie verrückt zu hämmern begonnen, als Ryans Nachricht auf meinem Handy eingegangen war – und hatte seither nicht mehr damit aufgehört. Es schlug mir auch eine halbe Stunde später noch bis zum Hals, als ich den Park in der Nähe des Hauptbahnhofes betrat, in dem wir uns treffen wollten.

Schnee knirschte unter meinen Stiefeln und lag in einer dicken Schicht auf den Wegen, den Grünflächen, Bänken und Bäumen. Falls es hier Blumenbeete gab, waren diese bereits unter der weißen Masse verschwunden, die selbst im fahlen Licht des Morgengrauens schimmerte. Ich schob die Hände tiefer in meine Taschen und zog die Schultern hoch, um mich gegen den schneidenden Wind zu schützen. Als ich das letzte Mal in Vancouver gewesen war, hatten noch nicht so eisige Temperaturen geherrscht. Wie viele Wochen waren seitdem vergangen? Hatte ich mehr Zeit in Valhalla verbracht, als mir bisher bewusst gewesen war?

Ich blieb in der Nähe des Eingangs stehen und sah mich um. Es war noch früh am Morgen und kaum jemand war unterwegs. Ein paar Autos fuhren vorbei, im Park selbst entdeckte ich zwei Jogger mit Mütze und Kopfhörern, dann noch einen Hundebesitzer, der mit seinem Labrador spazieren ging. Abgesehen davon war es völlig ruhig.

Meine Gedanken wanderten zurück zu dem Gespräch am Vorabend mit Kendra und Cleo. Dann zu Ling. Ich wollte sie noch immer unbedingt aufsuchen, aber das musste warten. Erst wollte ich Ryan sehen und mir versichern, dass zwischen uns alles in Ordnung war. Trotz Funkstille. Trotz Kuss …

Der Schnee knirschte hinter mir. Im ersten Moment erstarrte ich, dann drehte ich mich langsam zum Eingangstor um.

Ryan sah noch genauso aus, wie ich ihn in Erinnerung hatte, und doch … anders. Irgendetwas war anders an ihm, auch wenn ich es nicht sofort ausmachen konnte. Seine goldbraunen Haare waren genauso zerzaust wie früher, als wäre er sich mehrmals mit den Fingern hindurchgefahren. Das Funkeln in seinen graublauen Augen war noch dasselbe, genau wie sein Lächeln – und die Wirkung, die diese Kombination auf mich hatte. Aber …

Als sich unsere Blicke trafen, machte mein Magen einen

aufgeregten Hüpfer. Ich war noch genauso machtlos gegen seine Wirkung auf mich wie früher – und irgendwie war es fast ein wenig beruhigend, dass sich manche Dinge scheinbar nie änderten. Genau wie die Gefühle, die ich für meinen besten Freund empfand und die nicht einmal Valkyren, Valhalla oder die Gefahr durch Ragnarök auslöschen konnten. Was mich bisher immer nur verwirrt hatte, wurde nun zu meinem Ruhepunkt. Wie ein Anker in diesem Sturm, zu dem sich mein Leben entwickelt hatte.

Ryan blieb nur einen Schritt von mir entfernt stehen und zog die Hände aus den Taschen seines Mantels. »Hey …«, begrüßte er mich und klang dabei ein bisschen rau.

Ich befeuchtete mir die Lippen. »Hey.«

Sekunden tickten vorbei. Sekunden, in denen sich keiner von uns rührte oder etwas sagte. Und dann … dann lag ich auf einmal in seinen Armen, grub die Finger in den Stoff seines Mantels und atmete tief den vertrauten Duft ein. Ich hatte keine Ahnung, wer von uns den ersten Schritt gemacht hatte, aber das war egal. Er war hier. Wir waren beide hier und es ging uns gut. Es ging unserer Freundschaft gut. Das war das Einzige, was im Augenblick zählte.

»Alles okay bei dir?« Seine Lippen streiften mein Haar beim Sprechen.

Ich nickte nur, da ich kein Wort hervorbrachte.

»Ich hab etwas für dich.«

Ich blinzelte überrascht, als er sich ein Stück von mir löste und einen Thermobecher aus einer Umhängetasche zog, die ich bisher gar nicht bemerkt hatte. Selbst ohne den Deckel abzumachen und nachzuschauen wusste ich, dass es sich um grünen Tee handelte. Er hatte ihn mir mitgebracht wie schon so viele Male zuvor, wenn wir uns frühmorgens oder mitten in der Nacht zusammen die Nordlichter angeschaut hatten. Bei der Erinnerung daran und dieser liebevollen Geste konnte ich gar nicht anders, als zu lächeln.

»Danke.« Ich legte die kalten Hände um den Becher und wärmte sie daran.

Doch Ryan erwiderte mein Lächeln nicht. »Es tut mir leid, Blair …«

»Was? Nein. Mir tut es leid!«, widersprach ich sofort. »Ich hätte Bescheid geben sollen, dass ich es nicht rechtzeitig schaffe. Ich wollte mit dir zurück nach Hause fahren, das wollte ich wirklich, aber ich … es … es ist etwas dazwischengekommen und dann …«

»Dann habe ich mich drei Wochen lang nicht bei dir gemeldet«, beendete er meinen Satz und fuhr sich mit den Fingern durchs Haar. »Genau.«

»Drei Wochen?«, wiederholte ich ungläubig.

Er runzelte die Stirn und betrachtete mich besorgt.

»Ich … es ist nur …«, begann ich und suchte panisch nach den richtigen Worten. Himmel, ich war echt nicht gut darin, ihm etwas vorzumachen. Aber was sollte ich ihm auch sagen? Die Wahrheit? Ha! Sicher nicht.

»Ich weiß es.«

Diesmal war ich diejenige, die die Stirn runzelte. »Du weißt … was?«

Er sah kurz zur Seite und atmete tief durch, ganz so, als

würde er mit sich kämpfen oder sich innerlich wappnen, dann wandte er sich mir wieder direkt zu. »Ich weiß, wer du bist, Blair. *Was* du bist.«

Ich starrte ihn noch immer an, auch wenn mein Herz diesmal aus ganz anderen Gründen lospolterte.

»Du bist eine Valkyre. Eine der Neun. Deine Mom war eine und deine Schwester … Fenja hätte die nächste werden sollen.«

Ich musste unter Schock stehen, denn ich war nicht dazu in der Lage, auf seine Worte zu reagieren. Ich konnte nichts sagen, mich nicht bewegen, nicht einmal einen klaren Gedanken zustande bringen. Wahrscheinlich blinzelte ich nicht mal mehr. Hielt ich den Thermobecher überhaupt noch fest oder hatte ich ihn fallen gelassen?

Und dann explodierten die Fragen in meinem Kopf. Wie war das möglich? Woher wusste er davon? Ja, vielleicht hatte er über die Jahre etwas von Mom mitbekommen, schließlich hatte sie kein Geheimnis aus dem Training gemacht, dem sie ihre Töchter unterzog – aber so spezifisch? Nicht einmal die Mythen waren sich einig darüber, dass es seit Anbeginn der Zeit exakt neun Valkyren gegeben hatte – oder eher: geben musste, um gegen die Mächte des Chaos bestehen zu können. Die Einzigen, die sonst darüber Bescheid zu wissen schienen, waren die Valkyren selbst, die Kriegerinnen und Krieger Valhallas, Ling und die Empfangsdame Samantha. Vielleicht noch ein paar Mitarbeiter des Bestattungsinstituts und außerdem natürlich … die Anhänger des Chaos. Vidars Anhänger.

»Nein …«, hauchte ich, als es mir plötzlich klar wurde.

Allein bei der bloßen Vorstellung breitete sich Übelkeit in mir aus. »Du bist …« Ich wollte es nicht wahrhaben, wehrte mich mit aller Macht dagegen, aber die Worte waren nicht aufzuhalten. »Du gehörst zu ihnen, oder? Zu den Dienern des Chaos. Du bist einer von ihnen.«

Ryan schwieg, doch der Schmerz in seinen Augen, die Schuldgefühle darin waren Antwort genug.

»Nein«, wiederholte ich eine Spur lauter und schüttelte den Kopf, als könnte ich es damit ungeschehen machen. »Sag, dass das nicht wahr ist. Bitte sag, dass …«

»Blair«, unterbrach er mich und machte einen Schritt auf mich zu, hielt jedoch inne, als ich sofort vor ihm zurückwich. »Es tut mir leid. Du glaubst gar nicht, wie leid es mir tut.«

Der Wind strich mir übers Gesicht, aber ich spürte die beißende Kälte nicht mehr. Zwischen uns lag der Thermobecher, den er mir mitgebracht hatte, und der heiße Tee versickerte im Schnee. Unbewusst ballte ich die Hände zu Fäusten, so fest, dass meine Arme zu zittern begannen. Ich wollte es nicht wahrhaben, wollte die letzten Minuten aus meinem Gedächtnis löschen und die Zeit zurückdrehen. Das konnte nicht wahr sein. Nicht er. Nicht Ryan. Nicht mein bester Freund, der in den schlimmsten und den schönsten Momenten bei mir und stets an meiner Seite gewesen war. Nicht der Junge, in den ich mich so unmerklich verliebt hatte, dass es längst zu spät gewesen war, als ich es schließlich gemerkt hatte.

Meine Augen brannten und ich blinzelte gegen die aufsteigenden Tränen an. Auf keinen Fall würde ich jetzt weinen. Denn wenn ich es tat, wenn ich auch nur eine einzige Träne vergoss, würde ich zusammenbrechen. Und das konnte ich nicht zulassen. Zum ersten Mal in meinem Leben konnte ich bei dem Menschen nicht ich selbst sein, bei dem ich es bisher immer gekonnt hatte.

Ich hatte mich geirrt. An jenem schrecklichen Tag hatte ich nicht nur Mom und Fenja verloren. Ich hatte auch Ryan verloren.

»Seit wann?« Meine Stimme klang emotionslos und gepresst und so gar nicht nach mir.

Irritiert zog er die Brauen hoch. »Seit wann … was?«

Ich zwang mich dazu, ihm in die Augen zu sehen. In das Gesicht, das mir so vertraut war, dass es wehtat. »Wie lange weißt du es schon?«

Ryan wich meinem Blick aus und kurz glaubte ich, dass er nicht darauf antworten würde. Dann tat er es – und zerstörte damit meine ganze verdammte Welt ein zweites Mal. »Seit dem Autounfall.«

»An der Unfallstelle … Du hast ihn auch gesehen, nicht wahr? Du hast ihn gesehen, aber behauptet, er wäre nicht da.«

Er schluckte hart, nickte aber – und bestätigte mir damit, dass er mich seit diesem Tag angelogen hatte. Die ganze Zeit über war ich felsenfest davon überzeugt gewesen, diese dunkle Gestalt zwischen den Bäumen gesehen zu haben, aber niemand hatte mir geglaubt. Nicht die Polizisten. Nicht die Rettungssanitäter. Nicht einmal Ryan – zumindest hatte er das behauptet. In Wahrheit hatte er all das die ganze Zeit über vor mir geheim gehalten und zugelassen, dass ich an meinem eigenen Verstand zu zweifeln begann.

Gott … Wenn ich gewusst hätte, dass dieses Treffen so ablaufen, dass ich all diese Dinge erfahren würde, wäre ich niemals hergekommen.

»War er es?« Irgendwie brachte ich die Worte hervor, auch wenn es sich anfühlte, als würde ich an jeder einzelnen Silbe ersticken. »Hat Cyrus Mom und Fenja ermordet?«

Sekundenlang hatte Ryan mich angestarrt, als würde er diesen Moment, dieses Gespräch genauso sehr hassen wie ich. Doch jetzt sah er wieder zur Seite.

Ich atmete erstickt aus, als ein neuer Verdacht in meinem Bewusstsein auftauchte. Ein schrecklicher Verdacht, den ich nicht wahrhaben und niemals laut aussprechen wollte. Das Zittern meiner Hände verstärkte sich, genauso wie die Übelkeit, bei der sich alles in mir zusammenzog. Aber ich zwang mich dazu, diese Empfindung hinunterzuschlucken. »Warst du es?«, wisperte ich kaum hörbar. »Hast du sie getötet?«

Er wurde bleich. »Blair …«

»Hast du es getan?«

Ryan schwieg einen Moment lang und biss die Zähne so fest zusammen, dass seine Kiefermuskeln hervortraten, aber er wich mir nicht aus. Nicht mehr. Stattdessen sah er mich geradewegs an. »Ja.«

Ich schloss die Augen, ließ den ganzen Schmerz, die Wut und Enttäuschung wie eine riesige Flutwelle über mich hinwegbranden.

»Es war ein Unfall!«, hörte ich ihn rufen. »Die beiden waren wie Familie für mich. Ich hätte ihnen nie absichtlich wehgetan. Das musst du mir glauben!«

»Als ob das jetzt noch eine Rolle spielen würde«, murmelte ich und zwang mich dazu, die Augen wieder zu öffnen und ihn anzusehen. Meinen besten Freund. Den Kerl, mit dem ich geplant hatte, am College ein neues Leben anzufangen. Der Junge, von dem ich mir so viel mehr erhofft hatte. »Sie sind tot.«

Er zuckte unter den Worten zusammen.

»Du hast sie umgebracht …«

Sekundenlang sagte keiner von uns etwas. Der Wind raschelte durch die letzten einsamen Blätter in den Bäumen, doch auch diese schwebten zu Boden. Aus dem Augenwinkel nahm ich einen Jogger in der Ferne wahr, abgesehen davon waren wir noch immer allein im Park.

»Denkst du wirklich, ich wollte das? Irgendetwas davon? Nein, verdammt!«, fuhr Ryan fort, bevor ich darauf antworten konnte. »Alles, was ich wollte, war ein ganz normales Leben, bei dem ich meinen Abschluss machen und mit meiner besten Freundin aufs College gehen kann. Ein ganz normales Leben, in dem vielleicht … irgendwann … mehr zwischen uns hätte sein können.«

Aber das war jetzt nicht mehr möglich. Nicht so. Nicht wenn wir waren, wer wir waren – eine Valkyre und ein Diener des Chaos. Ein Mädchen und der Junge, der für den Tod ihrer ganzen Familie verantwortlich war.

Ich biss mir so fest auf die Unterlippe, dass es wehtat. Doch der Schmerz half mir dabei, meinen Kopf zu klären, und lenkte mich von dem Gefühlswirrwarr in meinem Inneren ab. Auch wenn er mich nicht von der Wahrheit ablenken konnte:

Trotz allem war Ryan mein bester Freund – und noch immer so viel mehr für mich. Trotz allem, was geschehen war. Und dafür hasste ich uns beide nur noch ein bisschen mehr.

Ich wandte mich mit einem Schnauben ab. Ein Teil von mir wollte lachen, weil das alles so absurd war. Der andere wollte schreien und toben und all den Schmerz in mir herauslassen. Ich gab keiner dieser Emotionen nach. Ich musste gehen. Jetzt. Bevor noch etwas geschah, bevor ich etwas tat, das sich nicht mehr rückgängig machen ließ.

Ryan räusperte sich. »Der Mann, den du am Unfallort gesehen hast … Das war Cyrus. Mein Vater.«

Cyrus ist ihr Anführer. Der Älteste und Mächtigste von ihnen. Sie sind gefährlich, Blair. Kendras Worte fielen mir wieder ein. Und ausgerechnet der Anführer dieser Truppe, der Mächtigste von allen, war Ryans Vater. Alles andere wäre ja auch viel zu einfach gewesen.

Ich schüttelte den Kopf. Soweit ich wusste, hatte Ryans Vater ihn und seine Mutter schon vor Jahren verlassen. Wieso tauchte er ausgerechnet jetzt wieder auf?

»Warum?«, fragte ich und starrte auf einen Punkt im Park.

»Er hat uns verlassen, um uns zu beschützen. Aber dann hat er gespürt, dass ich … dass ich auch Kräfte habe, und ist zurückgekehrt.«

Na klar. Auf einmal erinnerte er sich also wieder an seine väterlichen Pflichten? Nein. Das kaufte ich Ryan nicht ab. Denn ich hatte ihn gesehen. Ich hatte Cyrus von Angesicht zu Angesicht gegenübergestanden, als er auf diesem Häuserdach die Seele der Frau an sich gebunden hatte und verschwunden war, nachdem ich seinen Kollegen, Freund oder was auch immer getötet hatte. Dabei war Letzteres gar keine Absicht gewesen, sondern … *ein Unfall.*

Ich erstarrte, als dieselben Worte durch meinen Kopf geisterten, die Ryan mir gegenüber ausgesprochen hatte. Vielleicht waren wir uns gar nicht so unähnlich. Wir waren beide Mörder.

»Ist es das, was er dir weismachen will? Dass er nur deinetwegen zurückgekommen ist?« Ich drehte mich wieder ganz zu Ryan um und suchte seinen Blick angriffslustiger, als ich es je gewesen war. Normalerweise ging ich Konflikten lieber aus dem Weg, aber jetzt konnte ich nicht anders. Ich wollte, dass er begriff, wie falsch das alles war. Nein, ich wollte, dass er genauso litt wie ich. Dass er wusste, wie es sich anfühlte, wenn es dich innerlich zerriss, bis nichts mehr von dir übrig blieb.

»Er hat mir erzählt, was es mit dem Chaos, mit den anderen Göttern und den Valkyren auf sich hat«, erwiderte Ryan um Ruhe bemüht. »Und mit Ragnarök.«

Ich schnaubte. »Lass mich raten: Es ist etwas Tolles. Eine große Party für uns alle.«

Zwei Falten erschienen zwischen seinen Brauen. Dieser Gesichtsausdruck war so vertraut, dass es sich anfühlte, als würde jemand ein Messer in mich hineinrammen. Wieder und wieder.

»Es muss nicht das Ende der Welt sein, wie die Mythologie uns weismachen will«, behauptete er. »In Wahrheit ist es eine Entscheidung über das Schicksal der Götter. Es ist ein Neuanfang.«

»Ja, für alle, die überleben.«

Ungläubig breitete er die Arme aus. »Wer sagt denn, dass das die Wahrheit ist? Woher willst du wissen, dass die Version der Valkyren die richtige ist?«

»Weil sie mich im Gegensatz zu dir nicht angelogen haben!«

Ja, Kendra und die anderen mochten mich nicht von Anfang an als eine von ihnen akzeptiert und in alles eingeweiht haben, doch jetzt, da ich wusste, welche Verantwortung sie trugen, wofür und gegen wen sie kämpften, konnte ich das sogar verstehen. Wäre ich an ihrer Stelle gewesen, hätte ich mich wahrscheinlich auch zurück nach Hause geschickt. Zurück in ein ganz normales Leben. Doch als sich Moms Kräfte, die Kräfte der Todesgöttin Hel, in mir gezeigt hatten, da hatten sie mich sofort bei sich aufgenommen. Sie hatten mir ein neues Zuhause gegeben, mich trainiert und ihr Wissen mit mir geteilt. Aber vor allem hatten sie mich nicht angelogen.

Plötzlich konnte ich Ryans Anblick nicht länger ertragen. So lange hatte er für alles gestanden, was ich mir sehnlichst gewünscht hatte – und jetzt war nichts mehr davon übrig. Nur der Schmerz, der mir die Brust zuschnürte und das Atmen erschwerte. Ich wollte nur noch weg. Weg von hier, weg von allem, aber vor allem weg von Ryan. Auch wenn ich nie geglaubt hätte, eines Tages so zu empfinden.

Ohne ein weiteres Wort wandte ich mich ab und stapfte auf das schmiedeeiserne Tor zu, das aus dem Park hinausführte.

»Blair …«

Der Schnee knirschte erneut hinter mir. Meine Finger waren noch immer zu Fäusten geballt und ich konnte mich nur mit allergrößter Mühe zusammenreißen. Aber noch eine Minute, auch nur eine Sekunde länger in Ryans Gegenwart verbringen? Auf keinen Fall. Dann könnte ich für nichts mehr garantieren.

»Warte!«

Ich spürte seine Hand an meiner Schulter und wirbelte herum. Jedes Gefühl, jedes logische Denken setzte aus und wich purem Instinkt. Reflexartig riss ich die Hände hoch und spürte plötzlich dasselbe wie auf dem Häuserdach in der Stadt. Meine Finger ertasteten etwas Unsichtbares und doch Festes und gruben sich hinein. Ich wusste genau, was ich da tat, konnte mich jedoch nicht aufhalten, konnte nicht stoppen, dass meine Kräfte, dass *Hels* Kräfte mit mir durchgingen.

Ryan erstarrte mitten in der Bewegung. Seine Augen weiteten sich und er riss den Mund auf, als wollte er schreien.

Doch dann passiert etwas Seltsames.

Statt seine Seele aus seinem Körper und zu mir zu zerren, wie ich es schon einmal getan hatte, war da auf einmal ein Widerstand. Etwas Mächtiges, das meinen Kräften entgegenwirkte. Sekundenlang verharrten wir so, unfähig, uns zu bewegen oder auch nur etwas zu sagen, dann ging ein Rumoren durch uns beide und der Boden erzitterte wie von einem kurzen Erdbeben. Ich stolperte zurück, fing mich gerade noch rechtzeitig und sah mich hektisch um.

Der Schnee war geschmolzen, das Gras darunter braun und trocken. Nein, nicht trocken. Tot. Zerstört. Stellenweise sogar zu Staub zerfallen. Dasselbe Bild auf allen Seiten. Und es ging von der Stelle aus, an der Ryan und ich standen.

Panik begann sich in mir auszubreiten und mein Magen zog sich schmerzhaft zusammen.

»Blair …« Ryan wirkte genauso erschöpft, wie ich mich fühlte, aber ich meinte auch, so etwas wie Trauer in seinen Augen erkennen zu können. Wie Resignation. Wie eine Entschuldigung.

Ich wich vor ihm zurück. »Halt dich von mir und von den Valkyren fern.« Irgendwie brachte ich diese Worte hervor, auch wenn sie das Letzte waren, was ich sagen wollte. »Wenn ich dich noch ein Mal sehe, dann wird es anders enden. Für uns beide.«

Und damit ging ich endgültig.

Wohl wissend, dass ich meinen besten Freund für immer zurückließ. Wohl wissend, dass ich einem Diener des Chaos den Rücken zukehrte und dass die Dinge zwischen uns nie mehr dieselben sein würden.

KAPITEL 20

Ziellos wanderte ich durch die Straßen Vancouvers, während die Stadt zum Leben erwachte und die Menschen ihrem Alltag nachgingen. Seit ich denken konnte, hatte ich mir gewünscht, etwas Besonderes zu sein. Eine Valkyre, wie meine Mom. Wie Fenja eine sein würde. Doch jetzt? Jetzt wünschte ich mir mein langweiliges Leben zurück, das daraus bestand, morgens aufzustehen, zu duschen und mich anzuziehen, viel zu spät zu frühstücken und dann in aller Eile zur Highschool zu fahren. Dort hatte ich mich mittlerweile seit Wochen nicht mehr blicken lassen. Aber wahrscheinlich war ein Schulabschluss egal, wenn man unsterblich war. Mir blieb noch mehr als genug Zeit, um die Highschool zu beenden.

Falls ich so lange lebte. Denn nach allem, was in den letzten Wochen passiert war, war ich mir da nicht mehr so sicher. Valkyren mochten von Natur aus unsterblich sein, aber Cyrus und die Anhänger des Chaos schienen einen Weg gefunden zu haben, sie dennoch zu töten. So wie Ryan meine Familie getötet hatte.

Beim Gedanken daran brodelte der Schmerz wieder in mir hoch, schnürte mir die Kehle zu und trieb mir die Tränen in die Augen. Ich ballte die Hände zu Fäusten und versuchte, möglichst ruhig zu atmen, um nicht zusammenzubrechen, doch gegen das Ziehen und Brennen tief in meinem Inneren half das nicht.

Ich konnte es noch immer nicht fassen, nein, ich wollte es nicht fassen, *wollte* nicht glauben, was Ryan mir erzählt hatte. Mein bester Freund war ein Diener des Chaos. Mein bester Freund. Ein Mörder.

Wütend wischte ich mir mit dem Handrücken über die Wangen, die ich in der Kälte kaum noch spürte. Dafür umso deutlicher die heißen Tränen.

Ich hatte keine Ahnung, wo ich eigentlich hinlief, doch als ich schließlich stehen blieb und den Kopf hob, fand ich mich vor dem Bestattungsinstitut wieder. Anscheinend führten alle Wege früher oder später nach Valhalla.

Diesmal zögerte ich nicht, sondern betrat das Gebäude, als würde ich hierhergehören. Und zum ersten Mal wurde mir klar, dass ich das auch tat. Ich war ein Teil dieses Instituts. Ich war eine Valkyre.

Samantha bedachte mich nicht mit Misstrauen und warf

mich auch nicht mit freundlichen Worten raus, sondern lächelte und nickte mir respektvoll, ja, fast schon ehrfürchtig zu, als ich an ihr vorbeiging.

Im Fahrstuhl angekommen, wollte ich automatisch die Kombination für das oberste Stockwerk drücken, die nur die Valkyren und Krieger kannten und die Ayane mir kurz nach meiner Ankunft in Valhalla mitgeteilt hatte, hielt dann jedoch inne. Die Sache mit Ryan hatte mich völlig von dem eigentlichen Grund abgelenkt, aus dem ich hierher zurückgekommen war. Also drückte ich stattdessen den Knopf für die achte Etage und wartete, während sich die Türen vor meinen Augen schlossen und der Aufzug sich in Bewegung setzte.

Kurze Zeit später fand ich mich vor der Stahltür wieder, die so gar nicht zum restlichen Interieur passen wollte und auch ziemlich abgelegen von den anderen Büros lag, wenn ich genau darüber nachdachte. Und warum überhaupt so eine massive Tür für eine junge Frau, die das Gebäude allem Anschein nach ohnehin nie verließ?

Ich zögerte einen Herzschlag lang, dann hob ich die Hand und klopfte an.

In den ersten Sekunden passierte gar nichts. Ich stand nur in meinen Stiefeln und der Jacke vor der verschlossenen Tür, doch dann war da ein leises Quietschen, ein Schaben und die Tür schwang wie durch Zauberhand von allein auf. Ich schob alle anderen Gedanken und Gefühle beiseite, holte tief Luft und betrat den Raum, der noch genauso aussah, wie ich ihn in Erinnerung hatte: dunkel und mit einem würzigen, kräuterartigen Geruch in der Luft. Lange Tücher hingen von der

Decke und die Schatten von Kerzenflammen tanzten über die Wände. Draußen mochte ein ganz normaler Wochentag angebrochen sein, an dem die Angestellten morgens zur Arbeit erschienen, doch hier drinnen schien immer dieselbe Stimmung zu herrschen.

Eine Bewegung links von mir ließ mich zusammenfahren.

Ling landete mit einem eleganten Salto direkt neben mir. Die langen Haare fielen ihr wie ein Regenbogen über die Schultern und auf den Rücken. »Ich habe dich schon gespürt, als du noch draußen auf der Straße warst. Und als du vor einer Stunde schon mal vor der Tür standest.«

Verwirrt runzelte ich die Stirn. »Wie hast du …?«

Doch Ling lächelte nur und schwang sich wie eine Akrobatin in die Lüfte, bevor ich die Frage aussprechen konnte. Und vielleicht war sie tatsächlich eine Akrobatin. Was genau sie jedoch hier tat und warum sie hier lebte, wusste ich nicht. Ich hatte keine Ahnung, wer sie war und welche Ziele sie verfolgte, trotzdem war ich hergekommen, um mit ihr zu reden.

»Als wir uns das erste Mal getroffen haben, da hast du bereits gewusst, dass ich Hels Kräfte geerbt habe. Du wusstest, dass ich eine Valkyre bin, bevor es alle anderen wussten.«

»Aber natürlich.« Ling schwang sich ins nächste Tuch und einen atemlosen Moment lang wirkte es, als würde sie fliegen. Dann packte sie den Stoff, wickelte ihn um ihren Körper und rollte mehrere Meter gen Boden, ehe sie nach dem nächsten Tuch griff und sich daran wieder nach oben zog. »Es gab schon immer neun Valkyren. Es wird immer neun geben.«

»Bis sie sterben. Bis Ragnarök«, murmelte ich und erinnerte

mich an das, was sie bei unserer ersten Begegnung erzählt und was ich gestern Abend von Kendra und Cleo erfahren hatte. Und heute Morgen von Ryan.

»Ach, Blair …« Ein helles Lachen begleitete ihre Worte und ich verlor sie in der Dunkelheit aus den Augen. Plötzlich war da ein sanfter Luftzug und sie landete lautlos hinter mir auf dem Boden. Als ich herumwirbelte, betrachtete sie mich mit einer fast schon kindlichen Neugier. »Du hast ihn inzwischen gefunden, nicht wahr? Den wahren Mörder deiner Familie.«

Ich presste die Lippen aufeinander und unterdrückte den Schmerz mit aller Macht. »Er ist nicht … Es ist nicht so, wie ich gedacht habe.«

»Nein?« Ling legte den Kopf schief. »Bist du da ganz sicher?«

Es war ein Unfall! Ich hätte ihnen nie absichtlich wehgetan. Das musst du mir glauben!

Wie ein Echo kehrten Ryans Worte in mein Bewusstsein zurück, ganz gleich, wie sehr ich sie ignorieren und wie sehr ich ihm die Schuld an allem geben wollte. Aber was, wenn er die Wahrheit gesagt hatte? Wenn es wirklich ein Unfall gewesen war? Wenn er seine Kräfte erhalten hatte, ohne auch nur das Geringste darüber zu wissen. Darüber, wie gefährlich sie waren. Wie tödlich. Genauso wie meine eigenen.

»Vidars Anhängerschaft erhält ihre Kräfte ebenso wie die Nachfahrinnen der Valkyren«, erklärte Ling geduldig. »Sie werden zeremoniell überreicht oder weitervererbt. Der einzige Unterschied besteht darin, dass nicht nur eine Person die Kräfte des Chaos hat, sondern jeder einzelne von ihnen.«

Wie unfair war das bitte? Bei den Valkyren hatte immer

nur eine die Kräfte ihrer Vorfahrinnen. Wurden sie an die Nachfolgerin übergeben, verlor die vorherige Trägerin ihre Fähigkeiten. Wenn Ling die Wahrheit sagte, dann konnten die Diener des Chaos ihre Kräfte also nicht nur einer anderen Person übergeben, sondern sie auch noch weitervererben, ohne sie selbst zu verlieren. Ein kalter Schauder kroch mir das Rückgrat hinab. Wenn das alles stimmte, dann bedeutete es, dass Vidars Anhängerschaft inzwischen deutlich größer war als die Einheit der Valkyren. Und mächtiger.

Es war ein Unfall …

Wieder geisterten Ryans Worte durch meinen Kopf. Würde es einen Unterschied machen, wenn es wirklich ein Unfall gewesen war? Es würde definitiv nichts daran ändern, was geschehen war. Es würde nichts daran ändern, dass ich Mom und Fenja nie wiedersehen würde. Aber vielleicht … Wenn er die Wahrheit gesagt hatte, wenn es wirklich nur ein schrecklicher Unfall gewesen war … Könnte ich ihm dann verzeihen? Obwohl er zu unseren Gegnern, zu jenen gehörte, die Valkyren töteten? Gott, ich wusste es nicht. Und das war schlimmer als die Wut und Enttäuschung in mir.

Ich schluckte all diese Gefühle hinunter und versuchte, mich auf etwas anderes zu konzentrieren. Auf etwas, das mir bisher entgangen war und das ich nie richtig infrage gestellt hatte.

»Woher weißt du so viel über die Valkyren, die Götter und das Chaos?«, fragte ich Ling.

Wieder lächelte sie nur. »Ich sehe viel. Höre zu. Vergesse nie.« Und damit verschwand sie erneut zwischen ihren Tüchern.

Ich sah ihr nachdenklich dabei zu, wie sie durch den Raum

turnte, als hätte sie ihr ganzes Leben lang nichts anderes getan, und musste mich unweigerlich fragen, wer sie eigentlich war. Zev war ein Krieger Valhallas, der das Gebäude nicht ohne eine Valkyre an seiner Seite verlassen konnte. So viel stand fest. Aber was war mit Ling? War sie ebenfalls eine gefallene Heldin? Warum war sie dann hier und nicht in Valhalla? Weshalb schien sie diese Räumlichkeiten nie zu verlassen? Woher wusste sie so viel und wie hatte sie mich spüren können, noch bevor ich überhaupt hereingekommen war? Oder hatte sie das nur so dahergesagt, um den Schein zu wahren?

Nein, entschied ich, während sie vor meinen Augen einen dreifachen Salto vollführte, sicher auf der Matte landete und eine Verbeugung andeutete. Sie wusste mehr, als sie zugab. Womöglich sogar mehr als die Valkyren selbst. Vielleicht sollte mich das beunruhigen, aber ich beschloss, es zu meinem Vorteil zu nutzen. Solange Ling mit mir reden wollte, würde ich zuhören und so viel wie nur möglich herausfinden.

»Was hat es mit dem Chaos auf sich?«, fragte ich in die Dunkelheit.

Eine Kerzenflamme erlosch zischend rechts von mir und der Rauch tränkte die Luft.

»Einst herrschten Götter und Riesen über die Welten«, begann Ling und verschwand zwischen den Schatten. Ihre Stimme hallte aus allen Richtungen zu mir. Beinahe so, als würde ich sie nicht nur mit den Ohren, sondern auch in meinem Kopf hören. »Odin und seine Gemahlin Frigg, Thor, Freya und ihr schöner Bruder Freyr, Skadi, Baldur, Loki, Hel und all die anderen. Jeder hatte sein Reich, jeder hatte seine

Untergebenen, seine Aufgabe. Valhallas Hallen für Odin und seine Krieger, Helheim im tiefsten Norden für Hel und die Seelen jener, die eines natürlichen Todes starben. Das Meer für Rán. Asgard den Göttern, Midgard den Menschen und noch so viele Welten mehr, die mit der Zeit verloren gegangen sind. Alles verbunden durch die Zweige und Wurzeln von Yggdrasil, der Weltesche. Aber sie hatten eine Gottheit vergessen.«

»Den Gott des Chaos«, flüsterte ich.

Weitere Kerzen im Raum erloschen. Es wurde von Minute zu Minute finsterer, während mein Herz immer schneller schlug. Ich musste mich beeilen, wenn ich noch mehr erfahren wollte.

»Vidar bekam nichts und durfte über niemanden herrschen. Die Götter hatten Angst vor dem Fenrirwolf und beschlossen, ihn für immer in Ketten zu legen, aber niemand hatte Angst vor dem Gott des Chaos. Nicht einmal die Menschen wussten von ihm. Das hat er sich zunutze gemacht. Leise. Im Verborgenen. Er erschuf eine Armee und zog gegen die anderen Götter in die Schlacht. Nach und nach fielen sie, vernichteten sich gegenseitig oder zogen sich an einen unbekannten Ort zurück. Aber Vidar und seine Anhänger überlebten. Sie verschlangen immer mehr Reiche und ganze Welten. Jetzt sind nur noch Valhalla und die Valkyren übrig, um Midgard zu schützen, und das Chaos wird immer mächtiger. Seine Anhänger werden immer zahlreicher. Bald werden sie auch Valhalla einnehmen. Und was dann?«

»Ragnarök …« Der Klang meiner eigenen Stimme erschreckte mich. Trotzdem machte ich weiter. »Ling?«, rief ich und drehte mich langsam im Kreis, konnte sie aber nirgendwo mehr ausmachen. Da war nichts zu sehen, nichts zu hören. »Wo finde ich sie? Kannst du mir sagen, wo Cyrus ist?«

Ihr helles Lachen hallte von den Wänden wider. »Ach, Blair … Warum willst du ihn denn suchen, wenn Cyrus und seine Anhänger dich sowieso finden werden? Sie bereiten sich darauf vor. Jetzt in diesem Augenblick.«

»Was?« Panik schwang in dieser einen Silbe mit. »Was hat das zu bedeuten?«

Nichts. Keine Antwort.

»Ling!«

Alles blieb still. Dafür erlosch die letzte Flamme und Dunkelheit breitete sich im ganzen Raum aus. Ich wartete ein paar Atemzüge lang, bekam aber keine Reaktion. Ling hatte mir alles mitgeteilt, was sie mir sagen wollte. Jetzt hüllte sie sich wieder in Schweigen. Aber ich hatte genug erfahren. Genug, um nach Valhalla zurückzukehren. Mit Antworten – aber auch mit neuen Fragen.

Was hatte sie damit gemeint, dass sich Cyrus und seine Leute jetzt gerade darauf vorbereiteten, mich zu finden? Hatte Ryan etwa …? Nein. Ich unterbrach den Gedanken, bevor er richtig Gestalt annehmen konnte. Er würde mich niemals verraten. Er war immer noch mein bester Freund. Zumindest hoffte ich das.

Doch ganz egal, wie sehr ich mich daran klammerte, es tauchte dennoch ein leiser Zweifel auf. Weil ich mich zu gut an unsere Begegnung im Park erinnern konnte. Daran, wie anders er auf mich gewirkt hatte. Daran, was er gesagt hatte. Aber vor allem daran, wie wir auseinandergegangen waren.

Ich musste unbedingt mit den anderen Valkyren reden. Es musste einen Weg geben, um Vidars Anhänger zu stoppen. Um Ragnarök aufzuhalten.

Das war der Gedanke, der mich auf dem Weg zurück begleitete, und der letzte in meinem Kopf, als ich die Hand auf den Stamm der Weltesche legte und mich vom frostigen Dach des Hochhauses zurück nach Valhalla bringen ließ. Bunte Lichter zogen vor meinem inneren Auge vorbei, bis ich wieder festen Boden unter mir spürte.

Die Kälte Vancouvers verschwand ebenso wie der eisige Wind und der Schnee und machte einer angenehmen Wärme, Vogelgezwitscher und dem Rascheln des kleinen Eichhörnchens in den Zweigen des Baumes Platz. Ich öffnete die Augen. Tief atmete ich den inzwischen vertrauten, blumigen Geruch ein und nahm die bekannten Geräusche wahr. Entfernte Stimmen. Das Klirren von Schwertern und Dolchen. Das Surren von Pfeilen in der Luft. Das Ächzen und die Kampfschreie der Kriegerinnen und Krieger, die für die letzte Schlacht trainierten.

Ich entfernte mich gerade mal drei Schritte von der Weltesche, als mir Ayane und Kendra entgegenkamen.

Ayane griff sofort nach meiner Hand. »Wir haben sie gefunden! Eirlys hat Virginias Nachfolgerin gefunden!«

Die Verwandte, nach der sie seit meiner Ankunft gesucht hatten, damit die Einheit der Valkyren wieder vollständig war. Damit wir Ragnarök aufhalten konnten.

Ich kam gar nicht dazu, irgendetwas dazu zu sagen, da uns Kendra bereits zu sich heranwinkte. »Wir müssen sofort los!«

KAPITEL 21

»Wollen wir nicht zur Weltesche?« Fragend deutete ich auf den Baum.

Kendra lächelte. »Wir nutzen Yggdrasil nur, um zu unserem Stützpunkt in Vancouver zurückzukehren. Bei allen anderen Reisen aus Valhalla und zurück helfen uns die Nordlichter.«

Mein Herz setzte vor Aufregung einen Schlag lang aus und hämmerte dann umso schneller weiter. Die Nordlichter. Wie viele Stunden meines Lebens hatte ich damit verbracht, sie mir spät am Abend, mitten in der Nacht oder in den frühen Morgenstunden anzuschauen? Wie oft hatte ich mich gefragt, wo sie wohl hinführten und was sich dort befand? Wie oft hatte ich mir gewünscht, ein Teil davon zu sein und mit ihnen bis ans Ende der Welt zu reisen? Doch jetzt zögerte ich. Mom hatte mir zwar erzählt, dass sich Valkyren mithilfe der Polarlichter fortbewegten, aber sie hatte mir nie erklärt, wie genau.

»Blair?« Ayane streckte mir beide Hände entgegen. »Ich halte dich fest. Dir kann überhaupt nichts passieren. Tu einfach dasselbe wie wir.«

Ich schluckte hart, dann legte ich meine Hände in ihre. Denn ich vertraute ihr. Ich vertraute ihnen allen. Selbst Thyra, die mich, wenn es nach ihr ginge, wahrscheinlich zu meiner Vorfahrin nach Helheim befördern und mich für immer dort zurücklassen würde.

»Bereit?«, fragte Ayane.

Ich nickte einmal.

»Schließ die Augen«, wies sie mich sanft an. »Und jetzt stell dir vor, du bist ein Teil der Nordlichter. Spüre ihre Wärme auf deiner Haut. Spüre, wie dich die Farben durchdringen und du eins mit ihnen wirst.«

Ich tat, was sie sagte, ließ mich von ihrer Stimme leiten und hielt mich an ihren Händen fest. Innerhalb weniger Sekunden hatte ich das Gefühl, als würden mir Flügel wachsen, als würde sich mein Bewusstsein ausdehnen und in die Lüfte erheben, bis ich keinen Boden mehr ertasten konnte. Eine Brise wehte mir die Haarsträhnen aus dem Gesicht. Warme und kalte Temperaturen streiften meinen Körper, als würden Sonnenstrahlen und Schneeflocken auf meine Haut treffen. Aber über all diesen Empfindungen lag eine einzige: Ich fühlte mich frei. Was auch immer gerade passierte, es war die absolute Freiheit.

Wir landeten sanft, dennoch traf mich die plötzliche Kälte wie eine Ohrfeige. Ayane hielt meine Hände noch immer fest, als ich die Augen öffnete – und überrascht blinzelte.

Wir befanden uns nicht länger in Valhalla, aber auch nicht in Vancouver, denn hier lag so viel mehr Schnee als in der Stadt. Womöglich waren wir nicht mal mehr in Kanada, sondern in einem anderen Land oder sogar auf einem anderen Kontinent. Es waren keine Häuser in Sicht, nur kahle Bäume, die sich gegen das ewige Weiß erhoben, und Berge, die in den Himmel ragten und in der Ferne mit den grauen Wolken verschmolzen. Außerdem war es bitterkalt und der eisige Wind schnitt mir förmlich in die Haut.

Doch das war es nicht, was meine Aufmerksamkeit fesselte, sondern das Glitzern in der Luft. Sowohl hinter Kendra als auch hinter Ayane schienen sich riesige Flügel gebildet zu haben. Unsichtbar, und doch funkelten sie wie Schneekristalle und verblassten von Sekunde zu Sekunde mehr. Bevor sie ganz verschwanden, ließ ich Ayane los und drehte mich, um hinter mich zu schauen. Das gleiche Glitzern. Die gleichen Flügel, die sich nun auflösten, als wären sie nie da gewesen.

»Wie …?«, brachte ich hervor. Mein Atem kondensierte in der Luft. »Was ist passiert?«

»Wir bewegen uns nicht in den Nordlichtern, Blair.« Kendra warf mir ein warmes Lächeln zu. »Wir erschaffen sie.«

»Sie entstehen, wenn sich das Licht der Sonne, des Mondes und der Sterne in unseren Flügeln widerspiegeln«, erklärte Ayane geduldig. »Jedes Mal, wenn du zum Himmel schaust und Polarlichter siehst, fliegt eine Valkyre über die Welt, um ihre Mission zu erfüllen. *Unsere* Mission.«

Während ich noch immer zu begreifen versuchte, wie das alles möglich war, wie wir Flügel haben konnten, die ich bislang weder gemerkt noch gespürt hatte, wurden plötzlich sowohl Kendras als auch Ayanes Miene ernst. Langsam drehte ich mich um – und wäre fast zurückgezuckt, als ich die Frau entdeckte, die nur zwei Schritte von uns entfernt stand. Wie hätte ich sie nicht kommen hören?

Sie nickte den anderen zu, dann wandte sie sich an mich. »Du musst Blair sein. Reinas Tochter. Ich bin Eirlys.«

Kein Lächeln. Keine freundlichen Worte. Nur das – und die Hand mit den vielen verschieden großen Silberringen an allen Fingern, die sie mir hinhielt.

Ich legte meine Hand hinein und schüttelte sie. »Das stimmt. Freut mich, Eirlys.«

In Gedanken ging ich all die Dinge durch, die ich mittlerweile über sie gelernt hatte. Wenn ich nicht völlig falsch lag, galt Eirlys als Spezialistin, wenn es darum ging, Leute zu finden, und gehörte zur Wintergöttin Skadi. Wie passend, dass ich sie ausgerechnet an diesem Ort traf. Und wie passend, dass sie genau wie die anderen Valkyren auf ihre ganz eigene Art und Weise schön war. Denn trotz ihrer ernsten, fast schon gefährlich ruhigen Ausstrahlung vertraute ich ihr sofort. Was daran liegen könnte, dass sie mit den schwarzen Klamotten, dem weißen Mantel, dem dunklen Hautton und den noch dunkleren Haaren so aussah, als könnte sie eine ganze Armee besiegen, ohne auch nur ins Schwitzen zu geraten. Wahrscheinlich genügte bereits ein Blick aus ihren schwarzen Augen, um so einige Leute vor Schreck erstarren zu lassen.

»Hier entlang.« Eirlys deutete hinter sich und drehte sich um. Erst jetzt bemerkte ich, dass ihr Haar auf der rechten Kopfseite geschoren war. Ich meinte, ein Muster erkennen zu können, doch dafür wandte sie sich zu schnell ab.

Kendra schloss zu ihrer Kollegin auf. »Bist du sicher, dass sie es ist?«

»Absolut. Sie ist die einzige noch lebende Nachfahrin von Virginia. Eine entfernte Großnichte über mehrere Ecken, aber in ihr fließt das Blut einer Valkyre.«

Ich folgte den beiden, während Ayane den Abschluss bildete. Wir stapften durch den Schnee, der mir bis zu den Knien reichte. Kälte und Nässe fraßen sich durch meine Jeans, aber ich versuchte, es ebenso auszublenden wie die Gänsehaut, die sich auf meinem ganzen Körper auszubreiten begann.

Mehrere Minuten lang war nichts anderes zu hören, als das gleichmäßige Knirschen, untermalt vom gelegentlichen Pfeifen des Windes, während wir uns vorwärtsbewegten. Ich hatte keine Ahnung, wohin es ging, war jedoch dankbar dafür, dass sie mich mitgenommen hatten. Denn diese Mission lenkte mich nicht nur von der Begegnung mit Ryan und den Dingen ab, die ich von ihm und Ling erfahren hatte, sie gab mir auch das Gefühl, wirklich dazuzugehören. Als würden sie nicht nur behaupten, dass ich eine von ihnen war, sondern mich auch so behandeln, selbst wenn ich noch jede Menge zu lernen hatte.

Nach wenigen Minuten blieben wir stehen. Nicht in einer

Stadt oder wenigstens in einem Dorf, sondern vor einem einzigen mehrstöckigen Gebäude, das wie eine mächtige Villa mitten im Winterwunderland anmutete. Es war umringt von einer hohen Mauer und einem Eingangstor, durch das problemlos ein Lastwagen passen würde. Direkt daneben war ein schlichtes Metallschild angebracht, auf dem ein paar Schneeflocken lagen. Ich war mir ziemlich sicher, dass die Aufschrift russisch war, und war umso erstaunter, dass ich die Worte so deutlich lesen und verstehen konnte, als wäre ich mit dieser Sprache aufgewachsen. Aber das war nicht der einzige Grund, aus dem ich nun die Stirn runzelte.

Wir standen vor einem Kinderheim. Die Nachfahrin von Virginia war eine Waise – und anscheinend noch ein Kind.

Bevor ich etwas sagen konnte, spürte ich eine Bewegung hinter mir und wirbelte im selben Moment herum wie die anderen.

Wir waren nicht länger allein. Drei dunkel gekleidete Gestalten, in Mänteln und Umhängen mit Kapuze, die ihre Gesichter verbargen, waren aufgetaucht. Wenige Meter weiter hinten erschienen zwei weitere. Vidars Anhänger und Anhängerinnen waren hier. Und irgendetwas sagte mir, dass sie nicht nur unseretwegen gekommen waren.

Unwillkürlich ballte ich die Hände an meinen Seiten zu Fäusten. Neben mir zogen die anderen Valkyren ihre Waffen: Kendra ein langes Schwert, das so hell erstrahlte wie Schnee und Eis um uns herum, während Eirlys einen Kampfstab herumwirbelte. Ayane löste ihren Gürtel, den ich bisher für ein reines Accessoire gehalten hatte, und verwandelte ihn in eine

Peitsche, deren kleine metallene Teile mit einem Klicken einrasteten.

Plötzlich fühlte ich mich viel zu unvorbereitet für diese Mission und für den bevorstehenden Kampf, aber ich würde auf keinen Fall zurückweichen. Ich hatte es schon einmal mit einem dieser Typen aufgenommen – und gewonnen. Außerdem … Wenn Virginias Nachfahrin wirklich nur ein Kind war, das nichts von seiner Herkunft ahnte, mussten wir es beschützen. Denn wenn es nach den Anhängern des Chaos ging, würde das Mädchen sterben. Genau wie Virginia. Genau wie meine Familie.

Wut brodelte in mir hoch und ließ mich erzittern. In diesem Moment wurde mir bewusst, dass ich keine Waffe brauchte. Thyra hatte mich zwar auf den Kampf vorbereitet, aber alles, was ich wirklich benötigte, steckte bereits in mir. Die Kräfte der Göttin des Todes. Ich würde nicht zulassen, dass diese Leute einem unschuldigen Kind etwas antaten.

Auch die Anhänger des Chaos blieben nicht untätig. Waffen blitzten auf. In der einen Sekunde herrschte noch völlige Stille, als würde selbst die kalte Natur um uns herum den Atem anhalten – dann gingen unsere Gegner zum Angriff über.

Kendra und Eirlys sprangen so hoch in die Luft, dass ich meinte, das Glitzern ihrer Flügel erkennen zu können, und landeten direkt hinter unseren Gegnern. Ayane ließ die metallene Peitsche durch die Luft sausen, wirbelte herum und wehrte sie auf die Entfernung ab. Dabei blieb sie die ganze Zeit über in meiner Nähe, ganz so, als wollte sie mich beschützen.

Aber ich wollte keinen Schutz. Ich wollte meinen Beitrag leisten. Ich wollte, nein, ich musste etwas tun. Das Chaos hatte schon zu lange einen Einfluss auf mein Leben gehabt und mir die Menschen genommen, die mir am wichtigsten waren. Ich würde nicht zulassen, dass sie mir noch jemanden nahmen.

Entschlossen machte ich einen Schritt nach vorne und an Ayane vorbei – und hielt abrupt inne. Zuerst sah ich nur die fünf Angreifer, doch dann bemerkte ich die Seelen, die sich hinter den Männern und Frauen hielten und näher zusammenrückten. Wie ein Schutzschild aus stummen, durchscheinenden Gestalten.

Irritiert sah ich zu den anderen Valkyren, doch die schienen nichts davon wahrzunehmen – oder waren zu sehr damit beschäftigt zu kämpfen. Doch wenn sie die Seelen wirklich nicht bemerkten, bedeutete das dann, dass es sich hierbei nicht um gefallene Helden handelte? Waren das die Seelen ganz normaler Leute, die auf die eine oder andere Weise verstorben waren? Aber was machten sie hier? Sie sollten in Helheim sein. Dem einzigen Ort, der neben Valhalla und unserer Welt noch existierte … Oder etwa nicht?

Etwas surrte hinter mir. Ich wirbelte auf dem Absatz herum – gerade rechtzeitig, um dem heransausenden Speer auszuweichen. Bevor ich jedoch auch nur daran denken konnte, die Waffe aus dem Schnee zu ziehen, flog sie zurück zu ihrem Besitzer – einem Kerl mit Umhang, tiefer Kutte und weiten Ärmeln, mit denen es sich sicherlich nicht besonders gut kämpfen ließ.

Als hätte er meine Gedanken gehört, warf er den Umhang in einer fließenden Bewegung ab und stürmte auf mich zu.

Zum Flüchten oder Ausweichen war es zu spät. Und abblocken wäre aufgrund des Speers lebensgefährlich. Also sprang ich. Ich sprang so hoch ich konnte, fühlte dasselbe befreiende Gefühl wie bei der Reise hierher und fand mich plötzlich hoch über den Baumkronen wieder. Ein, zwei Herzschläge lang starrte ich auf das Schlachtfeld unter mir – dann ließ die Wirkung nach und ich fiel wie ein Stein vom Himmel.

Panik setzte ein und schien meinen Fall nur noch zu beschleunigen. Der Boden kam immer näher und näher, ganz egal, wie sehr ich mich darauf konzentrierte, mich wieder in die Lüfte zu schwingen oder wenigstens irgendwie langsamer zu werden. Vergeblich. Nichts half. Ich sauste hinab, konnte den Schmerz fast schon spüren – als mich etwas Hartes von der Seite traf und mit sich zu Boden riss.

Wir rollten durch den Schnee, bis ich mit einem Ächzen zum Halten kam. Jeder Muskel in meinem Körper schmerzte, trotzdem zwang ich mich dazu, mich aufzurichten. Es war keine Valkyre, die meinen Fall gebremst hatte, und auch nicht der Typ mit dem Speer, den Eirlys jetzt mit ihrem Kampfstab in Schach hielt. Hastig stand ich auf und sah mich um.

Direkt neben mir rappelte sich eine weitere Gestalt auf. Plötzlich erkannte ich ihn, erkannte diesen Gesichtsausdruck – aber gleichzeitig auch nicht. Das war nicht der Mann, der an der Unfallstelle gewesen und später auf dem Häuserdach die Seele an sich gerissen hatte. Das war nicht Cyrus. Doch abgesehen von den blonden Haaren sah er ihm zum

Verwechseln ähnlich. Die gleichen emotionslosen schwarzen Augen. Die gleiche Statur. Das gleiche arrogante Lächeln, als er jetzt plötzlich wegrannte. Einzig die Narbe an seiner Wange fehlte.

Ich riss mich aus meiner Starre und sprintete los.

»Blair! Nicht!«

Ayanes Stimme folgte mir, aber ich ignorierte sie und rannte weiter, immer weiter, um das Anwesen herum, vorbei an kahlen Bäumen und Büschen. Noch einmal um die Ecke auf die Rückseite des Gebäudes und dann …

Keuchend blieb ich stehen und sah mich nach allen Richtungen um. Da war nichts. Nur mein schneller Atem, der weiße Wölkchen in die Luft stieß, und meine eigenen Fußspuren. Ich hatte ihn verloren. *Verdammt.* Er musste doch irgendwo hier sein. Er konnte sich nicht einfach in Luft auflö … Na ja, genau genommen schon, aber er wollte zu Virginias Nachfahrin und ich war mir ziemlich sicher, dass er nicht einfach abhauen würde, ohne sein Ziel erreicht zu haben.

Ich drehte mich ein weiteres Mal im Kreis, langsamer diesmal, und rechnete bereits mit einem Angriff aus dem Hinterhalt. Als nichts passierte, beschloss ich zurückzulaufen, denn da gab es immer noch genügend andere Diener des Chaos und ich würde nicht zulassen, dass sie auch nur in die Nähe von …

Zwei Hände packten mich und rissen mich zur Seite zwischen die Büsche. Instinktiv tastete ich nach den Armen, die mich gepackt hatten, und versuchte, mich zu befreien, wie Thyra es mir beigebracht hatte, als sich auch schon eine Hand auf meinen Mund legte.

»Schhh! Ich bin es«, raunte eine tiefe Stimme dicht an meinem Ohr. Eine Stimme, die ich sofort wiedererkannte und bei der sich mein Körper wider besseres Wissen zu entspannen begann, auch wenn mir das Herz jetzt erst recht bis zum Hals schlug.

Ryan.

Was um alles in der Welt machte er hier? Nach unserer letzten Begegnung wollte ich nicht über die Antwort nachdenken, genauso wenig wie über die Frage, warum er mich gepackt und weggezogen hatte. Oder warum er mich noch immer festhielt. Sein Körper drückte sich von hinten gegen mich und ich erwischte mich dabei, wie ich mich gegen ihn lehnen wollte, ganz egal, wie sehr mein Kopf dagegen protestierte. Das hier war immer noch Ryan. Das hier war immer noch mein bester Freund. Oder etwa nicht?

Plötzlich war da eine Bewegung nicht weit von uns entfernt. Ich spannte mich an, bereit zu kämpfen, aber Ryan zog mich noch ein Stück zurück und wir kauerten im Schatten der Mauer hinter den Büschen. Der Schnee war weich und gleichzeitig eisig unter der Hand, mit der ich mich abstützte. Kalt fraß sich die Feuchtigkeit erneut in meine Hose bis zu meinem rechten Knie. Das Blut rauschte in meinen Ohren. Jeder Instinkt in mir drängte darauf, mich aus der Umklammerung zu befreien, aber ich zwang mich dazu, ruhig zu bleiben und mich nicht zu bewegen.

Zwischen den kahlen Zweigen konnte ich eine dunkel gekleidete Gestalt erkennen. Einen jungen Mann. Er war wie aus dem Nichts wieder aufgetaucht und schaute sich nun suchend um. Kurz streifte sein Blick die Büsche und ich hielt unbewusst den Atem an, dann sah er wieder woanders hin. Aber ich konnte das nicht. Ich starrte ihn an. Den Mann, der Cyrus so ähnlich sah und den ich eben noch gejagt hatte. Warum hatte er meinen Fall überhaupt gebremst und war dann weggelaufen? Um mich von den anderen zu trennen? Aber wozu?

Ich merkte nicht einmal, wie ich mich losmachen wollte, bis Ryan mich fester an sich drückte. Seine Hand lag noch immer auf meinem Mund und ich atmete viel zu schnell durch die Nase. Mein Puls raste. Alles in mir wollte kämpfen, wollte das umsetzen, wofür ich in den vergangenen Wochen trainiert hatte. Aber da war noch etwas anderes. Etwas Dunkles tief in meinem Inneren, das jetzt an die Oberfläche drängte. Ich kannte dieses Gefühl, hatte es schon einmal empfunden, nämlich an jenem Tag auf dem Häuserdach. Und dann noch mal vor Kurzem, als ich meine Kräfte ungewollt gegen Ryan im Park eingesetzt hatte.

Doch diesmal hielt ich diese Macht in mir im Zaum. Auch wenn es mich alles an Willenskraft kostete, blieb ich still und rührte mich nicht, bis der Diener des Chaos schließlich genauso schnell wieder verschwand, wie er aufgetaucht war. Sekundenlang hockten wir noch bewegungslos da, als würden wir beide nur darauf warten, dass er zurückkehrte, aber es passierte nichts. Er war fort.

Ich schob Ryans Hand beiseite, wollte mich von ihm losmachen und zurück zu den anderen gehen – aber er schien andere Pläne zu haben. Ehe ich mich versah, zog er mich in die Höhe und drehte mich um, sodass ich mit dem Rücken gegen die kalte Steinmauer stieß. Eine Sekunde später war Ryan vor mir, kesselte mich ein und stützte sich mit den Händen neben meinen Schultern ab.

»Verdammt, Blair, ich versuche, dich zu beschützen!«, zischte er leise.

Der Zorn war so schnell da, dass ich ihn weder kontrollieren noch unterdrücken konnte. »Newsflash!« Ich stieß seine Hände beiseite. »Ich brauche deinen Schutz nicht.«

Er wich keinen Zentimeter zurück und ich musste noch immer den Kopf in den Nacken legen, um ihn anzusehen, was mich aus irgendeinem Grund nur noch wütender machte.

»Du brauchst ihn vielleicht nicht«, gab er mühsam beherrscht zu und ich meinte zu sehen, wie ein Schatten über sein Gesicht huschte, »aber du bekommst ihn trotzdem. Das hier war kein Zufall. Hector hat dich aus einem ganz bestimmten Grund von den anderen weggelockt.«

»Hector?«, wiederholte ich. »Bist du jetzt mit all den Typen per Du, oder was?«

Seine Miene verdunkelte sich. »Nein. Aber er ist mein Halbbruder«, fügte er nach einem Moment hinzu. »Und er tut nie etwas ohne Hintergedanken.«

Mein erster Impuls war es, den Kopf zu schütteln und Ryan einfach stehen zu lassen. Auf der anderen Seite des Anwesens tobte noch immer ein Kampf, während wir hier herumstanden. Doch dann fiel mir etwas ein. Etwas, woran ich bisher keinen Gedanken verschwendet hatte.

»Die Seelen«, wisperte ich. »Ich bin die Einzige, die sie wahrnehmen kann, nicht wahr?«

Ryan nickte grimmig. »Aber das ist nicht alles. Du kannst sie auch zurückholen und an dich binden. Vidar baut mit unserer Hilfe eine Armee um sich herum auf und Hel ist die Einzige, die noch dazwischenfunken kann. Und damit du – weil du als ihre Nachfahrin einen Teil ihrer Kräfte in dir trägst.«

Ich schluckte hart. Ryan hatte mir soeben den Plan unserer Gegner verraten. Aber warum, verdammt? Nur um mich zu beschützen?

Ich hielt seinen Blick fest. Trotz der Kälte, trotz der Umstände und der Kämpfenden auf der anderen Seite des Gebäudes reagierte ich noch immer auf ihn. Meine Haut prickelte und mein Magen machte einen kleinen Sprung. »Du kannst mich nicht für immer beschützen. Ich bin ein Teil davon.«

»Ich weiß.«

»Genau wie du.«

Etwas veränderte sich in seinem Blick, wurde weicher, fast schon sanft. »Ich weiß …«

Das war der Moment, in dem wir alles gesagt hatten. Der Moment, in dem wir uns voneinander lösen und zum Kampf zurückkehren sollten. Aber nichts davon geschah. Stattdessen blieben wir beide stehen, bis unsere Atemzüge in der frostigen Winterluft miteinander verschmolzen.

Ryan war der Erste, der sich rührte. Aber er rückte nicht von mir ab, sondern hob die Hand und strich mit den Knöcheln über meine Wange. Ganz sachte nur, als wäre ich eine Illusion, die sich jeden Moment vor seinen Augen auflösen konnte. Seine Finger waren kühl, was mich erschauern ließ. Trotzdem lehnte ich mich in die Berührung. Wie hatten wir vor wenigen Wochen einfach nur zwei Freunde sein können, die gemeinsam auf dem Dach meines Zuhauses saßen, heißen Tee tranken und die Nordlichter am Himmel bewunderten? Und wie hatten wir hier landen können? In dieser Situation? Auf den zwei Seiten einer Schlacht. Zwei Seiten, die unterschiedlicher nicht sein könnten?

Dennoch waren wir jetzt hier. Und mir wurde klar, dass sich trotz allem nichts geändert hatte. Ganz egal, wer er war oder was er getan hatte, ganz egal, wer ich war und was ich getan hatte – das zwischen uns würde für immer da sein. Es mochte falsch, verboten und sogar gefährlich sein, aber es war da. Und ich hatte es satt, mich dagegen zu wehren.

Ich wusste nicht, wer sich zuerst bewegt hatte, ob Ryan mir entgegenkam oder ich mich auf die Zehenspitzen stellte, aber auf einmal waren wir einander ganz nahe. Sein warmer Atem streifte meine Lippen und ich spürte das schnelle Hämmern seines Herzens unter meiner Hand. Ich hatte keine Ahnung, was hier geschah oder wie es passiert war, ich wusste nur, dass ich nicht wollte, dass es aufhörte. Nicht jetzt. Ich war noch nicht bereit dazu, in die Wirklichkeit zurückzukehren.

»Blair …« Sein Name war nur ein raues Flüstern.

Unbewusst grub ich die Finger in seinen Mantel und kam ihm entgegen. Ich wollte, dass es geschah, ich wollte es so sehr, weil es die vielleicht letzte Chance für uns war. Diesmal hatte Ryan mich beschützen, mich vor seinem Vater und seinem Halbbruder fernhalten können. Beim nächsten Mal würden wir uns im offenen Kampf gegenüberstehen, da war ich absolut sicher.

Ryan hob mein Kinn etwas an, beugte sich zu mir hinunter und …

Ein gellender Schrei ließ uns auseinanderfahren. Ein, zwei Herzschläge lang starrten wir uns an, dann stürmten wir beide los. An der Mauer entlang, um das Anwesen herum und zurück zum Schlachtfeld. Zurück an die Stelle, an der gerade eine Valkyre zu Boden sank und ihr Blut den Schnee rot färbte.

KAPITEL 22

»Ayane!«

Hatte ich vorhin alles nur noch wie durch einen Schleier wahrgenommen, der mich und auch Ryan von der Wirklichkeit trennte, zerriss dieser Schleier jetzt. Ich sprintete los und sank Sekunden später neben Ayane auf die Knie. Sie hielt sich den Bauch, drückte fest auf die Wunde, trotzdem färbte sich der Schnee um sie herum immer dunkler.

»Sie muss zurück nach Valhalla«, rief Kendra, die sich schützend vor uns gestellt hatte und die Anhänger des Chaos zurückhielt. »Los!«

Doch Ayane schüttelte den Kopf. »Ich kann kämpfen«, behauptete sie mit schmerzverzerrtem Gesicht und richtete sich mühsam auf, eine Hand noch immer gegen die Wunde gepresst.

Wie aus dem Nichts tauchte Eirlys auf und brachte eine Schneewehe mit sich, die unsere Gegner einschließlich Ryan zu Boden schickte. »Geht schon! Blair und ich kümmern uns darum«, fügte sie mit einem harten Blick in meine Richtung hinzu.

Ich runzelte irritiert die Stirn, trat jedoch an ihre Seite. Gleich darauf erfüllte ein Leuchten den Himmel und ich wusste, dass Ayane und Kendra fort waren, ohne hinter mich sehen zu müssen. Wir waren allein. Allein mit drei Angreifern – und Ryan. Der Rest schien bereits besiegt und verschwunden zu sein oder aber sie versuchten, Kendra und Ayane zu folgen.

Eirlys wirbelte den Kampfstab herum. Die schnelle Bewegung und der dadurch aufkommende Wind wirbelten ihr langes schwarzes Haar durcheinander. »Wenn du nicht alles gibst«, warnte sie mich, ohne unsere Gegner aus den Augen zu lassen, »dann schlage ich dich k. o. und lasse dich hier zurück. Kapiert?«

Ich biss die Zähne zusammen, nickte aber. Allem Anschein nach hatte ich mich geirrt. Thyra war nicht die einzige Valkyre, die nicht besonders viel von mir hielt, denn Eirlys wirkte alles andere als freundlich, dabei kannte sie mich überhaupt nicht. Sie wusste nicht, was ich in den letzten Wochen erlebt, was ich getan und gelernt hatte. Und sie hatte keine Ahnung, wozu ich fähig war.

Ich blendete Ryan aus, so gut ich konnte, und konzentrierte mich stattdessen auf die anderen schwarz gekleideten Gestalten. Nach ein, zwei Sekunden konnte ich auch schon die Seelen erkennen, die sie um sich herum geschart hatten. Es waren keine Krieger wie die Männer und Frauen in Valhalla, sondern ganz normale Leute. Erwachsene. Jugendliche. Sogar Kinder. Diese Mistkerle stahlen die Seelen Verstorbener und zwangen sie dazu, ihnen zu dienen, statt in Frieden ruhen zu können. Auch wenn die durchscheinenden Gestalten nicht aktiv ins Kampfgeschehen eingriffen, schien ihre bloße Gegenwart unseren Gegnern Energie zu liefern und sie zu stärken. Von der unheimlichen Wirkung ihrer versteinerten Gesichtsausdrücke mal ganz abgesehen.

Meine Fingernägel bohrten sich in meine Handflächen. Das würde ich nicht zulassen. Ich mochte neu sein und die gerade erst erwachten Kräfte in mir noch nicht besonders gut kennen, aber ich wusste, von wem sie stammten. Und ich wusste instinktiv, was die Göttin des Todes hiervon halten würde – aber vor allem, was sie tun würde.

Ohne Vorwarnung stieß ich die Hände nach vorne, packte einige der körperlosen Seelen auf die Entfernung und riss sie an mich. Heißkalte Energie schoss durch meine Arme, beinahe so, als würde flüssiges Feuer durch meine Adern rasen. Aber es tat nicht weh, sondern erfüllte mich mit neuer Energie. Ohne hinzuschauen, wusste ich, dass ein Teil der gestohlenen Seelen jetzt bei mir war – und nicht mehr an der Seite der Anhänger des Chaos.

»Ihr habt euch mit der Falschen angelegt.« Meine Stimme klang selbst in meinen eigenen Ohren fremd und voller Zorn.

Voller Rachegelüste. War ich noch diejenige, die diese Worte rief, oder sprach bereits Hels Erbe aus mir? Egal. Ich wusste, was ich zu tun hatte.

Ein weiteres Mal holte ich aus, doch diesmal stellte sich ein Typ zwischen uns und verhinderte, dass ich weitere Seelen befreien konnte. In der nächsten Sekunde warf ihn eine von Eirlys' Schneewehen beiseite. Sie nickte mir zu und kümmerte sich um die anderen. Erst jetzt begriff ich, was sie da tat. Sie musste um Hels Kräfte wissen, also verschaffte sie mir Zeit. Zeit, um den Dienern des Chaos die Seelen zu entreißen und sie damit Stück für Stück zu schwächen.

»Weiter!«, befahl Eirlys und wehrte eine neue Attacke mit ihrem Kampfstab ab. Eine Attacke von Ryan.

Ich biss die Zähne zusammen und schluckte hart. Eine ungewohnte Schwere machte sich in meinen Muskeln bemerkbar, ganz so, als würde der Einsatz dieser Fähigkeiten mich körperlich schwächen, aber ich hörte nicht auf. Während Eirlys unsere Gegner beschäftigte, entriss ich ihnen immer mehr Seelen und band sie an mich. Und obwohl meine Arme vor Anstrengung zu zittern begannen, spürte ich nur zu deutlich, wie ich langsam immer stärker wurde. Als würden mich die Seelen dabei unterstützen, ob sie wollten oder nicht.

Eirlys steckte ein paar Treffer ein, aber sie gab nicht auf. Immer wieder schwang sie den Kampfstab durch die Luft, wirbelte herum, griff an, blockte ab und ließ Schnee aufwirbeln. Und zwischen all dem, zwischen all den Kämpfen und herumfliegenden Schneeflocken, traf mein Blick den von Ryan. Ich ließ die Hände sinken und …

Ein ohrenbetäubendes Krachen erfüllte die Luft, dicht gefolgt von einem Aufblitzen, so grell, dass ich den Arm schützend vors Gesicht hob und mich abwandte. Als ich mich wieder zurückdrehte, standen Kendra, Thyra und Cleo zwischen uns und unseren Angreifern – umringt von einem Dutzend Kriegern aus Valhalla.

»Holt sie!«, rief Kendra uns über die Schulter zu. Dann stellte sie sich mit einem grimmigen Lächeln den Anhängern des Chaos. »Wir erledigen das hier.«

Ich warf einen letzten Blick in Ryans Richtung, versuchte, ihm stumm klarzumachen, dass er von hier verschwinden sollte, da packte Eirlys mich grob am Arm und zerrte mich mit sich. Wir rannten direkt auf das geschlossene Zufahrtstor zu, das mindestens drei, wenn nicht sogar vier Meter in die Höhe ragte. Aber statt abzubremsen, beschleunigte Eirlys ihre Schritte. In der einen Sekunde hörte ich noch den Schnee unter meinen Stiefeln, in der nächsten sprangen wir in die Lüfte und unsichtbare, funkelnde Flügel halfen uns dabei, sicher auf der anderen Seite zu landen. Ich verlor das Gleichgewicht und sackte auf ein Knie, aber Eirlys zog mich unbarmherzig weiter.

»Woher wussten die Anhänger des Chaos, dass Virginias Nachfahrin hier ist?«, fragte ich schwer atmend und in dem Versuch, mich davon abzulenken, was nur wenige Meter hinter uns geschah. »Sind sie dir gefolgt, als du sie aufgespürt hast?«

Eirlys schüttelte den Kopf. »Unmöglich. Das hätte ich gemerkt.«

Ich wollte noch etwas sagen, hielt dann jedoch inne, da wir den Eingang erreicht hatten. Ich hatte keine Ahnung, wie Eirlys plante, zu der Nachfahrin zu gelangen. Sich am Empfang melden? Direkt einen Antrag auf Adoption stellen? Gab es so etwas wie Besuchszeiten? Oder … sie trat einfach die Tür ein, wie jetzt gerade. Das ging auch.

Das Herz schlug mir bis zum Hals, als ich ihr ins Innere folgte. Obwohl ich die Seelen, die ich soeben an mich gebunden hatte, gerade nicht sah, spürte ich sie. Doch dafür war jetzt keine Zeit. Ein Schritt nach dem anderen und im Moment war Virginias Nachfahrin die oberste Priorität.

Die Gänge waren nur schlecht beleuchtet, die Wände kahl und jede Tür sah gleich aus. Wir begegneten keinen Mitarbeitern und auch keinen Kindern. Stimmen waren irgendwo im Haus zu hören, aber kein Lachen. Was war das hier für ein Ort?

Vor einer Tür im ersten Stockwerk, die genauso aussah wie alle anderen auch, blieb Eirlys schließlich stehen. Zum ersten Mal sah ich sie zögern, tief Luft holen, dann klopfte sie kurz und ließ zwei, drei Sekunden verstreichen, ehe sie die Tür öffnete und hineinging.

Es war ein schlichtes Zimmer, gerade mal halb so groß wie mein eigenes daheim. Nur ein einziges selbst gemaltes Bild an der Wand und ein paar Bücher auf dem Nachttisch, die so aussahen, als wären sie schon einige Male gelesen worden. Dazu ein Hochbett, eine Kommode, ein Holztisch mit zwei Stühlen und Sitzkissen. Kein Computer, kein Fernseher oder irgendwelche Spiele. Die Bettwäsche war genauso weiß wie die Vorhänge, die im Wind flatterten. Und dann entdeckte ich sie.

Das Mädchen konnte nicht viel älter als neun oder zehn Jahre sein, hatte goldblonde Locken und hockte mit angezogenen Knien auf der Fensterbank. Ihr Blick war nach draußen gerichtet und sie sah nicht mal auf, als wir ihr Zimmer betraten.

Ich legte die Hand an Eirlys' Arm. »Bist du absolut sicher, dass sie es ist?«, fragte ich so leise wie möglich.

Eirlys nickte. »Sie hat Virginias Kräfte geerbt. Die Magie einer Valkyre. Wir brauchen sie.«

»Aber sieh sie dir doch an. Sie ist noch ein Kind!«

»Das ändert nichts an den Tatsachen.« Eirlys drehte sich zu mir um und zum ersten Mal meinte ich, so etwas wie eine Gefühlsregung in ihrem Gesicht erkennen zu können. Vielleicht wollte ich es aber auch nur sehen. »Es hat schon immer neun Valkyren gegeben, Blair. Unsere wahre Stärke liegt nicht in den Nordlichtern, in der Kampfkunst oder im Sammeln der Seelen gefallener Helden, sondern in dieser Einheit. Wir sind eine Gemeinschaft. Nur zusammen können wir das Chaos stoppen. Nur zusammen können wir es besiegen. Und dazu gehört jetzt auch Anastasia, ob es dir gefällt oder nicht.«

Anastasia. Was für ein schöner Name. Das Mädchen beobachtete uns von seinem Sitzplatz am Fenster aus mit großen Augen, sagte aber kein Wort. Und ich meinte, in ihren Augen eine Mischung aus Neugier und Furcht lesen zu können.

Ganz gleich, was Eirlys sagte, Anastasia war … unschuldig. Sie hatte nichts mit diesem Krieg zwischen Chaos und Valkyren zu tun. Allerdings schwebte sie auch in tödlicher Gefahr. Wenn Cyrus, Ryans Bruder Hector oder die anderen Handlanger des Chaos sie in die Hände bekamen, würden sie keine Sekunde zögern, das Mädchen zu töten. Und dann wären Virginias Kräfte vielleicht tatsächlich verloren und die Macht der Valkyren für immer geschwächt. Das konnten wir nicht zulassen. Wir mussten sie beschützen, sie von hier wegholen und in Sicherheit bringen, auch wenn das bedeutete, sie aus ihrem gewohnten Leben herauszureißen. Niemand wusste besser als ich, wie sehr das schmerzte, aber es gab keinen anderen Weg.

Ich presste die Lippen aufeinander, nickte jedoch widerstrebend. Und dann beobachtete ich, wie Eirlys zu dem Mädchen hinüber und vor ihr in die Hocke ging. Sie redeten ein paar Sekunden miteinander, dann streckte Eirlys die Arme aus und Anastasia schmiegte sich nach einem kurzen Zögern bereitwillig an die Fremde.

Eirlys stand auf, hielt Anastasia fest an sich gedrückt und streckte mir die Hand entgegen. »Lass uns gehen.«

Der Blick des Mädchens huschte zwischen uns hin und her, während ich zu den beiden trat und meine Hand in die von Eirlys legte. Anastasias Stimme war dünn und kaum zu hören, dennoch verstand ich jedes Wort, auch wenn ich absolut sicher war, dass sie gerade auf Russisch mit uns sprach und nicht auf Englisch. »Wohin gehen wir?«

Ich lächelte. »Nach Valhalla.« Und mit einem Blick auf meine Kollegin fügte ich hinzu: »Nach Hause.«

KAPITEL 23

Wenige Sekunden später war die Kälte verschwunden und als ich die Augen diesmal öffnete, begrüßte mich das vertraute Bild der weiten Wiesen, einfachen Häuser und der vertraute Klang der trainierenden Helden. Kein Schnee mehr. Der Wind strich nach unserem Ausflug ins winterliche Russland warm und fast schon zärtlich über mein Gesicht. Ich atmete tief durch und öffnete meine Jacke.

Eirlys trug Anastasia noch immer im Arm und redete leise auf sie ein. Sie warf mir einen Blick zu, den ich nicht so recht deuten konnte, dann stellte sie das Mädchen auf ihre eigenen Füße.

»Hey.« Ich ging vor ihr in die Hocke. »Ich bin Blair. Du

musst keine Angst haben, es ist alles in Ordnung. Wir sind für dich da.«

Der Blick aus ihren großen blauen Augen wanderte von mir zu Eirlys und wieder zurück, dann nickte sie zögerlich.

Eirlys hielt ihr die Hand hin und das Mädchen ergriff sie nach einem Moment. »Komm. Ich zeige dir dein neues Zuhause.«

Ich richtete mich wieder auf und sah den beiden nachdenklich nach. War es wirklich erst wenige Wochen her, dass ich selbst hier angekommen war und mich mit großen Augen umgesehen hatte? Wie konnte es mir so lange her vorkommen und gleichzeitig so, als wäre es erst gestern oder vorgestern gewesen?

Die Nordlichter am Himmel leuchteten auf, schienen geradezu zu pulsieren, und erstrahlten in den schönsten Farben – dann tauchten Thyra, Kendra und Cleo mit ihren Kriegern ein Stück von uns entfernt auf. Keine von ihnen schien verletzt zu sein, also hatten sie den Kampf unbeschadet überstanden. Mein erster Impuls war es, hinüberzugehen und sie zu fragen, was geschehen war, nachdem Eirlys und ich sie zurückgelassen hatten, aber sie waren in ein Gespräch vertieft und setzten sich bereits in Bewegung, während sich die Kriegerinnen und Krieger über die Ebene verteilten.

Meine Gedanken wanderten zu Ryan und ich zwang mich dazu, tief durchzuatmen. Es gab keine Möglichkeit zu erfahren, was mit ihm geschehen war. Nicht, ohne mich zu verraten und den anderen zu erzählen, dass ich einen von Cyrus' Leuten persönlich kannte. Sehr persönlich. Also schob ich diese Gedanken so gut es ging beiseite und konzentrierte mich auf das Hier und Jetzt.

Ich konnte nur hoffen, dass es Ayane gut ging, doch wenn man den Legenden Glauben schenken wollte, heilten alle Wunden in Valhalla. Selbst die schlimmsten Verletzungen.

Unvermittelt sauste etwas Kleines haarscharf an meinem Kopf vorbei und riss mich aus meinen Grübeleien. Ich beobachtete, wie es im Gras landete, noch ein paar Zentimeter weiter rollte und schließlich liegen blieb. Meine Mundwinkel zuckten. Offenbar war unser Lieblingseichhörnchen Ratatöskr wieder aktiv. Ich drehte mich zur Weltesche, die nur wenige Schritte entfernt in den Himmel ragte. Dann sah ich wieder auf die Haselnuss zu meinen Füßen. Wow. Das kleine Tier da drinnen konnte echt weit werfen. Besser, ich stand nicht länger als williges Ziel herum.

Noch während ich durch das Gras stapfte und das Haus ansteuerte, das meiner Mutter gehört hatte, machte sich ein mulmiges Gefühl in mir breit, und mir wurde leicht schwindelig. Wann hatte ich das letzte Mal etwas gegessen und getrunken? Denn wie ich in den letzten Wochen festgestellt hatte, benötigte man selbst als unsterbliche Valkyre mit übernatürlichen Fähigkeiten Nahrung genauso wie jeder normale Mensch. Stille empfing mich, als ich das Haus betrat. Ich zog Jacke und Schal aus und hängte beides auf. Die letzten Schneeflocken schmolzen auf dem dicken Stoff und verschwanden. Als Nächstes folgten die Stiefel. Dann hörte ich das Knarren einer Holzdiele hinter mir.

Ich wirbelte herum – und fand mich Eirlys gegenüber. Im

ersten Moment erschrak ich, dann runzelte ich die Stirn. Ich war mir ziemlich sicher, dass sie bis eben noch nicht hier gewesen war, also musste sie sich hereingeschlichen haben. Und das Geräusch war kein Zufall gewesen, denn allem Anschein nach konnte Eirlys sich so leise bewegen, dass niemand sie bemerkte, wenn sie es nicht wollte. Aber warum war sie hier?

»Alles in Ordnung?«, fragte ich zögerlich. »Geht es Anastasia gut?«

»Mach dir keine Gedanken um sie.« Eirlys machte eine wegwerfende Handbewegung. »Es geht ihr gut und sie gewöhnt sich ein. Deswegen bin ich nicht hergekommen.«

»Warum dann?«

Ein Lächeln erschien auf ihrem Gesicht und ich war mir nicht ganz sicher, ob es eher herablassend oder ungläubig wirkte. Oder zornig.

»Hör auf, dich dumm zu stellen, Blair. Deine Mutter war eine der intelligentesten Valkyren und ich kaufe dir diesen Schwachsinn nicht ab. Ich habe gesehen, mit wem du zurückgekommen bist, als Ayane verletzt wurde. Was hast du dort draußen getrieben?«

Obwohl mir gerade eben noch angenehm warm gewesen war, wurde mir jetzt schlagartig kalt. Ich biss die Zähne zusammen, erwiderte aber nichts darauf. Nicht nur, weil ich es ihr nicht sagen wollte, sondern weil ich es selbst nicht wusste. Ich hatte nicht den blassesten Schimmer, wie ich das, was da im Schnee passiert war, beschreiben oder gar erklären sollte. Genauso wenig wie die Sache zwischen Ryan und mir.

»Haben sie dich abgefangen?« Eirlys machte einen drohenden Schritt auf mich zu, aber ich zwang mich, stehen zu bleiben und nicht vor ihr zurückzuweichen. »Haben sie dich manipuliert? Dich auf ihre Seite gezogen?«

Ich runzelte die Stirn.

»Warum hast du dich vom Kampf fortgeschlichen?« Noch ein drohender Schritt in meine Richtung.

Ich antwortete nicht. Und selbst wenn ich es gewollt hätte – was hätte ich denn sagen sollen? Die Wahrheit? Das würde sowohl Ryan als auch mich selbst in Gefahr bringen. Aber ich konnte Eirlys auch nicht anlügen und mir irgendeine Geschichte aus den Fingern saugen. Zumal ich eine ganz furchtbare Lügnerin war.

Sekunden tickten vorbei, in denen sich keine von uns rührte, in denen keine von uns ein Wort sagte. Dann kniff Eirlys die Augen zusammen, bis sie nur noch schmale Schlitze waren. »Es gibt schlimmere Strafen als den Tod«, raunte sie. »Wenn du uns betrügst, werde ich diejenige sein, die sie ausführt, verstanden?« Damit machte sie auf dem Absatz kehrt und stapfte aus dem Haus. Die Tür ließ sie einfach offen. Natürlich.

Ich sah ihr sprachlos nach und atmete erstickt aus, dann setzte ich mich in Bewegung. Doch bei der Tür angekommen, registrierte ich eine Bewegung rechts neben mir, dicht gefolgt von einem leisen Pfiff.

Zev lehnte an der Hausmauer, die Arme vor der Brust verschränkt, und so lässig, als hätte er nicht die geringste Sorge der Welt. Ich machte mir keine Hoffnungen, dass er diese Szene nicht mitbekommen haben könnte. Auch er sah Eirlys nach, dann wandte er sich direkt an mich. »Hab gehört, du hast dabei geholfen, Virginias Nachfahrin sicher herzubringen.«

Ich zuckte mit den Schultern. »Ich habe getan, was ich konnte.«

Was nötig war. Auch wenn ich kein gutes Gefühl dabei gehabt hatte, all diese Seelen an mich zu binden. Ich konnte sie noch immer spüren, als wäre da ein unsichtbares Band, das mich mit jeder einzelnen von ihnen verband, selbst wenn ich keine Ahnung hatte, wo sie gerade waren. Hatte ich sie mit mir nach Valhalla gebracht? Waren sie in der Menschenwelt zurückgeblieben, weil ihnen der Zutritt hierher verwehrt war? Ich wusste es nicht.

»Gute Arbeit. Und mach dir keinen Kopf.« Ein amüsierter Tonfall begleitete Zevs Worte. »Eirlys hat ein noch aufbrausenderes Temperament als Thyra. Das eben war noch gar nichts.«

»Wie beruhigend.« Ich schnaubte, musste aber auch lächeln. »Danke, Zev.«

Er grinste und stieß sich von der Wand ab. »Immer wieder gerne. Und denk an unser Training morgen früh!«

Dann ging auch er und ich blickte ihm einen Moment lang nach. War er nur hergekommen, um nach mir zu sehen? Das war irgendwie … nett. Beinahe so, als wären wir Freunde. Und nach der Sache mit Ryan und dem Zusammenstoß mit Eirlys konnte ich Freunde wirklich gut gebrauchen.

Ich musste eingeschlafen sein, denn als ich die Augen wieder öffnete, war es draußen dunkel geworden. Zumindest so dunkel es in Valhalla sein konnte, wenn die Nordlichter den Nachthimmel erhellten. Ich setzte mich auf, rieb mir über das Gesicht und versuchte, mich zu orientieren. Nach unserer Rückkehr aus Russland war ich so erledigt gewesen, dass ich etwas gegessen und mich dann nur kurz hatte hinlegen wollen. Allerdings war aus *kurz* offensichtlich ein halber Tag geworden. Und so gerädert, wie ich mich fühlte, hätte ich noch ewig weiterschlafen können. Was hatte mich also geweckt?

In diesem Moment klopfte es an der Tür. Jeder Muskel in meinem Körper erstarrte – und dann kehrten die Erinnerungen an die letzten Stunden auf einen Schlag zurück. Der Streit mit Eirlys. Wie wir Anastasia gefunden und hergebracht hatten. Der Kampf gegen die Anhänger des Chaos. Der Moment mit Ryan. Bei dieser Erinnerung spürte ich einen Stich in der Brust. Und dann gleich noch einen, als ich daran zurückdachte, wie wir uns in dem Park in Vancouver getroffen hatten. Was ich erfahren hatte. Was ich beinahe getan hätte.

Ich vergrub das Gesicht in den Händen. Er war ein Diener des Chaos. Er und seine Leute wollten das wortwörtliche Ende der Welt herbeiführen. Und ich musste … nein, *wir* mussten das verhindern. Persönliche Gefühle durften keine Rolle spielen, aber das taten sie. Und wie sie das taten.

Wieder klopfte es. Diesmal energischer.

Ich schob die Beine über den Rand der Matratze und stand auf. In wenigen Schritten war ich bei der Tür und öffnete sie. Aber es waren weder Eirlys noch Zev, die mir einen weiteren Besuch abstatteten. Vor mir stand Ayane in all ihrer Schönheit – aber vor allem unverletzt.

»Geht es dir gut?«, war das Erste, was ich herausbrachte, und sah an ihr hinunter. Sie hatte sich umgezogen und von ihrer Wunde war nichts mehr zu erkennen.

Ayane lächelte. »Du weißt doch: In Valhalla heilen alle Wunden.«

Ich nickte erleichtert. Sie wirkte eine Spur blasser als sonst, doch abgesehen davon völlig genesen. Zu schade, dass die Magie von Valhalla nicht auch gegen Müdigkeit und Erschöpfung wirkte, denn beides hing wie schwere Ketten an mir.

»Ich wollte mich bei dir bedanken«, sagte sie und ein warmer Tonfall schwang in ihrer Stimme mit. »Ohne deine Hilfe hätten wir es vermutlich nicht geschafft. Anastasia verdankt dir und Eirlys ihr Leben. Ihr Schicksal. Genau wie ich.«

Ich schüttelte den Kopf. Ich hatte nicht viel getan und mich auch noch am Anfang des Kampfes von diesem Typen – von Hector – weglotsen lassen, statt bei den anderen zu bleiben, wie es meine Pflicht gewesen wäre. Doch Ayane lächelte nur.

»Aber deswegen bin ich nicht hier. Hast du einen Moment Zeit?«, fragte sie und deutete hinter sich.

»Ja. Sekunde.« Ich eilte zurück ins Schlafzimmer und zog mir ein frisches T-Shirt und meine Stiefel an, dann folgte ich Ayane.

Sie führte mich nicht zum Trainingsgelände und auch nicht in eines der anderen Gebäude. Genau genommen ließen wir diese sogar hinter uns, überquerten die Felder bis wir an einen See gelangten, den ich bisher nur aus der Ferne beim morgendlichen Joggen mit Kari wahrgenommen hatte.

Die grünen und pinken Nordlichter spiegelten sich wie ein

Nachhall unserer langen Reise auf der glatten Wasseroberfläche wider und am Ufer funkelten unzählige kleine Lichter. Kerzen, wie ich beim Näherkommen feststellte. Und vielleicht auch kleine Glühwürmchen, die in der Luft schwebten.

»Was ist das hier?«, wollte ich wissen und senkte automatisch die Stimme, da wir nicht länger allein waren.

Alle Valkyren hatten sich am Rande des Sees versammelt. Kendra mit ihrer ruhigen, geradezu überirdischen Ausstrahlung. Thyra, ausnahmsweise nicht in Trainingskleidung, sondern in einem schwarzen Hosenanzug, der ihre goldenen Augen betonte. Eirlys, neben der sogar Thyra wie die netteste Person überhaupt aussah. Auch jetzt trug sie eine grimmige Miene zur Schau und eine Brise wehte durch ihr dunkles Haar. Direkt neben ihr stand die kleine Anastasia in einem hübschen Kleid und schien genauso verwirrt über diese Zusammenkunft zu sein wie ich. Maeve, das ewige Mysterium, stand ein paar Schritte entfernt mit vor der Brust verschränkten Armen und wirkte beinahe gelangweilt. Und da waren noch die wunderschöne Cleo mit den ewig langen rostbraunen Haaren und Kari mit der Blume im Haar, die neben den anderen aufgrund ihrer kleinen, zierlichen Statur wie die Jüngste wirkte. Sie warf mir ein herzliches Lächeln zu, als sie uns entdeckte.

»Das hier …«, begann Ayane und deutete um sich, »… ist ein Abschied. Es ist so viel passiert, dass wir noch keine Zeit hatten, Virginia, Reina und auch deiner Schwester Fenja Lebewohl zu sagen.«

Meine Augen begannen zu brennen und ich musste mehrmals schlucken, aber auch dann brachte ich kein Wort hervor, also nickte ich nur.

Es hatte eine Beerdigung gegeben, ja. Doch zu dem Zeitpunkt hatte ich nicht wahrhaben wollen, was passiert war. Ich hatte mich geweigert zu akzeptieren, dass meine Mutter und meine Schwester wirklich fort waren. Dass ich sie nie wiedersehen würde. Doch nun, Wochen später, nachdem ich trainiert und gelernt, geweint, gelacht und gekämpft hatte, war ich endlich bereit, das Unvermeidliche zu akzeptieren. Ich war bereit, Lebewohl zu sagen.

Kari trat mit einer kleinen Fackel auf mich zu und überreichte sie mir. Jetzt bemerkte ich auch, dass Eirlys und Kendra ebenfalls je eine Fackel in der Hand hielten. Ayane nickte mir beruhigend zu, dann trat sie ein, zwei Schritte zurück.

Wie aus dem Nichts erschien ein kleines Boot auf dem See. Es war voller wunderschöner Blumengestecke in allen Farben und Größen – und doch leer. Keine Körper. Keine Überreste der Toten. Das hier war keine Beerdigung. Es war, wie Ayane gesagt hatte, ein Abschied für uns, für diejenigen, die zurückgeblieben waren.

Die Wellen schlugen sanft gegen das Holz, ansonsten war es völlig still, abgesehen vom Knistern der Kerzenflammen und Fackeln.

»Für unsere tapferen Schwestern«, erhob Kendra das Wort und zog damit die Aufmerksamkeit aller Anwesenden auf sich. Sie watete ins Wasser, bis es ihre Kniekehlen umspielte und sie das Boot erreichte. »Jede Einzelne von ihnen war eine Kriegerin durch und durch. Mögen sie Frieden finden und zu den Göttern einkehren. Das ist für Reina«, fügte sie hinzu und setzte das Boot an einer Seite in Brand.

Die ersten Flammen züngelten auf. Eirlys trat mit Anastasia an der Hand vor, bis auch die beiden im Wasser standen und die Fackel gemeinsam auf der anderen Seite ans Holz hielten.

»Für Virginia. Dein Strahlen wird nie vergehen.«

Alle Blicke richteten sich auf mich. Meine Knie zitterten, trotzdem setzte ich mich nun in Bewegung. Der Boden wurde weicher unter meinen Stiefeln. Zuerst spürte ich nur die Kälte des Wassers, dann sog es sich in den Stoff meiner Jeans. Der Geruch nach Rauch und verbranntem Holz lag schwer in der Luft und kitzelte in meiner Kehle. Die Wärme der Flammen war ein spürbarer Kontrast zum eisigen See. Ich hielt meine Fackel an den Bug und sah dabei zu, wie das Feuer vom Boot Besitz ergriff.

»Für Fenja«, wisperte ich.

Funken stoben auf und der Rauch stieg immer höher und höher, als würde er mit dem Schein der Sterne und des Mondes über uns verschmelzen. Wir traten gemeinsam zurück und beobachteten, wie das Boot auf den See hinausglitt.

Obwohl ich wusste, dass meine Schwester nie hier gewesen war, und ich Virginia nicht gekannt hatte, fühlte ich mich ihnen auf seltsame Weise verbunden und näher als jemals zuvor. Vor allem Mom … Und in diesem Moment wurde mir klar, dass ich zwar meine Familie verloren hatte, Mom und Fenja aber immer bei mir sein würden. Sie waren ein Teil von mir. Und das konnte mir nichts und niemand nehmen.

Ich starrte auf das brennende Boot, bis es verschwunden war, verschlungen von den Flammen und versunken im See. Es mochte nur eine symbolische Geste gewesen sein, aber mir war sie wichtig. Und ich war Ayane und den anderen unglaublich dankbar für diese Zeremonie. Vor allem, dass sie auch an Fenja gedacht hatten, die an meiner Stelle hier stehen sollte.

Ich riss den Blick von der Mitte des Sees los, blinzelte ein paar Mal und nahm meine Umgebung zum ersten Mal wieder richtig wahr. Die meisten Valkyren waren bereits verschwunden, aber Anastasia stand noch am Ufer und wirkte so verloren, dass ich gar nicht anders konnte, als zu ihr zu gehen.

Keine von uns sagte ein Wort und ich wusste nicht, ob ich das Schweigen brechen sollte. Aber ich wollte nicht, dass sie das Gefühl hatte, allein zu sein, weil ich nur zu genau wusste, wie sich das anfühlte, also blieb ich einfach neben ihr am Ufer stehen. Und nach einer Weile spürte ich eine kleine Hand, die nach meinen Fingern tastete, und umfasste sie.

Keine von uns war wirklich allein. Nicht mehr. Das machte den Abschied und die Veränderungen nicht weniger schmerhaft, aber es hatte etwas unglaublich Beruhigendes zu wissen, dass es diesen Ort und die anderen Valkyren immer geben würde. Ein Zuhause.

Auch wenn ich keine Schritte oder anderen Geräusche hörte, spürte ich, wie jemand hinter uns trat. Als ich mich umdrehte, entdeckte ich Kari und Ayane, die mir zunickten. Direkt dahinter war Kendra, die mir andeutete, ihr zu folgen.

Ich sah auf Anastasia hinunter, die noch immer kein einziges Wort gesagt hatte und auf den See hinausstarrte, als würde sie dort die Antworten auf alle Fragen finden.

»Ich muss jetzt leider gehen«, erklärte ich ihr leise. Ihre Hand umschloss meine noch etwas fester und plötzlich tauchte ein ganz anderes Bild in meinen Gedanken auf.

Eine Erinnerung daran, wie ich mich an Fenja geklammert hatte, als wir das erste Mal Skifahren gegangen waren und ich eine höllische Angst vor dem Abhang gehabt hatte. Ich hatte ihre Hand so fest gedrückt, dass sie das Gesicht verzogen hatte. Aber Fenja hatte nicht protestiert, sondern war vor mir in die Hocke gegangen und hatte mir erklärt, dass sie die ganze Zeit bei mir sein würde. Und dass ich alles schaffen konnte, wenn ich nur den Mut aufbrachte, es zu versuchen. Und das hatte ich. Ich hatte es versucht und das Skifahren später lieben gelernt.

»Ich komme zurück«, versprach ich Anastasia jetzt und sah zu Kari und Ayane, die neben sie getreten waren. »Und dann spielen wir was, okay?«

Ein zögerliches Nicken. »Versprochen?«

Ich lächelte. »Ehrenwort.«

Sie ließ mich los und nach einem letzten Blick zu Anastasia, ging ich zu Kendra hinüber und folgte ihr. Keiner von uns sagte ein Wort, ganz so, als wäre es nach diesem Ritual nicht nötig – oder als müssten wir uns beide erst noch sammeln. Ich achtete nicht darauf, wo sie mich hinbrachte, und im Grunde war es mir auch egal. Die paar Stunden Schlaf hatten mir geholfen, etwas gefasster zu werden, und die Zeremonie am See hatte mich mit einer ungewohnten Ruhe erfüllt und meine kreisenden Gedanken zum Stillstand gebracht. Es war beinahe, als könnte ich wieder richtig durchatmen, auch wenn ich wusste, dass der Trubel in mir schon bald zurückkehren würde.

Einige Minuten liefen wir schweigend nebeneinander her. Erst als Kendra anhielt, registrierte ich, wo wir waren: vor der Bibliothek, in der sie und Cleo mich vor gar nicht so langer Zeit erwischt hatten und in der ich die Gemälde von Ragnarök, Odin und der Todesgöttin Hel betrachtet hatte.

»Du musst sie gehen lassen«, erklang Kendras ruhige Stimme hinter mir.

Stirnrunzelnd drehte ich mich zu ihr um. »Ich dachte, genau dafür war diese Versammlung am See?«

Hatten wir uns nicht gerade erst von meiner Familie und von Virginia verabschiedet?

Doch Kendra schüttelte den Kopf. »Ich spreche nicht von Reina und Fenja, sondern von den Seelen, die du im Kampf an dich gebunden hast«, erklärte sie und deutete um sich, obwohl ich keine der Seelen wahrnehmen konnte. »Das sind keine Krieger. Sie gehören nicht hierher und auch nicht in die Menschenwelt, sondern nach Helheim.«

»Sind sie hier?«, fragte ich. Denn ich hatte keine von ihnen gesehen oder ihre Anwesenheit gespürt, auch wenn ich mir der Verbindung zu jeder einzelnen noch immer überdeutlich bewusst war.

Kendra schüttelte den Kopf. Das rote Haar, das ihr über die Schultern fiel, leuchtete dabei fast so sehr wie das Feuer vorhin am See. »Sie sind gefangen an einem Ort, der nicht existiert. Ein Ort zwischen der normalen Welt und Valhalla, da sie hier keinen Zutritt haben. Du musst sie gehen lassen«, wiederholte sie, diesmal eine Spur sanfter, aber auch bestimmter.

Einen Moment lang sah ich auf meine Hände hinab und musste daran denken, wie ich nach ihnen gegriffen und sie an mich gebunden hatte, nur um sie den Handlangern des Chaos wegzunehmen, dann hob ich den Kopf und suchte Kendras Blick. »Zeigst du mir, wie?«

Sie nickte lächelnd. »Schließ die Augen.«

Vertrauensvoll tat ich, was sie verlangte. Ihre sanfte Stimme leitete mich an, als hätte sie das schon unzählige Male getan – und vielleicht war es tatsächlich so. Vielleicht hatte sie bereits meine Mutter und andere meiner Vorfahrinnen unterrichtet. Diese Vorstellung half mir dabei, mich ganz darauf einzulassen.

»Konzentrier dich auf die Seelen, auf jede einzelne von ihnen«, sprach Kendra weiter. »Die Jungen. Die Alten. Fühle die Verbindung zu ihnen und erinnere dich daran, wie du sie hergestellt hast. Denn so wie nur du sie sehen und an dich binden kannst, kannst auch nur du sie freilassen.«

Vor meinem inneren Auge begann ich, all die Seelen zu sehen, die einst ganz normale Menschen gewesen waren. Männer und Frauen, Mütter und Väter, Söhne, Töchter, Enkel und Großeltern. Von der ältesten Person bis zum kleinsten Kind. Sie alle waren wie durch einen Lichtfaden an mich gefesselt. Unfähig weiterzuziehen. Unfähig, Frieden zu finden.

Ich atmete tief durch. Und so, wie ich all diese Menschen an mich gerissen hatte, schob ich sie jetzt von mir und durchtrennte unsere Verbindung. Im Geiste konnte ich sehen, wie die Lichtfäden immer blasser wurden, bis sie sich schließlich ganz auflösten.

Als ich die Augen öffnete, fühlte ich mich, als hätte ich etwas Kostbares verloren, gleichzeitig wusste ich, dass es das einzig Richtige gewesen war.

»Sehr gut, Blair«, lobte Kendra und legte mir die Hand auf die Schulter. »In dir steckt große Macht, du musst sie weise einsetzen.«

Ich legte den Kopf in den Nacken und betrachtete das bunte Farbspektakel am Himmel, als könnte ich dort die Seelen erkennen, denen ich gerade ihre Freiheit zurückgegeben hatte. »Was passiert jetzt mit ihnen?«, fragte ich leise.

»Sie kehren dorthin zurück, wo sie hingehören«, antwortete Kendra nur.

»Sie gehören nach Helheim«, murmelte ich. »Dorthin, wo sie Frieden finden können. Es ist nicht richtig, sie hier behalten zu wollen. Die Diener des Chaos scharen all diese Seelen um sich wie ihr die Krieger.« Ich suchte Kendras Blick.

»Wie *wir*«, korrigierte sie mich leise und ein schmerzerfüllter Ausdruck trat auf ihr Gesicht. »Unsere Helden entscheiden sich freiwillig für ein Leben in Valhalla. Aber Vidars Handlanger binden diese Seelen gegen ihren Willen an sich und zwingen sie dazu, an ihrer Seite zu bleiben und ihnen als Energiequelle zu dienen, wodurch sie immer mehr an Macht gewinnen.«

»Aber wie?«

»Das wissen wir nicht. Der Gott des Chaos hat viele Anhänger mit vielen verschiedenen Kräften. Sie waren immer eine Gefahr für die natürliche Ordnung, aber mittlerweile sind sie fast zu stark geworden. Irgendwie haben sie einen Weg gefunden, sich die Seelen von Normalsterblichen für ihre Zwecke zunutze zu machen und damit ihre Macht zu steigern. Bis vor Kurzem war es unmöglich, eine Valkyre zu töten. Jetzt nicht mehr.«

»Sie wollen Ragnarök auslösen«, murmelte ich nachdenklich.

Kendra erwiderte nichts darauf, presste jedoch die Lippen aufeinander.

»Was können wir dagegen tun?«

»Anastasia zu retten, war der erste Schritt«, erklärte sie. »Ohne sie hätten wir schon verloren. Doch jetzt müssen wir sehr vorsichtig sein, denn Vidar ist uns schon viel zu nahegekommen. Eine Gruppe von Heldinnen und Helden wird rund um die Uhr an der Weltesche Wache halten, sowohl hier als auch in Vancouver. Außerdem sind Eirlys und Cleo unterwegs, um herauszufinden, was Vidars Anhänger vorhaben und was wir dagegen unternehmen können. In der Zwischenzeit geht für dich und jetzt auch für Anastasia das Training weiter. Wir werden euch härter trainieren als je eine Valkyre zuvor. All das, wofür diejenigen vor euch Jahren Zeit hatten, müsst ihr innerhalb kürzester Zeit lernen. Denn nur zusammen haben wir eine Chance gegen Cyrus und seine Leute. Nur zusammen haben wir eine Chance gegen das Chaos.«

Ich nickte langsam und verschränkte die Arme vor der Brust, weil ich plötzlich fröstelte. »Wie konnten sie uns überhaupt finden? Im tiefsten Sibirien bei diesem Waisenhaus? Eirlys scheint ziemlich sicher zu sein, dass ihr niemand gefolgt ist.«

»Eirlys ist die Beste, wenn es darum geht, etwas oder jemanden aufzuspüren und dabei keine Spuren zu hinterlassen und vorhandene zu verwischen«, bestätigte Kendra und seufzte leise. Auch ihr Blick richtete sich auf die schillernden Nordlichter am Nachthimmel. »Die Wahrheit ist, dass wir nicht wissen, wie Vidars Leute Anastasia so schnell finden konnten. Und das macht sie nur noch gefährlicher.«

Es sei denn, sie waren doch jemandem gefolgt. Offensichtlich nicht Eirlys, wenn sogar Kendra so von ihren Fähigkeiten überzeugt war, dafür aber jemand anderem. Einer anderen Valkyre.

Unwillkürlich musste ich an das Treffen mit Ryan in diesem Park zurückdenken. Kurz bevor ich zu Ling gegangen war. Kurz bevor ich zurück nach Valhalla und von dort aus zusammen mit Ayane und Kendra nach Russland gereist war. Vielleicht machte ich mich nur selbst verrückt, aber könnte es sein … dass Ryan mir gefolgt war? Aber wie, wenn nicht durch die Nordlichter?

Doch dann fiel mir ein, wie er mich in Vancouver gefunden hatte, und ich erstarrte. Mechanisch griff ich in meine Hosentasche – und zog mein Handy hervor. Dasselbe Handy, das Ryan mithilfe seiner App schon mal getrackt hatte. Übelkeit begann sich in mir auszubreiten. Oh Gott …

Hatte ich alle anderen durch meine Verbindung zu ihm in Gefahr gebracht? War dieser kurze Moment dort draußen im

Schnee nur ein Ablenkungsmanöver gewesen, damit ich gar nicht erst darüber nachdachte? Damit ich die Wahrheit nicht erkannte?

Alles in mir weigerte sich, diese Möglichkeit auch nur in Betracht zu ziehen. Ryan war mein bester Freund. Immer gewesen. Doch das war, bevor sich unsere beiden Leben so drastisch verändert hatten. Bevor wir auf verschiedenen Seiten einer Schlacht standen, die alles vernichten würde. Bevor er, sein Vater und sein Bruder das Ende der Welt herbeiführen wollten.

KAPITEL 24

RYAN

IN DER NÄHE VON YELLOWKNIFE,
NORDWEST-TERRITORIEN, KANADA

»Ich weiß, wo du warst. Und was du während des Kampfes in Sibirien getan hast.«

Ich war gerade mal zur Küchentür hereingekommen und blieb abrupt stehen. Dabei versuchte ich, eine neutrale Miene aufzusetzen und den kalten Schauder zu ignorieren, der mir beim Klang dieser Stimme das Rückgrat hinunterkroch. Langsam hob ich den Kopf und stellte mich Cyrus' Blick. Doch wo ich etwas Anklagendes in seinen Augen vermutet hatte, war nur eine gefährliche Ruhe zu sehen.

»Dein Bruder hat mir davon erzählt, also versuch gar nicht erst, mich für dumm zu verkaufen.« Er schob den Stuhl zurück und stand auf.

Allein die Tatsache, dass er so selbstverständlich am Esstisch in unserer Küche saß, als würde er hier wohnen, sollte erschreckend sein. Aber dass ich weder etwas von Mom hörte noch sah, war noch viel schlimmer. Wo war sie? War er ihr begegnet? Würde er ihr etwas antun?

»Du hast sie gewarnt.« Mit einem Satz war er bei mir und packte mich am Kragen. »Du wolltest deine kleine Valkyrenfreundin beschützen.«

Ich ballte die Hände zu Fäusten, zwang mich jedoch dazu, nichts zu tun. Wenn ich es schaffte, ruhig zu bleiben, würden sich meine Kräfte nicht melden, und dann konnten wir es beide unverletzt hier rausschaffen. Oder zumindest lebend.

»Ich glaube, du weißt nicht recht, wer hier das Sagen hat, Kleiner.« Seine Stimme war zu einem bedrohlichen Raunen geworden. »Du bist mein Sohn. Du bist ein Diener des Chaos.« Mit einem groben Stoß gab er mich wieder frei. »Verhalte dich entsprechend.«

Ich stolperte zurück, fing mich jedoch wieder und richtete mich auf. Auf keinen Fall würde ich vor ihm zurückweichen. Die anderen mochten Angst vor Cyrus haben, ihn verehren, aber auch fürchten. Nur Hector nicht. Allerdings schien mein Halbbruder sowieso seine eigene Agenda zu haben, mit der ich nichts zu tun haben wollte. Genau genommen wollte ich mit allem hier nichts zu tun haben.

»Ich bin vielleicht dein Sohn«, gab ich widerwillig zu. »Aber ich wollte nie ein Teil dieser Sache sein. Ich gehöre nicht dem Chaos. Und ich werde ihm ganz bestimmt nicht dienen und dabei helfen, das Ende der Welt herbeizuführen.«

Mit einer einzigen Handbewegung fegte Cyrus die Gläser vom Tisch. Sie zerbrachen an der gegenüberliegenden Wand und fielen klirrend zu Boden.

»Wie oft muss ich es noch sagen? Ragnarök ist nicht das Ende. Es ist der Anfang von allem.« Doch noch während er sprach, schüttelte er den Kopf. Einen Moment lang starrte er mich nur an, als wollte er mich mit seinem Blick durchbohren, dann seufzte er. »Dein Bruder hatte recht. Du wirst dich uns niemals freiwillig anschließen. Nicht, solange sie da ist.«

Ich biss die Zähne zusammen und gab mein Bestes, um keine Reaktion zu zeigen. Schlimm genug, dass Cyrus und Hector wussten, dass Blair meine beste Freundin war. Ausgerechnet die Tochter einer Valkyre – und jetzt selbst eine von ihnen. Aber wenn sie auch nur ahnen würden, was ich wirklich für sie empfand, würde sie nichts mehr davon abhalten, Blair auszuschalten. Sie war sowieso schon eine zu große Gefahr. Ein unkalkulierbarer Faktor, wie Cyrus sie einst genannt hatte. Nun ... ich würde sie beschützen. Wenn diese Kräfte in mir zu irgendetwas gut waren, dann würde ich sie dafür einsetzen, Blair vor Cyrus und allen anderen zu schützen.

Cyrus nickte langsam, als hätte er soeben einen Entschluss gefasst. »Ich denke, es ist an der Zeit, dir zu zeigen, was wirklich auf dem Spiel steht. Vielleicht wird das ja deine Meinung ändern, mein Junge.«

Verwirrt runzelte ich die Stirn. Was wollte er damit sagen?

»Hector!« Mein Vater hob die Hand, als könnte er damit seinen anderen Sohn heraufbeschwören.

Zuerst geschah überhaupt nichts, doch dann hörte ich

Schritte auf der Treppe. Nicht nur die von einer Person, sondern von zweien.

Alles in mir verkrampfte sich. Die Dunkelheit kehrte mit aller Macht zurück und begann, in mir zu tosen wie ein gefangenes Tier. Ich rührte mich nicht von der Stelle, dennoch schien die Welt plötzlich um mich herum in Stücke zu zerbersten, als ich erkannte, wen Hector da in die Küche zerrte.

»Ryan …« Moms Stimme klang verängstigt. Ihre Augen waren gerötet und sie zitterte am ganzen Körper. Als sie die Hand nach mir ausstreckte, drückte Hector die Klinge nur noch fester gegen ihren Hals.

Ich ballte die Hände erneut zu Fäusten und versuchte, das Chaos in mir unter Kontrolle zu bringen, während ich Mom anstarrte. Mir dieses Bild einprägte. Mir merkte, wer das hier getan hatte, damit ich es niemals wieder vergaß.

Dann wandte ich mich an meinen Vater. »Wann fangen wir an?«

»Braver Junge.« Ein Lächeln breitete sich auf Cyrus' Gesicht aus. »Ich wusste doch, dass dich das motivieren würde. Und um auf deine Frage zurückzukommen: Jetzt. Es hat bereits begonnen.«

KAPITEL 25

BLAIR

Am nächsten Morgen ging ich nicht wie gewohnt mit Kari joggen, trainierte auch nicht mit Thyra und Zev meine Nahkampffähigkeiten oder trank meinen geliebten grünen Tee zum Frühstück, sondern betrat zusammen mit Anastasia und Maeve noch vor Sonnenaufgang die Tiefgarage unter dem Bestattungsinstitut. Eine Tiefgarage, von deren Existenz ich bis zu diesem Zeitpunkt nichts gewusst hatte, sonst hätte ich an jenem Abend vor ein paar Wochen vielleicht einen anderen Weg gefunden, um in das Gebäude einzubrechen.

Maeves schwarzes Haar schwang bei jedem Schritt hin und her, als sie einen futuristisch aussehenden Sportwagen ansteuerte, der etwas abseits von allen anderen Autos stand.

»Was ist *das*?«, fragte Anastasia mit großen Augen. Seit gestern Abend schien sie Vertrauen zu uns gefasst zu haben und redete deutlich mehr.

»Ein Aston Martin Valhalla.« Liebevoll tätschelte Maeve das Fahrzeug. »Das neueste Auto in meiner Sammlung und außerdem einer der schnellsten Supersportwagen auf dem Markt.«

»Wow …«, stieß Anastasia begeistert hervor.

Ich stieg auf der Beifahrerseite ein, während sie es sich bereits auf der Rückbank gemütlich machte. »Hast du den Wagen wirklich Valhalla genannt?«, murmelte ich trocken.

Maeve warf mir einen amüsierten Seitenblick zu. »Wenn *ich* diesen Wagen entwickelt und benannt hätte, wäre ich jetzt Milliardärin und würde an irgendeinem Strand sitzen und einen Drink aus einer Kokosnuss schlürfen. Also nein. Dass er Valhalla heißt, ist nur ein netter, aber angenehmer Zufall. Warum sollten die Menschen einen der besten und schnellsten Sportwagen der Welt auch nicht nach Valhalla benennen?« Sie startete den Motor und ein kaum spürbares Vibrieren ging durch den Wagen. »Aufgepasst. Wir machen eine kleine Spritztour, dann bringe ich euch etwas Neues bei. Etwas, das jede Valkyre wissen muss und das ihr ganz schnell erlernen werdet.«

Vorsichtig parkte sie aus und lenkte den Aston Martin Valhalla durch die Tiefgarage, aber sobald wir auf der Straße waren, drückte Maeve aufs Gas.

Reflexartig packte ich den Griff an der Tür, um mich festzuhalten. Seit dem Unfall, nein, genauer gesagt seit ich selbst zum Bahnhof gefahren und in den Zug nach Vancouver gestiegen war, war ich nicht mehr Auto gefahren. Und im ersten Moment hatte ich Angst. Mein Puls begann zu rasen und Panik schnürte mir die Kehle zu. Doch dann erinnerte ich mich daran, dass weder der Wagen noch Moms Fahrkünste oder die glatte Straße für den schrecklichsten Moment meines Lebens gesorgt hatten. Und auch nicht Ryan in böser Absicht, sondern seine Kräfte. Die Kräfte des Chaos. Vidars Kräfte. Das war unser eigentlicher Gegner.

Also zwang ich mich dazu, mehrmals tief durchzuatmen und mich zu entspannen – was Maeve mir mit den schnellen Kurven und dem irrsinnigen Tempo, das sie an den Tag legte, echt nicht leicht machte.

»Das ist so toll!«, rief Anastasia vom Rücksitz aus. »Schneller, Maeve!«

Die warf einen Blick in den Rückspiegel und ging dann lächelnd aufs Gas. Der Motor jaulte auf und wir preschten so schnell über die Straße, dass ich das Gefühl hatte, die Reifen würden den Asphalt gar nicht mehr berühren. Beinahe so, als würden wir fliegen.

Es war noch dunkel draußen, als wir aus der Stadt herausfuhren, und ein paar Minuten lang rauschten wir einfach nur durch die Landschaft, beinahe so schnell wie mithilfe der Nordlichter. Beinahe. Dann wendete Maeve und lenkte den Sportwagen wieder Richtung Vancouver. Aber die kleine Spritztour hatte mir seltsamerweise gut getan und auch Anastasia hatte ihren Spaß daran. Zumindest lag das erste kleine Lächeln auf ihrem Gesicht.

Der Winter hatte das Land nach wie vor fest im Griff. Es schneite zwar nicht mehr, dennoch war es noch immer bitterkalt. Die Sonne war noch nicht mal aufgegangen, als Maeve im Hafengebiet anhielt und den Motor ausschaltete. Gleich darauf stiegen wir aus, die Hände tief in den Taschen unserer Jacken und Mäntel vergraben, und fragten uns, was um alles in der Welt wir hier eigentlich wollten. Zumindest fragte *ich* mich das.

Wie so oft hielt sich Maeve bedeckt und schien völlig damit zufrieden zu sein, uns nach der kleinen Spritztour hergebracht zu haben. Noch vor sechs Uhr morgens. Ein beißender Wind wehte und ich zog automatisch den Kopf ein. Im Vergleich zu Valhalla war es verflucht kalt. Dem *echten* Valhalla, nicht dem Sportwagen.

Schließlich war es Anastasia, die sich umschaute und dann mit großen Augen zu Maeve blickte. »Was machen wir hier?«

»Trainieren. Zu dieser Zeit ist niemand hier und wir können keine Zuschauer gebrauchen«, erklärte sie und schob die Autoschlüssel in ihre Hosentasche. »Abgesehen davon, dass wir von Valhalla aus mit den Nordlichtern an jeden beliebigen Ort der Welt reisen können, haben Valkyren einiges mehr drauf. Wir sind stärker und schneller als normale Menschen. Keine Wunde ist tödlich.« Sie warf mir einen kurzen Blick zu, beinahe so, als wollte sie sichergehen, dass ich nicht widersprach. Denn ich hatte mit eigenen Augen gesehen, wie tödlich manche Dinge für Valkyren sein konnten. Autounfälle zum Beispiel. Oder das Erwachen der Kraft eines Dieners des Chaos in unmittelbarer Nähe.

Allerdings behielt ich meine Gedanken für mich. Irgendetwas sagte mir, dass diese Einführung vor allem für Anastasia gedacht war, die ihr Schicksal noch schneller akzeptieren und ihre neuen Kräfte beherrschen lernen musste als ich, jetzt, da unser Gegner so stark geworden war.

»Aber der beste Teil ist, dass wir weiter und höher springen können als jedes Lebewesen auf diesem Planeten.« Ein seltenes Schmunzeln umspielte Maeves Lippen. »In den Sagen und Legenden heißt es, Valkyren könnten fliegen oder hätten Flügel. Das stimmt so nicht ganz, denn diese Flügel tauchen nur dann auf, wenn wir durch die Nordlichter reisen oder uns in die Lüfte erheben, um höher und weiter zu springen, als ihr es euch je habt träumen lassen. Und wir werden genau hier damit starten.«

»Hier?« Anastasia sah sich um. Ihr blondes Haar war auf der linken Seite zu einem Zopf geflochten. Beim Anblick des Hafens kräuselte sie die Nase.

Maeve lächelte geheimnisvoll. »Genau hier«, bestätigte sie und deutete auf ein paar Container auf dem Gelände. »Wir starten damit und arbeiten uns dorthin weiter.« Jetzt zeigte sie auf die Wolkenkratzer im Zentrum der Stadt.

Ich blinzelte mehrmals, dann stieß ich ein ungläubiges Lachen aus. Das war nicht ihr Ernst, oder? Ich mochte zwar zusammen mit Eirlys über ein riesengroßes Tor gesprungen sein, aber das war etwas völlig anderes, als sich die höchsten Gebäude der Stadt vorzunehmen.

»Keine Angst«, kam es von Maeve. »Es ist wie Fahrradfahren. Einmal gelernt, könnt ihr es nicht mehr vergessen. Und das Beste daran?«, fügte sie mit einem Seitenblick auf unsere jüngste Valkyre hinzu. »Es macht auch noch Spaß.«

Das entlockte Anastasia zum zweiten Mal an diesem Morgen ein kleines Lächeln. Zögerlich zwar, aber es war da, und es tat so gut, zu sehen, wie sie langsam Vertrauen fasste und aufzublühen begann. Jetzt hüpfte sie ungeduldig von einem Bein aufs andere. Allem Anschein nach konnte sie es gar nicht erwarten, mit dem Training loszulegen.

»Das Wichtigste ist, dass ihr alle Zweifel aus eurem Kopf beseitigt. Wenn ihr daran glaubt, dass ihr von hier bis zum nächsten Haus springen könnt, dann könnt ihr das auch. Wenn ihr es nicht glaubt, dann klappt es auch nicht. Verstanden?«

Wir nickten beide brav.

»Gut.« Maeve rieb die Hände aneinander. »Ana, du fängst an. Konzentrier dich. Glaub von ganzem Herzen daran. Nimm Anlauf und dann spring auf den gelben Container.« Sie deutete darauf.

Überrascht zog ich die Brauen in die Höhe. Der Container war mindestens zwanzig Meter entfernt.

Anastasia zögerte nur einen Herzschlag lang, dann fokussierte sie ihr Ziel, holte Luft und rannte los.

»Was passiert, wenn sie es nicht schafft?«, hörte ich mich fragen.

»Dann fliegt sie auf die Nase«, kam die pragmatische Antwort.

Ich runzelte die Stirn und sah Anastasia nach. Sie lief so schnell, dass ihre Schuhe kaum den eisigen Boden zu berühren schienen, dann stieß sie sich ab, sprang in die Luft – und schaffte es nicht bis zum Container. Wenige Meter davor landete sie wieder auf den Füßen und richtete sich auf.

Maeve stieß einen leisen Seufzer aus. »Nicht übel für das erste Mal. Aber auch nicht besonders gut.«

Ich warf ihr einen irritierten Seitenblick zu. »Du bist eine Nachfahrin von Loki, richtig?«

»Wenn du glaubst, dass mir deshalb nicht zu trauen ist, hast du eindeutig zu viele Filme geschaut«, konterte sie trocken. »Außerdem sagt das genau die Richtige. Deine Kräfte stammen von der Todesgöttin Hel, was dich zu einer der gefährlichsten Valkyren überhaupt macht.«

Auch wieder wahr.

Ich deutete auf Anastasia, die jetzt erneut zum Sprung ansetzte und es diesmal bis auf den gelben Container schaffte. »Was ist mit ihr?«

»Baldur«, erwiderte Maeve, ohne zu zögern.

»Baldur«, wiederholte ich und ging in Gedanken das Wenige durch, was ich über diese nordische Gottheit wusste. Angeblich einer der schönsten Götter und der Liebling von allen. Unverwundbar. Zumindest bis auf die Mistel, die einzige Pflanze, die ihm etwas anhaben konnte. Hatte nicht Loki dafür gesorgt, dass er durch eine Mistel getötet wurde? Ich runzelte die Stirn. Die Geschichten aus der Mythologie verschwammen in meinem Kopf miteinander, zumal ich nicht einmal wusste, ob sie für uns überhaupt etwas zu bedeuten hatten. Denn so wie Maeve kein zweiter Trickster – oder Tom Hiddleston als Loki – zu sein schien, hatten auch Anastasia und ich kaum etwas mit unseren Vorfahren gemeinsam.

Kaum etwas, bis auf die Kräfte, die sie uns über Generationen hinweg vererbt hatten und die von einer Valkyre an die nächste weitergegeben wurden.

»Du bist dran.« Maeve stieß mich mit dem Ellbogen an und deutete auf den Container, auf dem Anastasia jetzt saß und die Beine über den Rand baumeln ließ. »Los!«

Ich atmete tief durch und rannte los. In Gedanken war ich wieder vor dem Waisenhaus, in dem wir Anastasia gefunden hatten. Hinter uns der Kampf. Vor uns der unüberwindbar scheinende Zaun. Und auch wenn Eirlys diesmal nicht an meiner Seite war und mich festhielt, stieß ich mich vom Boden ab, sprang in die Lüfte und hatte für einen Augenblick das Gefühl, als könnte ich fliegen. Doch dann raste der Container in viel zu hoher Geschwindigkeit auf mich zu. Ich sah den Aufprall schon kommen, erinnerte mich dann jedoch an all die Dinge, die Thyra mir in den letzten Wochen geradezu eingeprügelt hatte, und rollte mich in letzter Sekunde ab. Schlitternd kam ich wieder auf die Beine und fiel fast hintenüber vom Container herunter, ehe ich mein Gleichgewicht wiederfand. Aber ich hatte es geschafft. Ich war gesprungen – und geflogen.

Aus dem Augenwinkel bemerkte ich, wie Anastasia aufgesprungen und zu mir geeilt war, um mir zu helfen, und warf ihr ein beruhigendes Lächeln zu.

»Sehr gut.« Maeve setzte in diesem Moment neben uns auf und lächelte.

Anastasia hüpfte von einem Bein aufs andere und strahlte übers ganze Gesicht. »Noch mal! Noch mal!«

Wir nahmen weitere Container ins Visier. Anschließend folgten niedrige Häuserdächer, für die wir mehr Konzentration und auch mehrere Versuche brauchten. Bei einem missglückten Sprung schrammte sich Anastasia die Knie auf und ich landete schmerzhaft auf der linken Schulter, weil ich mich nicht rechtzeitig abgerollt hatte. Von einer eleganten Landung war ich wirklich noch meilenweit entfernt. Aber es machte Spaß. Adrenalin pumpte durch meinen Körper und vertrieb die Kälte des Winters, obwohl ich schon nach kürzester Zeit das Gefühl hatte, meine Nase, Wangen und Finger nicht mehr spüren zu können.

»Es ist schon der dritte Winter, der so kalt ist«, stellte ich in einer kleinen Pause fest.

Während Anastasia und ich uns gerade an einem weiteren Sprung versucht hatten, war Maeve kurz verschwunden, um uns Energieriegel und etwas zu trinken zu besorgen. Ich führte die Flasche an meine Lippen und trank gierig einige Schlucke.

»Und es ist auch der dritte Winter, der so unheimlich lange andauert«, fügte ich nachdenklich hinzu und wischte mir mit dem Handrücken über den Mund.

»Wenn man den Legenden Glauben schenken will, ist der Fimbulwinter eines der Anzeichen, die das Ende der Welt einläuten«, erwiderte Maeve. »Doch das würde eine drei Jahre lange Eiszeit bedeuten, und soweit ich mich erinnere, hatten wir einen ziemlich angenehmen Sommer.«

»Und wenn es doch der Fimbulwinter ist?«, hakte ich nach und beobachtete Anastasia dabei, wie sie den Schnee auf dem Dach zusammenschob und zu einer großen Kugel formte.

Wenn ich mittlerweile eines gelernt hatte, dann dass nicht alle Mythen wörtlich zu nehmen waren. Die Valkyren hatten schließlich auch keine Flügel im klassischen Sinne, sondern bewegten sich innerhalb der Polarlichter, fuhren Aston Martins und sprangen einfach nur sehr hoch und sehr weit.

»Dann würden immer noch die anderen Anzeichen fehlen«, antwortete Maeve ruhig und strich sich das schwarze Haar hinters Ohr. »Der Weltenbrand. Das Versinken der Erde, wenn die Midgardschlange auftaucht, und die Verdunkelung der Sonne, nachdem sich der Fenrirwolf von seinen Ketten befreit hat. Und wenn es so weit ist, haben wir immer noch eine Chance. Sobald eine von uns den Wolf besiegt hat, ist den Göttern die Rückkehr hierher, nach Midgard, in die Welt der Menschen, möglich. Erst dann beginnt die wahre Schlacht. Du siehst also, es gibt keinen Grund zur Sorge.«

Womöglich nicht. Vielleicht aber doch. Denn nur weil die Anzeichen für Ragnarök nicht alle eingetreten waren, bedeutete das nicht, dass es da draußen keine Gefahren gab. Die Anhänger des Chaos versammelten immer mehr Seelen um sich und stärkten damit ihre eigene Macht. Und sie hatten bereits zwei ausgebildete Valkyren getötet, die schon wer weiß wie viele Jahrhunderte überlebt hatten. Wenn wir nicht rechtzeitig da gewesen wären, dann wäre auch Anastasia verloren gewesen.

Mein Blick fiel auf das Mädchen mit den blonden Locken, das hochkonzentriert an ihrem Schneemann arbeitete. Doch wenn meine Befürchtung stimmte, dann wäre sie ohne mich, ohne meine Verbindung zu Ryan gar nicht erst in Gefahr geraten. Weil die Diener des Chaos dann überhaupt nicht gewusst hätten, wo sie sie finden konnten.

»Du bist dran.« Maeve deutete auf das nächste Dach, nur war dieses nicht mehr auf unserer Höhe, sondern einige Stockwerke darüber.

Mein erster Impuls war es, Nein zu sagen. Die Entfernung war gigantisch und so hoch war ich noch nie gesprungen, weder jetzt während des Trainings noch zusammen mit Eirlys – und da hatte sie die meiste Arbeit getan. Doch dann wurde mir klar, dass sich hinter den ganzen Zweifeln in meinem Kopf nur Angst verbarg. Angst davor, es nicht zu schaffen. Und dann? Wenn genau das passierte? Dann würde ich aufstehen und es noch mal versuchen. Wieder und wieder, so oft, bis ich es hinkriegte. Also gab es überhaupt keinen Grund dafür, Angst zu haben.

Ich nickte, schraubte die Flasche zu und drückte sie Maeve in die Hand. Ich spürte Anastasias neugierigen Blick auf mir, als ich ein paar Schritte zurücktrat. Ohne mein Ziel aus den Augen zu lassen, holte ich tief Luft, rannte los – und sprang vom Rand des Daches. Im ersten Moment schwebte ich nur durch die Lüfte, dann nahm ich das Glitzern von Flügeln zu meinen beiden Seiten wahr und flog weiter, als ich jemals für möglich gehalten hatte. Und trotz allem, was passiert war, trotz der immer größer werdenden Gefahr fühlte ich mich so frei wie nie zuvor.

Ich breitete die Arme aus und ließ dem Lächeln freien Lauf. Das andere Dach kam immer näher, doch wo vorher Zweifel geherrscht hatten, wusste ich nun, dass ich es schaffen würde.

Nichts auf der Welt würde mich davon abhalten, dieses Hochhaus zu erreichen. Nichts, außer …

Ein Schrei. Tief und gellend und voller Qualen.

Ich zuckte zusammen, verpasste den Moment, in dem ich sicher landen sollte und begann zu fallen. In letzter Sekunde hielt ich mich mit den Händen an der Dachkante fest, während mein Herz raste, das Blut heftig in meinen Ohren pumpte und der Schrei noch immer tief in mir nachhallte.

»Was ist passiert?« Maeve tauchte wie aus dem Nichts auf. Ihre Finger schlossen sich um meine Unterarme und sie zog mich mit einem festen Ruck hoch.

Ich landete auf Händen und Knien. Zitternd. Und mit einer grauenvollen Stille in meinem Kopf. Ich wusste genau, was der Schrei zu bedeuten hatte – aber vor allem wusste ich, was die nachfolgende Stille verhieß. Jemand war gestorben. Und so, wie es sich angehört und angefühlt hatte, auf eine schreckliche, qualvolle Weise.

Maeve genügte ein Blick in mein Gesicht, um zu wissen, was los war. »Deine Mutter hatte anfangs auch Schwierigkeiten damit. Du musst lernen, es auszublenden.«

Ich gab einen Laut von mir, der eine Mischung aus Schnauben und verzweifeltem Lachen war. »Wie denn? Kurz bevor jemand stirbt, höre ich die Seele aufschreien. Wie schaltet man so etwas ab?«

Nur in Valhalla hatte ich nichts von dieser Seite meiner Kräfte mitbekommen, sodass ich beinahe vergessen hatte, dass sie überhaupt existierte. Doch jetzt war sie wieder da und ich hatte nicht die geringste Ahnung, was ich dagegen unternehmen sollte. Außerdem: Wie konnte ich diese Fähigkeit besitzen und nichts damit anfangen? War sie wirklich nur dazu da, um mich zu quälen? Sollte ich sie bis in alle Ewigkeit unterdrücken und die Schreie der Sterbenden ignorieren?

Langsam richtete ich mich wieder auf. »Vielleicht wäre es klüger, diese Kraft zu nutzen, statt zu lernen, sie auszublenden.«

»Und wie, hm?« Auch Maeve stand auf. »Willst du jedes Mal losrennen, wenn du einen Schrei hörst – und dann was? Die Seele persönlich nach Helheim begleiten? Das ist nicht deine Aufgabe, Blair. Oder willst du sie lieber an dich binden und um dich versammeln? Das ist genau das, was der Gott des Chaos und seine Leute tun. Sie wollen ihre Macht durch andere Seelen vergrößern, doch diese Seelen gehören ihnen nicht. Sie haben ihr Leben gelebt und jetzt die ewige Ruhe verdient.«

Ich biss mir auf die Unterlippe, da ich das hier nicht zum ersten Mal hörte. »Das hat Kendra auch gesagt.«

»Und sie hat recht. Sie ist schon länger unsere Anführerin als jede andere Valkyre existiert. Sie ist die Weiseste von uns allen.«

Trotzdem ließ mich dieser Gedanke einfach nicht los. Wie konnten die Anhänger des Chaos überhaupt so viele Seelen an sich binden, wenn diese doch zu Hel gehörten? Ich war mir ziemlich sicher, bisher nur einen Bruchteil der gefangenen Seelen gesehen – und noch weniger befreit – zu haben. Laut Ryan mussten es unzählige sein. Wie war das möglich? Existierte Helheim nicht mehr? War es genau wie Asgard und alles andere, was uns aus der Nordischen Mythologie bekannt war, verschwunden und deshalb konnten diese Typen die Seelen so einfach einsammeln? Schließlich hieß es doch auch, dass all die anderen Götter fort waren. Woher wussten wir, dass ausgerechnet Hel noch da war?

Die Vorstellung verursachte mir eine Gänsehaut. Denn das würde bedeuten, dass ich die Seelen, die ich an mich gebunden hatte, nicht in die Freiheit, nicht in den ewigen Frieden nach Helheim entlassen hatte, sondern ins … Nichts.

»Lass uns weitermachen«, sagte Maeve und deutete Anastasia an, zu uns zu kommen.

Ich nickte, hielt dann jedoch inne. Obwohl wir schon seit drei, vier Stunden hier draußen in der Kälte waren, berührte mich nun eine ganz neue Form von Kälte. Sie kroch über meine Haut, durchdrang sie und glitt mir bis in die Knochen. Ich atmete erstickt aus.

»Was ist los?« Maeve warf mir einen skeptischen, fast schon besorgten Blick zu. »Hörst du wieder die Schreie der Seelen?«

»Nein.« Ich starrte Maeve und Anastasia an. »Aber ich kann sie spüren.«

Ohne ein weiteres Wort wirbelte ich herum, rannte bis an den Rand des Daches und sprang. Es war die pure Freiheit – und gleichzeitig hatte ich das Gefühl, dass die Kälte und diese klamme Empfindung in meinem Inneren nur noch stärker wurden, je näher ich kam. Wieder und wieder sprang ich zwischen den Dächern hin und her, bis ich ein Hochhaus erreichte, das sich direkt neben dem Bestattungsinstitut befand, und aus über hundert Metern in die Tiefe blickte.

Für das normale Auge war nicht viel zu erkennen, schon gar nicht aus dieser Höhe. Aber ich bemerkte die schwarz gekleideten Gestalten. Erkannte ihre Bewegungen. Und ich sah die riesige Armee aus Seelen, die sie mitgebracht hatten.

Sie waren hier, um das Institut zu stürmen.

Sie waren hier, um das Ende der Welt einzuleiten.

KAPITEL 26

Hinter mir waren Schritte im Schnee zu hören. Es war Maeve, die auf dem Dach gelandet war und jetzt neben mich trat.

»Bei den Göttern …«, flüsterte sie. »Ist es das, was ich denke, dass es ist?«

Ich nickte, da mir jedes Wort in der Kehle stecken blieb. Da waren so viele Seelen. Unschuldige Frauen, Männer und Kinder, die gestorben waren und jetzt dazu gezwungen wurden, einen Kampf auszufechten, der alles, was wir kannten und liebten, vernichten würde. Das konnte ich nicht zulassen. Das durften *wir* nicht zulassen.

»Bring Anastasia weg«, brachte ich hervor, während sich in meinem Kopf ein Plan formte.

Maeve zögerte. Und als ich zu ihr hinübersah, meinte ich, zum ersten Mal echte Besorgnis in ihrem Gesicht erkennen zu können. »Du kannst dich ihnen nicht allein entgegenstellen, Blair.«

Meine Mundwinkel wanderten in die Höhe. »Das muss ich auch nicht. Los!«

Denn ich war nicht länger allein. Ich hatte Freunde. Schwestern. Eine neue Familie, nachdem ich meine alte verloren hatte. Und keine von uns würde zulassen, dass das Chaos gewann.

Ein letzter Blick zu mir, dann schloss Maeve Anastasia in die Arme. Durchsichtige, funkelnde Flügel breiteten sich von ihrem Rückgrat aus, als sie sich in die Lüfte erhob. Gleich darauf zerrissen grüne Nordlichter den wolkenverhangenen Himmel und die beiden waren verschwunden.

Die Nordlichter waren so deutlich an diesem grauen Morgen zu sehen, dass unsere Gegner sie mit Sicherheit bereits bemerkt hatten, also verschwendete ich keine Zeit. Ich holte tief Luft, dann trat ich einen Schritt nach vorne – und ließ mich fallen.

Mein Magen rebellierte, als ich in die Tiefe fiel. Das Haar peitschte mir fast schon schmerzhaft ins Gesicht und jedes Stück Kleidung an meinem Körper flatterte im Wind. Panik begann sich in mir auszubreiten, denn das war etwas, das weder Maeve noch Thyra, Ayane oder sonst eine Valkyre mir beigebracht hatte. Aber es war der schnellste Weg nach unten – und ich wusste, dass ich es schaffen konnte. Ich konnte alles schaffen, wenn ich es mir nur fest genug vornahm. Und diesmal ging es nicht nur um mich oder um mein Leben. Es ging um das Leben und die Seelen zahlloser Unschuldiger.

Vidar und seine Anhänger hatten bereits meine Mutter und meine Schwester auf dem Gewissen. Sie hatten Anastasias Vorfahrin Virginia getötet, eine Frau, die das Mädchen nie mehr kennenlernen konnte. Ich würde nicht zulassen, dass ihnen noch mehr Personen zum Opfer fielen. Weder Valkyren noch ganz normale Menschen.

Je tiefer ich fiel, desto stärker spürte ich die Seelen, die zusammen mit den Anhängern des Chaos in das Gebäude eindrangen. Ich musste die Augen nicht öffnen, um den Boden zu sehen, der immer schneller auf mich zuraste. Stattdessen tauchten all die Dinge in meinem Kopf auf, die Kendra und Ayane gesagt hatten, die Hinweise und Ratschläge während meines Trainings, die bestärkenden Worte von Kari, die herausfordernden von Maeve. Selbst die von Thyra, Eirlys und Cleo.

Ich riss die Augen im selben Moment auf, in dem ich ein Ziehen in meinem Rücken spürte und mein Fall gebremst wurde. Zu meinen beiden Seiten funkelten riesige Flügel in der Morgensonne und entlockten mir ein Lächeln. Wenige Sekunden später landete ich sicher auf den Füßen. Ohne Schramme. Ohne Kratzer. Ich hatte es wirklich geschafft. Jetzt konnte mich nichts mehr aufhalten.

Immer zwei Stufen auf einmal nehmend näherte ich mich dem Eingang und riss die Glastüren auf. Mit meinem Eintreten fuhr eine Windböe herein, bei der alle dunkel gekleideten Gestalten zu mir herumwirbelten. Auf den ersten Blick waren es so viele, dass ich keine Gesichter und kaum Konturen ausmachen konnte. Der weiße Vorraum war gefüllt mit Dienern des Chaos und einer ganzen Armee aus durchscheinenden, geisterhaften Gestalten – den Seelen, die sie versklavt hatten. Doch dann löste sich eine Person aus der Menge und trat vor.

Mein Puls begann zu rasen. Ich kannte ihn. Ich kannte ihn so gut, weil ich dieses Gesicht nie wieder vergessen würde. Weil ich ihn an dem Tag gesehen hatte, als meine Mutter und meine Schwester gestorben waren. Cyrus.

Unbewusst ballte ich die Hände zu Fäusten, rührte mich jedoch keinen Zentimeter. Ich machte keinen Schritt auf ihn zu – und wich garantiert nicht vor ihm zurück.

»Blair Arctander«, begrüßte er mich und es schien beinahe so, als würde er sich den Namen auf der Zunge zergehen lassen. »Die Nachfahrin von Reina. Die Valkyre mit den Kräften der Todesgöttin Hel. Ich habe schon so viel von dir gehört.«

Ganz automatisch zuckte mein Blick über die Menge auf der Suche nach jemandem. Auf der Suche nach Ryan. Aber ich konnte ihn nicht finden.

»Nichts Gutes, hoffe ich.«

Cyrus' Mundwinkel wanderten in die Höhe, was sein Gesicht dank der langen Narbe an seiner Wange in eine regelrechte Fratze verwandelte. Dennoch war er auf eine verstörende Art und Weise attraktiv.

»Was willst du tun, hm?« Er breitete die Arme aus und deutete um sich. »Willst du eine Seele nach der anderen an dich binden? Wie lange denkst du, hältst du das durch, kleine Valkyre?«

Statt einer Antwort hob ich die Hände, streckte die Finger aus und krümmte sie ganz langsam, als wollte ich jemanden zu mir locken. Im selben Atemzug fielen zwei seiner Leute auf die Knie und dann leblos zu Boden. Cyrus hatte sich geirrt. Ich würde mir nicht die Seelen all dieser unschuldigen Menschen schnappen. Ich würde die Seelen seiner Gefolgsleute an mich reißen. Eine nach der anderen, wenn es sein musste.

Cyrus sah zurück und für einen winzigen Moment glaubte ich, Ärger in seiner Miene lesen zu können, dann entspannten sich seine Züge wieder.

»Und wie lange denkst du, kannst du *das* durchziehen?« Er schüttelte fast schon tadelnd den Kopf. »Du bist ganz allein, kleine Valkyre. Ich dachte, ihr wärt so etwas wie eine Einheit, aber immer, wenn ich eine von euch treffe, ist sie ganz allein.«

Diesmal war ich diejenige, die lächelte. »Ich bin nicht allein.«

Ein Dröhnen ertönte und ließ die Wände beben. Gleich darauf verwandelte sich der Himmel draußen in ein wahres Farbspektakel, die Glastüren flogen auf und die anderen Valkyren erschienen neben mir. Als Erstes Kari mit einem Horn, in das sie erneut hineinblies und bei dessen Klang sogar das Glas in den Fenstern und Türen erzitterte. Das Horn Gjallar. Das Horn von Heimdall, das Gefahren für Valhalla ankündigte.

Gleich darauf folgten Kendra mit einem Schwert in der Hand, Ayane, Thyra, Cleo, Eirlys mit ihrem Kampfstab und Maeve. Sie waren alle da, alle an meiner Seite. Alle Valkyren – bis auf eine: Anastasia. Das Mädchen war hoffentlich in der Sicherheit Valhallas, umringt von unzähligen Kriegern, die es beschützen würden.

Samantha sprang über den Empfangstresen, klappte einen schmalen schwarzen Stab aus und brachte sich in Kampfposition, als hätte sie nie etwas anderes getan. Die Krieger Valhallas begannen den Vorraum zu füllen, indem sie einer nach dem anderen erschienen, als die Valkyren sie herbeiriefen.

Cyrus wirkte hingegen wenig beeindruckt. Sein Blick wanderte von einer Valkyre zur anderen und landete schließlich wieder bei mir. Herausfordernd hob er die Brauen. »Keine Waffen?«

Das war er. Das war der Moment, auf den die anderen mich vorbereitet hatten. Und vielleicht auch der Moment, auf den ich immer gewartet hatte, als ich mich nach etwas gesehnt hatte. Nach einer Aufgabe. Nach mehr.

Ich streckte die Hände aus und machte mich bereit. »Ich brauche keine Waffen.«

Ein Lächeln glitt über seine Züge. »Ihr könnt uns nicht aufhalten. Ragnarök hat bereits begonnen.« Er hob den Arm und gab jemandem ein Zeichen.

Einen Herzschlag später tauchte ein Mann hinter Samantha auf. Ein blonder Mann, der Cyrus fast wie aus dem Gesicht geschnitten war und den ich bereits zwei Mal gesehen hatte. Hector. Sein Sohn. Ryans Halbbruder.

Samantha wirbelte zu ihm herum, aber er wehrte ihren Schlag ab, verdrehte ihren Arm und presste sie mit dem Rücken an sich. Bevor eine von uns eingreifen konnte, blitzte eine Klinge auf – dann schnitt er ihr vor den Augen aller die Kehle durch.

»Nein!« Mein Schrei hallte durch die Lobby, noch bevor ihr Körper leblos zu Boden sank. Ihre Seele dagegen tauchte neben Hector auf und blickte ihn aus weit aufgerissenen Augen an.

Ein, zwei Herzschläge lang schienen alle wie erstarrt zu sein – dann brach der Kampf aus. Die Valkyren rechts und links von mir stürzten sich auf ihre Gegner und die Helden und Heldinnen an unserer Seite auf die anderen Seelen, da nur sie und ich sie sehen konnten. Jene Seelen, die nichts mit alldem zu tun hatten, aber dazu gezwungen waren, hier und jetzt zu kämpfen. Anders als unsere Krieger und Kriegerinnen hatten sie keine Wahl gehabt. Und diesmal schienen die Seelen den Anhängern des Chaos nicht nur als Energiequelle zu dienen – sie gingen selbst gnadenlos und mit voller Macht auf unsere Krieger und Kriegerinnen los.

Donner krachte über uns und brachte das ganze Gebäude zum Beben. Aus dem Augenwinkel bemerkte ich Thyra, die wie ein Berserker wütete und alles niederschlug, was sich ihr in den Weg stellte.

Ich war so davon fasziniert, dass ich den Angreifer zu spät bemerkte. In letzter Sekunde wich ich aus, indem ich einen großen Sprung zurück machte. Der glatte Marmorboden quietschte bei der Landung unter meinen Stiefeln. Ich stützte mich mit dem Knie und einer Hand auf und hob den Kopf.

Ich kannte die Frau nicht, wusste aber instinktiv, dass sie gefährlich war. Und das nicht nur, weil sie eine Dienerin des

Chaos war, sondern weil die Adern unter ihrer Haut dunkel schimmerten und eine Art schwarze Energie aus ihren Fingern kam. Eine Energie, die sie geradewegs in meine Richtung schleuderte.

Ich hechtete zur Seite, rollte mich über den Boden und stieß mich ab. Dann sprang ich in die Lüfte, so hoch es die Decke in der Halle erlaubte, was glücklicherweise mehrere Meter waren. Mein Puls raste. Mein Atem kam keuchend, je länger ich den Attacken auswich. Wieder und wieder schoss sie diese schwarze Energie auf mich ab. Reflexartig riss ich den Kopf zur Seite und die schwarze Masse sauste haarscharf an meinem rechten Ohr vorbei. Dabei hätte sie mich eigentlich treffen müssen.

Ich starrte die Frau in ihrer Kutte an, während meine Brust sich schnell hob und senkte. Sie ließ mich keine Sekunde aus den Augen, setzte aber auch nicht zum tödlichen Schlag an. Und plötzlich wurde mir klar, warum.

Sie sollte mich nicht besiegen oder gar töten. Sie sollte mich nur beschäftigen, damit ich keine Seelen befreien und damit ihre Armee schwächen konnte. Maeve hatte gesagt, dass ich dank Hels Kräften eine der gefährlichsten Valkyren überhaupt war – und anscheinend wussten das Cyrus und seine Leute genau.

Als ich der nächsten Attacke mit einem Sprung auswich und wieder auf den Füßen landete, traf mein Blick den von Ryan – und ich erstarrte. In meiner Brust pochte es schmerzhaft und ich musste die Hände zu Fäusten ballen, um mein Zittern zu unterdrücken. Er stand einfach da, inmitten des

Kampfes, genauso dunkel gekleidet wie die anderen Diener des Chaos. Und wo er bei unserer letzten Begegnung noch versucht hatte, mich vor seinem Bruder zu beschützen, kam er jetzt langsam auf mich zu.

Ich presste die Lippen aufeinander und versuchte, das bittere, das brennende Gefühl in meinem Inneren zu vertreiben, denn ich hatte recht gehabt. Das nächste Mal, wenn wir uns sahen, würde wir gegeneinander kämpfen. Und dieses nächste Mal war jetzt.

Unvermittelt tauchte Zev neben mir auf und zog sein Schwert. Ich schüttelte den Kopf, ohne den Blickkontakt mit Ryan zu unterbrechen. Das hier war ganz allein mein Kampf, auch wenn ich nie gedacht hätte, dass mein bester Freund und ich uns eines Tages auf diese Weise gegenüberstehen würden. Auf verschiedenen Seiten, bei denen es nicht um irgendwelche Streitereien oder andere Kleinigkeiten ging, sondern um das Ende der Welt, wie wir sie kannten. Wie konnte er nur wirklich glauben, dass Ragnarök etwas Gutes, etwas Erstrebenswertes war? Was hatten sie mit ihm gemacht?

»Wir müssen das nicht tun«, sagte ich, als er näher kam und Zev widerwillig zurücktrat. »*Du* musst das nicht tun.«

Langsam schüttelte Ryan den Kopf. »Du hast keine Ahnung, was ich tun muss und was nicht.«

Vielleicht nicht. Denn in einem Punkt hatte er recht: Ich hatte keine Ahnung. Ich wusste nicht, was er durchgemacht hatte. Ich wusste so gut wie nichts über seine Kräfte und was sie mit ihm anstellten. Ich wusste nicht, wie sein Vater und sein Bruder es geschafft hatten, ihn auf ihre Seite zu ziehen.

Aber ich kannte ihn. Ich kannte Ryan besser als jeder andere. Besser als mich selbst. Und der Junge, der mein bester Freund gewesen war, würde nie etwas tun, um mich zu verletzen.

Dennoch kam er immer näher, bis ich instinktiv zurücktrat. Denn anders als er, wollte ich meine Kräfte nicht gegen ihn einsetzen. Das würde ihn töten und das konnte ich nicht mit meinem Gewissen vereinbaren. Niemals.

Als ich mit dem Rücken gegen eine Wand stieß, während um uns herum noch immer der Kampf tobte, setzte ich mich noch immer nicht gegen ihn zur Wehr. »Tu das nicht«, flüsterte ich, ohne zu wissen, ob es eine Warnung oder eine Bitte war. Womöglich beides.

»Tut mir leid, Blair …«

Er war nur noch einen halben Schritt von mir entfernt und hob die Hand, als eine mittlerweile bekannte Stimme ertönte. Cyrus warf ihm einen harten Blick zu und deutete mit dem Kopf in eine andere Richtung.

Ryan zögerte, sah ein letztes Mal zu mir und setzte sich dann in Bewegung. Gleich darauf verschwand er zwischen den Kämpfenden, während ich verwirrt zurückblieb und erstickt ausatmete.

Was um alles in der Welt hatte das zu bedeuten? Warum hatte Ryan mich verschont? Wollte Cyrus etwa nicht, dass sich mir sein Sohn entgegenstellte? Wollte er ihn schützen? Mich? Oder ging es hier um etwas ganz anderes, um etwas, das ich noch nicht verstand? Zum Beispiel, wie sie uns gefunden hatten und warum sie ausgerechnet jetzt angriffen.

Irgendetwas stimmte hier nicht. Ihr Ziel war es nach wie vor, Ragnarök herbeizuführen. Worauf warteten sie also noch?

Ich war so abgelenkt, dass ich die Attacke nicht kommen sah. Eine Gestalt löste sich aus den Schatten in der Ecke neben mir und stürzte sich auf mich. Einen Herzschlag später tauchte Eirlys vor mir auf und wirbelte ihren Kampfstab herum. Gleichzeitig stieß eine Schneeböe jeden Angreifer in unserer Nähe zurück und verschaffte uns ein paar wertvolle Sekunden Zeit.

»Konzentrier dich!«, fauchte sie.

Ich nickte nur, obwohl sie sich bereits abgewandt hatte, und stieß mich von der Wand ab. Mein Herz hämmerte noch immer schmerzhaft, aber ich zwang meine Gedanken fort von Ryan und zurück ins Hier und Jetzt. Um mich herum kämpften alle Valkyren gegen die Diener des Chaos. Cleo hielt sich die blutende Seite und wich einer neuen Attacke aus. Kendra wirbelte mit ihrem Schwert herum. Die Krieger und Kriegerinnen aus Valhalla stellten sich den Seelen entgegen.

Mittlerweile ging es nicht mehr nur um meinen besten Freund und mich, sondern um unser aller Leben. Und um das zahlloser weiterer Menschen, wenn die Diener des Chaos es tatsächlich schaffen sollten, bis nach Valhalla vorzudringen. Bis ins *echte* Valhalla.

Also tat ich das, was ich gelernt hatte: Ich kämpfte. Sammelte all meine Konzentration, befreite Seelen aus ihren Fesseln und ließ sie frei, statt sie an mich zu binden. Links von mir sorgte Eirlys für Rückendeckung, während sich Ayane rechts von mir in den Kampf stürzte.

Gemeinsam arbeiteten wir uns weiter vor, schlugen Angreifer zurück, befreiten Seelen und … töteten. Ich versuchte, nicht daran zu denken, was meine Kräfte mit den Anhängern des Chaos anstellten oder was *ich* hier tat. Ich wusste nur, dass wir, wenn ich es nicht tat, verlieren würden. Die Valkyren würden verlieren. Valhalla würde fallen. Und damit auch die ganze Menschheit, die nichts von dieser Schlacht ahnte – oder davon, was ihr bevorstand, sollten wir versagen.

Ich stieß die Hände nach vorne und befreite zwei weitere Seelen, dann drehte ich mich um – und erstarrte. Wenige Meter von mir entfernt hatte sich eine Gruppe weiterer Seelen versammelt, und obwohl es unmöglich sein sollte, kannte ich sie. Ich wusste ganz genau, dass ich sie schon mal gesehen hatte. Ich konnte es fühlen. Denn es waren die Seelen, die ich bereits befreit hatte, als wir in Russland gewesen waren, um Anastasia zu finden. Und danach hatte ich sie freigelassen. Ihnen Frieden geschenkt. Sie sollten in Helheim sein und ewige Ruhe finden, aber stattdessen waren sie hier – und kämpften wieder für das Chaos?

Mein Blick fiel auf Kendra, die in diesem Moment mit einem Lächeln auf den Lippen neben mir auftauchte, und mir wurde eiskalt. »Du wusstest, dass das passieren wird«, stieß ich entsetzt hervor und deutete auf die Seelen, die außer den Heldinnen und Helden Valhallas und mir niemand sehen konnte. Niemand – außer Kendra, die jetzt meinem Blick folgte und dabei völlig unbeeindruckt wirkte. »Du bist die älteste und weiseste Valkyre. Du wusstest genau, wohin die Seelen gehen, wenn ich sie freilasse, nicht wahr?«

Nämlich nicht nach Helheim, sondern zurück in diese Welt. Zurück zu den Dienern des Chaos. Zurück zu unseren Feinden.

Es war, als würde direkt vor meinen Augen eine Maske von ihr abfallen. Kendra seufzte tief. »Du bist so jung und so neu, Blair. Du hast keine Ahnung, was es bedeutet, eine Valkyre zu sein – schon gar nicht für so lange Zeit.« Sie wurde mit jedem Wort lauter und zog damit immer mehr Aufmerksamkeit auf sich. Die Kämpfenden ließen voneinander ab und starrten sie an. »Ich habe es so satt. Ich will einfach nur, dass es vorbei ist!«

Ayane schob sich an den anderen vorbei, aber ihre Aufmerksamkeit lang ganz allein auf Kendra. Auf der Anführerin der Valkyren seit Jahrhunderten. »Und deshalb hast du das Chaos direkt zu uns geführt?«

Kendra verdrehte die Augen. »Es ist ja nicht so, als wären wir *so* schwer zu finden.«

»Du hast uns verraten«, stieß Thyra hervor und wirkte zum ersten Mal, seit ich sie kannte, wirklich fassungslos. »Du hast alles verraten, wofür wir stehen! Wie konntest du das tun?«

Ein langsames, lautes Klatschen unterbrach sie. Alle Blicke richteten sich auf Cyrus, der zwischen den anderen Männern und Frauen hervortrat. »Was für ein Drama. Das ist besser als jedes Theaterstück.« Seine tiefe Stimme triefte nur so vor Sarkasmus.

»Du warst das«, knurrte Thyra und machte einen Schritt auf ihn zu. »Du hast sie dazu gebracht.«

Cyrus hob die Hände in einer fast schon abwehrenden Geste. »Oh, ich habe nichts getan. Das hier war ganz allein ihre Idee.« Er lächelte breit. »Ganz recht. Dieser ganze Angriff. Der Tod der anderen Valkyren. Das war Kendras Idee. Die ganze Zeit über habt ihr gegen mich und meine Leute gekämpft, ohne auch nur zu ahnen, dass der wahre Feind mitten in euren eigenen Reihen steckt.«

Kendra warf einen verächtlichen Blick in seine Richtung, wandte ihm dann jedoch den Rücken zu. Dem Mann, der direkt und indirekt für den Tod zweier Valkyren verantwortlich war. Virginia. Mom. Fenja. Und sie wandte ihm einfach den Rücken zu, als hätte sie kein bisschen Angst vor ihm.

»Es ist an der Zeit für einen Neuanfang.« Kendras Stimme hallte durch die ganze Lobby, während sie von einer Valkyre zur anderen sah. »Jahrhunderte, nein, Jahrtausende haben wir den Göttern gedient und die Menschheit vor ihrem Untergang geschützt. Aber wo sind die Götter jetzt, hm? Ragnarök steht kurz bevor und zum ersten Mal könnt ihr selbst entscheiden, auf welcher Seite ihr stehen wollt. Sie haben euch diese Wahl nicht gelassen. Ich schon. Also? Was sagt ihr? Schließt ihr euch mir an? Für eine bessere Welt? Für ein besseres Leben? Oder geht ihr zusammen mit allen anderen unter?«

»Nach Ragnarök folgt keine bessere Welt.« Fast schon angewidert schüttelte Ayane den Kopf. »Wie konntest du uns so hintergehen? Wie konntest du alles wegwerfen, wofür wir stehen? Wofür unsere Vorfahrinnen gelebt und gekämpft haben. Wofür sie gestorben sind! Niemand hier wird sich dir anschließen. Das ist Wahnsinn.«

»Nein.« Ein kühles Lächeln breitete sich auf Kendras Gesicht aus. »Es ist die einzige Möglichkeit.«

Thyra ging auf ihre ehemalige Anführerin los. Kendra rührte sich nicht, reagierte nicht einmal, beinahe so, als wüsste sie, dass ihr nichts geschehen würde. Und so war es auch, denn Thyra kam schlitternd zum Stehen und wurde mit einem Mal leichenblass. Beinahe so, als hätte sie einen Geist gesehen. Oder eine Illusion.

Von allen Göttern kannte ich nur einen, der sich Illusionen bediente, um zu erreichen, was er wollte. Oder sollte ich eher *sie* sagen? Denn in diesem Moment stellte sich Maeve zu Kendra. Und die Frau, die Anastasia und mich bis eben noch trainiert und das Mädchen in Sicherheit gebracht hatte, sah mich jetzt völlig ausdruckslos an. Als würde sie keine einzige Gefühlsregung empfinden.

»Nein …«, flüsterte ich und schüttelte den Kopf. Nicht auch noch Maeve.

»Was hast du getan?«, rief Cleo von weiter hinten.

Ich entdeckte sie erst jetzt und musste erkennen, dass sie von mehreren Leuten umringt war, die sie mit verschiedensten Waffen in Schach hielten: Schwertern, Lanzen, Säbeln, Armbrüsten. Doch es waren diejenigen, die auf sie zielten, und nicht die Waffen, bei denen sich mir der Magen umdrehte. Krieger und Kriegerinnen Valhallas. Männer und Frauen, die Kendra und Maeve nach Valhalla geholt hatten. Helden, die sich nun gegen die Valkyren und damit gegen alles stellten, wofür wir standen.

»Das, was nötig war.« Kendras Stimme wurde eine Spur schärfer. Sie drehte sich zu Cyrus um. »Wir hatten einen Deal. Ich habe meinen Teil erfüllt.«

»Ach ja, richtig.« Er wedelte nachlässig mit der Hand und zwischen all den Seelen, die er und seine Leute angesammelt hatten, traten zwei nach vorne.

Die eine hatte ich nie zuvor gesehen. Sie trug eine Jeans, eine whiskeyfarbene Lederjacke, High Heels, hatte langes rostbraunes Haar und Anastasias Augen. Dann fiel mein Blick auf die andere Frau – und ich hatte das Gefühl, dass mir jemand den Boden unter den Füßen wegzog.

»Mom …?«, wisperte ich erstickt.

Sie sah noch genauso aus, wie an jenem Tag, als sie ins Auto gestiegen war. Der Mantel mit den vielen Taschen. Das gleiche dunkelbraune Haar wie meines. Der schief gewickelte Schal, weil sie so in Eile gewesen war. Doch jetzt trat ein trauriges Lächeln auf ihr Gesicht.

Ich schüttelte den Kopf. Das konnte nicht sein. Das war einfach nicht möglich. Meine Mutter war tot. Sie sollte genau wie Fenja und Virginia in … Meine Gedanken kamen zu einem abrupten Halt und explodierten gleich darauf in meinem Kopf. Sie sollte in Helheim sein. Dort, wo wir alle nach unserem Tod hingingen, es sei denn, die Valkyren boten einem eine andere Option. Aber Mom und Virginia waren hier, genau wie all die anderen Seelen. Weil es Helheim nicht mehr gab. Was wiederum bedeutete, dass Valhalla tatsächlich die letzte Festung der Menschheit gegen das Ende war. *Wir* waren die letzte Festung. Und Kendra hatte all das riskiert, um … um ihre Schwestern zurückzubekommen.

Ich hatte nicht mal gemerkt, dass meine Beine nachgegeben hatten, bis ich den kalten Marmorboden unter meinen

Händen und Knien spürte. Und während ich noch zu begreifen versuchte, was hier passierte und was das alles zu bedeuten hatte, ertönte eine andere Stimme. Eine Stimme, die mir schmerzhaft vertraut war.

»Wir haben sie gefunden.« Ryan kehrte zusammen mit seinem Bruder zurück. Mit Hector. In ihrer Mitte eine junge Frau, die sie an den Oberarmen festhielten.

Eine zierliche Statur. Ein makelloses Gesicht mit dichten Wimpern und großen schwarzen Augen. Langes Haar in den Farben eines Regenbogens. Ling.

»Na, wen haben wir denn da?« Cyrus trat zu ihr und strich mit den Fingerknöcheln über ihre Wange. »Warum zeigst du uns nicht dein wahres Gesicht, kleine Schlange, hm?«

Angewidert riss Ling den Kopf zur Seite.

»Zeig dich!«, knurrte er.

Ling blieb stumm und funkelte ihn an, als würde sie ihn jeden Moment anspringen wollen, aber nichts dergleichen geschah. Was auch immer Cyrus erreichen wollte, Ling ließ sich weder provozieren noch einschüchtern.

Mein Blick wanderte zurück zu meiner Mutter, aber auch sie tat nichts. Sie mochte nicht gefesselt sein, aber ihr waren dennoch im übertragenen Sinne die Hände gebunden, so viel war mir klar. Sie war genauso an Cyrus und seine Leute gekettet wie alle anderen. Aber wenn ich eingreifen könnte, ohne dass es jemand bemerkte. Wenn ich nur …

Vorsichtig bewegte ich die Finger. Versuchte, Mom unter all den anderen Seelen zu ertasten und eine Verbindung herzustellen, um sie zu befreien.

Ein Klatschen ließ mich zusammenzucken. Ich sah zurück zu Ling, die jetzt am Boden lag und sich die Wange hielt, während Cyrus über ihr stand. Seine Miene war vor Wut verzerrt.

»Dummerweise können wir dich nicht töten, kleine Schlange.« Er zog einen Dolch aus dem Schaft an seinem Oberschenkel, wandte sich von Ling ab und suchte meinen Blick. Ein bedrohliches Lächeln lag auf seinen Lippen. »Aber ihn schon.«

Er holte aus, wirbelte herum – und rammte die Klinge in Ryan hinein.

KAPITEL 27

Die Welt verlangsamte sich, während mein Herz immer schneller schlug, bis das panische Hämmern das Einzige war, was ich noch wahrnahm. Nicht die Schreie um mich herum. Nicht der Kampf, der ein zweites Mal ausbrach. Nicht einmal, wie ich aufsprang und losrannte, bis ich direkt neben meinem besten Freund schlitternd zum Stehen kam und auf die Knie fiel.

»Ryan!«

Er lag auf dem Rücken und röchelte. Auf dem dunklen Shirt war das Blut nicht zu sehen, aber seine Finger waren rot gefärbt und sein Gesicht beinahe so weiß wie die Wände der Lobby. Er reagierte erst, als ich mich über ihn beugte. Sein

Blick fokussierte mich und er schien etwas sagen zu wollen, aber ich schüttelte den Kopf.

»Hey … schhh«, machte ich und übte mit beiden Händen Druck auf die Wunde auf seiner Brust aus, um die Blutung zu stillen. Vergeblich, denn um ihn herum breitete sich bereits eine Lache aus – ein erschreckender Kontrast zu dem weißen Marmorboden.

Von seinem Vater war weit und breit nichts mehr zu sehen, genauso wenig von seinem Bruder. Nur Ling hockte zitternd auf dem Boden und ließ den Blick panisch hin- und herwandern. Doch bis auf die Ohrfeige schien sie unverletzt zu sein, auch wenn sich gleich vier von Vidars Anhängern sofort um sie positioniert hatten, um sie zu bewachen. Doch damit konnte ich mich jetzt nicht befassen, also richtete ich all meine Aufmerksamkeit wieder auf Ryan, während um uns herum die Hölle losbrach.

»Es tut … tut mir leid …«, brachte er hervor. »Ich … ich wollte nur …«

Ich schüttelte den Kopf, damit er aufhörte, so etwas zu sagen und damit die verdammten Tränen aus meinen Augen verschwanden, weil ich kaum noch etwas erkennen konnte. »Sag das nicht. Du wirst es schaffen. Du musst es schaffen!«

Etwas Warmes lief mir über die Wange, aber ich ignorierte die Tränen und drückte fester auf die Wunde, was Ryan gequält aufstöhnen ließ. Aber auch wenn ich keine Ärztin war, ahnte ich, dass er bereits viel zu viel Blut verloren hatte. Er brauchte ein Krankenhaus. Oder ein Wunder.

Nein. Er brauchte … Valhalla. Dieser Ort hatte bisher alles geheilt – jede Verletzung, die sich die Kriegerinnen und Krieger während des Trainings zufügten, und sogar Ayane, als sie schwer verwundet zurückgekehrt war. Wenn es etwas gab, das Ryan jetzt noch helfen konnte, dann war es Valhalla.

»Halt durch!«, befahl ich und half ihm dabei, sich aufzusetzen und schließlich ganz aufzustehen. Ich schlang den Arm um ihn und legte seinen über meine Schultern. Dann legte ich seine Hand auf die Wunde.

»Was hast du vor?«, stieß er mit schmerzverzerrtem Gesicht hervor und drückte auf seine Verletzung.

»Dich retten«, erwiderte ich nur.

Denn die Wahrheit war: Ich konnte ihn nicht sterben lassen. Nicht ihn. Wir mochten nicht mehr auf derselben Seite stehen. Unser Erbe mochte uns zu den größten Feinden machen, aber er war immer noch … Ryan. Er war immer noch der Mensch, der mir am allerwichtigsten war. Und ich würde nicht zulassen, dass ihm etwas geschah.

Mit dem einen Arm stützte ich Ryan, mit dem anderen befreite ich jede Seele von ihren Fesseln, die sich uns entgegenstellte, und vernichtete jeden Diener des Chaos. Ihre Körper sackten neben uns zu Boden, während wir uns immer weiter durch die Lobby arbeiteten.

Als die Aufzüge endlich in Sichtweite kamen, hätte ich fast erleichtert aufgeatmet, aber noch hatten wir es nicht geschafft. Noch waren wir meilenweit von Valhalla entfernt. Und ich spürte, wie meine Kräfte langsam nachließen …

Zwei vermummte Handlanger des Chaos tauchten vor uns auf und versperrten uns den Weg. Ich dachte nicht nach.

Ich holte aus, bekam die Seele der Frau zu fassen und riss sie schwungvoll aus ihrem Körper. Fast im selben Moment wurde der Kerl von hinten von einem Schwert durchbohrt. Als er zu Boden sackte, erkannte ich eine vertraute Gestalt dahinter.

»Hier entlang!«

»Zev?«, stieß ich hervor und starrte ihn einen winzigen Moment lang an. Wo um alles in der Welt kam er auf einmal her?

Doch die Frage würde fürs Erste unbeantwortet bleiben, denn wir mussten schleunigst weiter.

»Hilf mir, ihn wegzubringen!«

Kaum ausgesprochen, stützte Zev Ryan auf der anderen Seite und schlang den Arm um ihn, was auch einen Teil des Gewichts von mir nahm.

Mit vereinten Kräften schleppten wir Ryan zum Fahrstuhl und ich hämmerte auf die Taste, bis sich die Türen endlich öffneten. Wir zogen eine Blutspur hinter uns her und mussten in Deckung gehen, weil schwarze Energie direkt auf uns zuraste. Sie traf den Aufzug und das Metall quietschte vom Aufprall.

Hastig gab ich die Kombination für die oberste Etage ein und sah dabei immer wieder zu Ryan hinüber, der von Minute zu Minute blasser wurde. Seine Augen waren glasig geworden.

»Wehe, du lässt mich jetzt im Stich«, zischte ich.

Statt einer Antwort erwiderte er meinen Blick und zog einen Mundwinkel in die Höhe. Selbst jetzt, in dieser ausweglosen Situation, reagierte mein Magen mit einem kleinen Flattern und mir wurde warm beim Anblick dieser winzig kleinen Geste, die nur mir allein galt. Ich schluckte hart.

Endlich glitten die Türen zu – und das Letzte, was ich sah, war Cleo, die von einem Schwert durchbohrt wurde, das in Flammen zu stehen schien. Ihr Schrei folgte uns die ganzen Stockwerke nach oben.

Ich biss die Zähne zusammen, um die Übelkeit zu unterdrücken, die sich in mir ausbreitete, genauso wie die Kälte, und konzentrierte mich ganz darauf, unser Ziel zu erreichen. Wir mussten nur diese eine Sache schaffen – und dann würde ich mir Cyrus vorknöpfen. Völlig egal, dass er Ryans Vater war. Er hatte ihn fast getötet. Er hielt die Seele meiner Mutter gefangen. Er hatte Samantha ermorden lassen und Ling wehgetan. Und er hatte all das über uns gebracht. Dafür würde er büßen.

Mein Atem kam nur in angestrengten Zügen. Mein Puls raste. Ryans Gewicht lag immer schwerer auf mir, auch wenn Zev mir dabei half, ihn auf den Beinen zu halten. In Gedanken zählte ich die Sekunden, bis wir ankamen, und schaute immer wieder besorgt zu Ryan hinüber.

Nur noch ein kleines bisschen. Du musst nur noch ein kleines bisschen länger durchhalten. Bitte …

Es spielte keine Rolle, wer er wirklich war und was zwischen uns vorgefallen war. All die Geheimnisse und Lügen, die Magie und unser Schicksale, die unterschiedlicher nicht sein könnten und doch auf seltsame Weise miteinander verwoben waren – all das war unwichtig geworden. Jetzt ging es nur noch darum, dafür zu sorgen, dass Ryan am Leben blieb. Und das würde er. Wenn wir erst mal Valhalla erreicht hatten, würden seine Wunden heilen, genau wie die der Valkyren, genau wie die der unzähligen Kriegerseelen, die dort waren. Ich konnte nicht noch jemanden verlieren. Ich würde nicht zulassen, dass er starb.

Es dauerte eine gefühlte Ewigkeit, bis der Fahrstuhl mit einem kleinen Ruck zum Stehen kam und die Türen sich öffneten. Diesmal im obersten Stockwerk. Zev und ich halfen Ryan in den Flur und zogen ihn weiter. Immer weiter. Den Gang hinunter. Die letzten Stufen hinauf.

Weit unten tobte noch immer der Kampf, doch die Geräusche drangen nur gedämpft zu uns durch. Dafür waren wir zu weit oben. Zu weit weg. Und gleich da.

Ich stieß die Tür zum Dach mit der Schulter auf und fiel fast vornüber. In letzter Sekunde fand ich mein Gleichgewicht wieder, bevor ich uns alle zu Boden riss. Ein frostiger Wind peitschte uns ins Gesicht und machte jeden Schritt zur Qual.

Zev warf mir einen zweifelnden Blick zu. »Dir ist schon klar, was du gleich tust, oder?« Er musste schreien, damit ich ihn über die Windböen hinweg hören konnte.

Ich biss die Zähne zusammen. »Ich rette meinem besten Freund das Leben.«

Ein seltsamer Ausdruck huschte über Zevs Gesicht. Zu kurz, um ihn identifizieren zu können. »Wollte nur sichergehen«, rief er und half mir dabei, Ryan bis zum Abbild der Weltesche in der Mitte des Dachs zu schleppen.

Mittlerweile schien er kaum noch selbst laufen zu können.

Blut tropfte in den Schnee und verfärbte ihn in ein grässliches Rot. Mit jeder Sekunde wuchs meine Angst, dass wir es nicht rechtzeitig schaffen würden. Dass es bereits zu spät war. Dass ich noch jemanden verloren hatte. Dass ich *ihn* verloren hatte.

Die Kälte war fast unerträglich. Unaufhaltsam fielen dicke Flocken vom Himmel und wirbelten wild herum. Ich war mir ziemlich sicher, dass es vorhin beim Training mit Maeve und Anastasia noch nicht so kalt gewesen war. Zumindest nicht so eisig, dass ich meine Hände und mein Gesicht kaum noch spüren konnte, und wir uns für jeden Schritt gegen den Wind stemmen mussten.

»Blair …« Mein Name kam Ryan kaum hörbar über die Lippen und wurde beinahe vom Sturm davongetragen.

»Schon gut«, unterbrach ich ihn. »Wir haben es fast geschafft. Mach die Augen zu und halt dich einfach an uns fest, okay?«

Ich wartete seine Antwort nicht ab, sondern legte eine Hand auf den Stamm und konzentrierte mich auf mein Ziel. Valhalla. Nach Hause.

In dem einen Moment spürte ich noch Ryans Gewicht auf meinen Schultern und seinen schweren Körper neben mir, in der nächsten waren wir schwerelos und Teil des Lichts, das durch die Zweige des Baums nach oben schoss. Wie beim allerersten Mal war es warm und schillernd, statt grell und schmerzhaft. Und mittlerweile konnte ich mich ganz auf diese Empfindung einlassen. Auf die pure Freiheit und das Gefühl, gleichzeitig so tief verwurzelt zu sein wie nie zuvor.

Wenige Herzschläge später spürte ich die weiche Erde unter meinen Stiefeln und die warmen Sonnenstrahlen auf meinem Gesicht. Wir waren da. Wir hatten es geschafft.

In diesem Moment gaben Ryans Beine unter ihm nach und er sackte in sich zusammen.

Mit Zevs Hilfe bremste ich den Fall und ließ Ryan ächzend zu Boden gleiten. Er war noch immer erschreckend blass und rührte sich nicht. Sein Shirt war blutdurchtränkt, also schob ich es hastig hoch und legte seine Haut frei. Innerhalb von Sekunden schloss sich die Wunde und war gleich darauf verschwunden, als wäre sie nie da gewesen. Doch Ryan bewegte sich nicht und schlug auch nicht die Augen auf. Atmete er überhaupt noch?

»Nein …«, wisperte ich und packte ihn an den Schultern. »Lass mich nicht allein. Du kannst mich nicht allein lassen!«

Nicht nach allem, was wir zusammen erlebt und durchgemacht hatten. Nicht, wenn wir Valhalla erreicht hatten und seine Wunde verheilt war. Es konnte nicht zu spät sein. Es durfte einfach nicht zu spät sein.

Ein Teil von mir konnte seine Seele spüren und meine Hände, die auf seinen Schultern lagen, konnten sie ertasten. Aber ich weigerte mich, sie ihm zu nehmen. Ich weigerte mich, diese tödlichen Fähigkeiten gegen meinen besten Freund einzusetzen. Selbst wenn er der Feind war. Selbst wenn das bedeuten würde, dass wir wieder gegeneinander kämpfen mussten, wenn er das hier überlebte. Ich konnte ihn einfach nicht verlieren.

Etwas bewegte sich. Zuerst glaubte ich, der Boden würde unter uns erzittern, aber es war Ryan, der sich plötzlich rührte. Ich richtete mich auf und sah auf ihn hinunter. Oh, Gott, er atmete. Er atmete wieder. Seine Lider zuckten, dann öffnete er langsam die Augen.

Ich folgte seinem Blick nach oben zu den Nordlichtern, die den Himmel beherrschten und in allen Farben leuchteten, dann sah ich wieder zu Ryan hinunter.

»Was … was ist passiert?«, stieß er hervor und setzte sich mit meiner Hilfe auf. Er schaute sich verwundert um, bevor sein Blick wieder auf mir landete. Im ersten Moment wirkte er verwirrt, dann zeichnete Entsetzen sein Gesicht. »Blair … Was hast du getan?«

»Was meinst du?«

Ein tiefes, lang gezogenes Dröhnen übertönte meine Worte. Das Horn Gjallar. Kari blies hinein, aber das hier war keine Warnung vor den einfallenden Dienern des Chaos, denn die waren bereits da. Es musste etwas anderes sein. Etwas, das sie dazu zwang, uns alle erneut zu warnen.

Das Beben, das ich gerade gespürt hatte, war keine Einbildung gewesen. Plötzlich erzitterte die Erde unter uns erneut und ich musste mich an Ryan festhalten, um nicht das Gleichgewicht zu verlieren.

»Was ist das?«, rief ich und sah mich hektisch um. Außer Zev und uns schien niemand hier zu sein. Valhalla wirkte wie ausgestorben. Keine trainierenden Helden und Heldinnen, weil sie alle bereits mitten im Kampf waren. Keine Valkyren. Nicht einmal das Eichhörnchen Ratatöskr war zu sehen und in der Ferne war nur das verängstigte Blöken der Ziege Heidrun zu hören.

Und als sich die Sonne verdunkelte, die immer über Valhalla schien, und das bunte Leuchten der Nordlichter verschwand, wurde mir auf einmal klar, was all das bedeutete. Was in diesem Moment geschah.

»Du hast es wirklich getan. Du hast das Chaos nach Valhalla geführt.« Zevs Stimme klang anders als sonst. Dunkler. Bedrohlicher. Fast schon unmenschlich. Er stand auf und starrte auf seine Hände hinab. »Sorry, Blair. Ich wollte es dir wirklich sagen, aber ich … ich konnte nicht. Meine Fesseln haben es mir nicht erlaubt, dir irgendetwas zu verraten. Du glaubst gar nicht, wie lange ich auf diesen Moment gewartet habe. Wie lange ich darauf gewartet habe, endlich aus der Gefangenschaft befreit zu werden.« Als er mich wieder ansah, lag ein gefährliches, fast schon animalisches Lächeln auf seinem Gesicht. »Danke, Blair. Wirklich.«

Bevor ich etwas sagen oder auch nur denken konnte, schien seine Gestalt zu verschwimmen. Und der Krieger, den ich an meinem ersten Tag in Vancouver kennengelernt hatte, der junge Mann, der mir dabei geholfen hatte herauszufinden, was mit meiner Familie passiert war, der Freund, der mich zu den Valkyren zurückgebracht hatte verwandelte sich direkt vor mir in eine meterhohe schwarze Kreatur mit spitzen Ohren, langen Fangzähnen und einem kalten Leuchten in den Augen.

»Oh, mein Gott«, stieß ich hervor und sprang auf. »Du bist ein Wolf. Du bist … Fenrir.«

Und wie es die Legende prophezeit hatte, befreite sich der Wolf nun von seinen Ketten. Nur dass es sich dabei nie um echte Ketten gehandelt hatte, sondern um ein Dasein in menschlicher Gestalt. Valhalla war sein Gefängnis gewesen und ich … ich hatte ihm geholfen zu entkommen. Mit Ryan hatte ich das Chaos direkt nach Valhalla gebracht und damit unwissentlich Ragnarök ausgelöst. Das Ende der Welt hatte begonnen – und ich war diejenige, die es herbeigeführt hatte.

DANKSAGUNG

Als ich mit *A Fate Darker Than Love* begonnen habe, hätte ich nicht gedacht, dass dieses Buch so viel für mich verändern würde. Daher geht mein größter Dank an meine Agentin Kristina Langenbuch Gerez, die mich ermutigt und an mich geglaubt hat, als ich es nicht mehr getan habe. Danke für dein Vertrauen und dafür, dass du mich einfach machen lässt und das Ergebnis dann auch noch gut findest. Ohne dich und Gesa Weiß wäre ich heute nicht da, wo ich bin. Danke!

Ein großes Dankeschön geht auch an meine wundervolle Lektorin Nadja Korthals und das gesamte Team vom Ravensburger Verlag. Danke für euer Vertrauen in mich und meine Geschichten. Danke, dass ihr mich einfach machen lasst und ich mich mit dieser Geschichte austoben durfte. Danke für eure Offenheit und euer Entgegenkommen. Und danke für eure immerwährende Begeisterung, die einfach ansteckend ist.

Besonders hervorheben möchte ich die fantastische Zusammenarbeit und das Plotten mit dir, liebe Nadja. Wir waren noch nie so gut im Zeitplan und so pünktlich wie jetzt und ich bin stolz auf uns!

Blairs und Ryans Geschichte habe ich geschrieben, ohne wirklich zu merken, dass ich sie schreibe. Und hier kommen wir zu dem anfangs genannten Punkt, dass sich viel für mich verändert hat. Denn obwohl ich mittlerweile ca. 26 Bücher geschrieben habe, konnte ich mit *The Last Goddess* lernen, völlig neu an die Sache heranzugehen, neu zu planen, neu zu schreiben, neu zu überarbeiten – und dabei immer im Zeitplan zu bleiben. Und diese Erfahrung möchte ich um keinen Preis missen! Mit *The Last Goddess* hat sich meine ganze Herangehensweise an neue Schreibprojekte geändert, also muss ich Blair, Ryan und allen anderen wohl dafür danken. Oder mir selbst? Egal.

Danke an meine Testleserinnen Tina und Mandy – eure Begeisterung und Anmerkungen haben mir wirklich weitergeholfen! Und danke auch an Klaudia für die wertvolle Unterstützung bei der Recherche.

Ein eher ungewöhnliches Dankeschön geht an die Stadt Lübeck, wo ich nach einer Lesung im November 2019 ein paar Tage verbracht habe. Dabei habe ich mich nicht nur in die Stadt und die netten Menschen verliebt, sondern auch einen Großteil des Anfangs von *A Fate Darker Than Love* geschrieben. In Cafés. Mit Marzipan-Cappuccino (den ich seither vermisse).

Danke für die Café-Tage mit Klaudia, Anabelle und Tami, die nicht nur jede Menge Spaß machen, sondern auch richtig produktiv sind.

Danke an meinen Squad, dass es euch gibt und dass ich bei euch ich selbst sein kann.

Danke an meine Familie für eure Unterstützung, eure Begeisterung und euer Verständnis, wenn ich wie so oft »viel zu tun« habe.

Und schließlich ein ganz herzliches Danke an dich, liebe Leserin und lieber Leser, dass du dieses Buch gekauft, gelesen und – hoffentlich – geliebt hast. Danke für deine Begeisterung, für die Vorfreude auf meine neuen Bücher und dass du mich auf dieser spannenden Reise begleitest.

2021 geht es mit Blair, Ryan und allen anderen weiter und ich freue mich schon wahnsinnig darauf, das Finale mit dir zu teilen.